後妻業《ごさいぎょう》

黒川博行
Kurokawa Hiroyuki

文藝春秋

後妻業

1

耕造《こうぞう》が倒れた、と小夜子《さよこ》から電話があった。死んだだろうという。

――農林センターを歩いてたら、急に気分がわるいといいだしたから、ベンチに座らせたんや。そしたら、俯《うつむ》いたまま気を失《うしの》うた。両手を揃えて膝のあいだに杖を挟ませといたから、ひとが見たら居眠りしてるみたいに思うやろね。

今日の昼すぎだった、と小夜子はいう。いまは午後四時すぎだから四時間は経っている。

――爺《じじい》はなんで倒れたんや。毒でも服《の》ませたんか。

――そんな危ないことするかいな。『ワーファリン』を胃薬と取り替えといただけや。

――それはいつからや。

――もう二カ月にはなると思う。

ワーファリンは血液の抗凝固薬だ。それを二カ月も服まなければ耕造が倒れるのも無理はない。

――おまえはいま、どこにおるんや。

――爺さんのマンション。農林センターから帰って、テレビ見てたら寝てしもた。

――耕造は気を失うただけか。呻《うめ》いたりしてなかったか。

――小さい鼾《いびき》かいてた。あれはまちがいない。脳梗塞や。

耕造には不整脈があり、心臓内で生じた血栓が脳に飛んだのだろう、と小夜子はいった。

――爺さんは一昨年《おととし》の冬も倒れたらしいわ。そのときはマンションのロビーやったから、救急車で運ばれて、半月ほど入院したとかいうてた。

――それも脳梗塞か。

――いや、詳しいことは分からへん。後遺症がないし、ほかの発作やったかもしれん。

――爺といっしょに農林センターを歩いてるとこ、誰かに見られたか。

――そら見られたわ。農林センターは誰でも入れるもん。

――何人くらいや。

――いちいち数えてへんけど、七、八人はすれちごうたんとちがうかな。

――その中に顔見知りは。

――おらんかった。

――ベンチはどんなとこにあるんや。

――桜並木の外れ。牛の放牧場の近く。まわりに金木犀《きんもくせい》の生垣があって、大きな泰山木《たいさんぼく》の陰になってるから、歩いてるひとは気ぃつかへんと思う。

羽曳野《はびきの》の農林センターは広い。敷地は十万坪もあり、放牧場は散歩コースから外れているという。

――爺は名前の分かるもん持ってるか。

――杖に住所と名前と電話番号を書いたシールを貼ってる。わざわざ剝がすこともないやろと思て、そのままにしてきた。

――いままで、警察とか救急病院から電話はないんやな。

――そう。爺さんはもう冷とうなってるはずや。

――けど、ほったらかしはまずいぞ。日暮れ前にはようすを見にいけ。

――そんなん、めんどくさい。

――あほか、おまえは。九十一の爺が外に出たまま帰ってこんのやぞ。探すのがよめはんやないか。

怒鳴りつけた。小夜子は黙っている。

――それと、爺が通うてるデイケア施設やかかりつけの医者に電話しとけ。今日はそちらに行ってませんか、と。……ほかに爺が行きそうなとこは。

――市民会館の囲碁クラブ。

――分かってるんやったら、電話せんかい。ボーッと昼寝してる暇ないやろ。

――なんやの、えらそうに。大声出さんとって。

電話は切れた。気の強い婆《ばばあ》だ。爺をたらし込むテクニックは天才的だが。

携帯をソファに放ってパイプを手にとった。葉を詰めて、ライターで吸いつける。

🀚を捨てた。ロンっと荘家《オヤ》が手牌を倒す。🀚と🀐のシャンポン待ちだった。くそっ、🀝だったらとおっていた。

七千七百点が持ち点から引かれた。最近の麻雀ソフトはけっこう強い。負けても勝っても、金がからまないから、すぐに厭《あ》きるが。

ひとつ欠伸《あくび》をしてソファにもたれかかったら、すぐに眠り込んだ。

携帯のコール音で目覚めた。モニターを見る。小夜子だ。窓の外は暗くなっている。

――おう、どうした。

――えらいことや。爺さん、生きてる。

――なんやと。

――いま、農林センターにいるねん。爺さん、息してるんや。

耕造はベンチの脚もとにうずくまっている、杖はそばに落ちている、と小夜子はいった。

――意識はあるんか。

――ない。小便垂れ流してる。

――鼾は。

――かいてへん。……どないしょ。

――待て。焦るな。

壁の時計を見た。午後七時四十分。このまま放置しておくべきか……。

――デイケア施設や医者には電話したんやな。

――したよ。あんたがしろというたから。

――脈を計ってみい。それと、体温や。

――うん。ちょっと待って。

携帯を置く音がした。じりじりして待つ。

――脈は九十。速いね。熱っぽいわ。

――話しかけてみい。

――返事なんか、するかいな。

――おまえはどう思うんや。ほったらかしか、救急車か。

――なにをいうてんのよ。それが分からんから電話したんやろ。

考えた。今日はたぶん熱帯夜だ。雨も降りそうにない。夜が明ければ耕造は見つかるだろうが、それは状況的にまずい。小夜子は昼、農林センターで耕造といっしょにいるところを見られている。ここはやはり、夫を探しまわった妻が夫を見つけて救急車を呼ぶほうが自然だし、あとあと余計な疑惑を招くこともない。中瀬《なかせ》耕造は農林センターで息絶えるより、救急病院で死ぬべきだ。

――一一九番に電話や。そのほうがええ。

――ほんまにええんやね。

――かまへん。救急車呼べ。どっちにしろ、爺はくたばる。

救急病院に付き添って、そこからまた電話しろといい、電話を切った。

※　　※

救急入口から薫英会《くんえいかい》病院に入り、ロビーへまわると、姉の尚子《なおこ》が待合室にいた。白のサマーセーターにジーンズ、素足にウォーキングシューズを履いている。髪はひっつめで化粧気はない。とるものもとりあえず駆けつけたという格好だ。尚子は朋美《ともみ》に気づいて、

「もっちゃん、お父さんはICUにいる。今日、明日が峠やて」

「どんな症状？」尚子の隣に腰をおろした。

「さっき、CTの写真を見せてもらったけど、右眼の上のほうにふたつ、白いところがあった。大きさは十円玉くらいかな。いまは血栓を溶かす薬や血栓を抑える薬を点滴してる。梗塞が起こ

ってから時間が経ってて、脳が腫れてると、お医者さんはいってた」

浮腫《ふしゅ》が脳幹を圧迫すると命にかかわる、と尚子はいった。

「お父さん、農林センターで倒れてたん?」

「小夜子さんとお昼ごはん食べて、散歩に出たんやて。夕方になっても帰ってこないから、心あたりを探して、農林センターで見つけた」

「小夜子さん、どこにいるの」

「お父さんの着替えを取りに帰った。もっちゃんと入れ違いや」

「着替えなんか、どうでもいいやんか。お父さんについてるのがほんとやのに」

「あのひと、昼からずっとお父さんを探してて、晩ごはんも食べてないって」

尚子は腰を浮かせた。「ICU、行く?」

「会えるの? お父さんに」

「あんた、娘やんか。そのために来たんでしょ」

尚子は背を向けてエレベーターホールへ向かった。


耕造はベッドに横たわり、薄目をあけていた。左腕に点滴のチューブ、右の人差し指に血圧のセンサー、鼻に透明の酸素マスクをつけられ、苦しそうな呼吸をしている。

「血色、いいやろ」つぶやくように尚子がいう。

「よすぎるわ……」

顔は紅潮している。首や腕は蚊の刺し痕だらけだ。

「お父さん、がんばって」

額に掌《てのひら》をあてた。少し汗ばんでいる。「百まで生きるといったでしょ。また、わたしと温泉行くんやで」

耕造がうなずいたように見えた。

「聞こえてるんですか」

傍らの看護師に訊いた。さぁ、どうでしょう——、彼女は曖昧に首を振った。

しばらく耕造を見て、ＩＣＵを出た。病院内の喫茶室は閉まっている。バス通りまで歩いて交差点角のファミリーレストランに入り、尚子はアイスコーヒー、朋美はサンドイッチとアイスティーを注文した。

「仕事、抜けてきたの？」尚子はテーブルに頬杖をついた。

「そう。千里《せんり》でクライアントと打ち合わせしてた。司郎《しろう》さんに事情いって、任せてきた」

「新築？」

「ううん。リフォーム」

バッグから煙草を出して灰皿を探した。どこにもない。「ファミレスって、禁煙？」

「あたりまえでしょ。家族が来るんやから」

「ふーん、そうなんや」

「もっちゃん、ファミレス行かへんの」

「若いころは行ったよ。回転鮨も」

「けっこうなご身分やね」

尚子は笑って、「どんなリフォーム？」

「万博公園近くのマンション。百三十平米。娘さんが結婚して夫婦ふたりになるし、造作壁をみんなとっぱらって三室にする。リビング・ダイニングは六十平米もあるねん」

「六十平米って、何畳」

「四十畳弱かな」

「すごい広いやんか」

尚子は肩をすくめた。畳に換算すると広さを実感できるらしい。

「リフォームって、新築より高いよね」

「いちがいにはいえません。新築は土地が要るやんか。グレードにもよるけど、今回のリフォームは坪九十万円かな」

そういうと、尚子はテーブルに指で数字を書きはじめた。百三十平米を坪に換算しているようだ。子供のころから尚子は文系、朋美は理系だ。

サンドイッチと飲み物がきた。朋美はサンドイッチを頬張る。レタスがパサパサで、たいそう不味《まず》い。

「姉さんも食べれば」皿を押しやった。

「そうか、百三十平米は四十坪くらいやね」

尚子は顔をあげた。「坪九十万円で、三千六百万円か……」

それだけではない。システムキッチンや床暖房などの設備費と設計料が要る。『佐藤・中瀬建築設計事務所』の設計料と現場監理費は工費の十二パーセントだ。

「もっちゃんはいいね。打ち込める仕事があって。わたしなんか、朝起きて夜寝るまで誰とも口を利かん日がある。話し相手はピピだけや」

「なにを贅沢いうてんのよ。三食、ちゃんと作らんでもいいし、眠くなったら昼寝して、読書三昧、テニス三昧、ルーティンはピピの散歩だけ。こっちこそ羨ましいわ」

「あんた、障子の張り替えとか庭の草むしりなんかしたことないでしょ。どれだけハードか。こないだなんか雨戸のペンキ塗りを十枚もして、腰痛で三日も寝込んだわ」

尚子は嫌味をいっている。耕造が藤井寺《ふじいでら》のマンションに移ったあと、羽曳野の生家は、尚子がひとりで手入れをしながら住んでいる。

「そういえば姉さん、眼の手術はいつするの」話題を変えた。

「来月の中旬に予定してたけど、お父さんがあれやもんね……」

尚子は眼鏡を外して窓の外を見た。「一月や二月、延びてもいい手術やけど」

尚子の疾患は黄斑上膜《おうはんじようまく》といい、眼底に薄膜が張って網膜がひきつれ、視力が低下するのだという。治療法は手術しかなく、眼球にピンセットを入れて膜を剝がすというから、想像するだけで怖い。幸い、尚子の黄斑上膜は左眼だけだ。

「ほんまに、齢《とし》とったらあちこちにガタがくる。持病がないのはもっちゃんだけや」

「わたしはね、バセドー病とメニエル症候群キャリアです。肝臓の数値もよくないし」

「それは脂肪肝。あんた、お酒の飲みすぎや」

「酒と煙草はストレス解消薬です。やめたら病気になります」

尚子は古い。女が酒と煙草をやるのはいけないと思っている。二十四歳で結婚して家庭に入り、ずっと専業主婦できたせいか世間が狭い。五年前、尚子の夫が死んだとき、朋美は家で鬱々としているより外へ働きに出るようにいったが、尚子は耳を貸さなかった。そのくせ尚子はなにかにつけて自分の考えを朋美に押しつける。朋美はもちろんきかない。尚子も朋美も頑固なのだ。そこだけは似ている姉妹だと思う。

「お医者さんがいうには、硝子体《しょうしたい》手術をしたら白内障が進行するんやて。そやから水晶体をとって眼内レンズを挿入しましょうと勧められてるんやけど、そんな人工のレンズなんて気味わるいやんか。……もっちゃんならどうする。レンズ入れる？」

「ついでやし、入れてもろたらいいのとちがう」

「そうかなぁ……」

尚子はサンドイッチを手に考え込む。どうせ朋美のいうとおりにはしないのだが。

「病気のことはお医者さんに任せたらいいねん。プロなんやから」

「忘れてた。お父さんの脳梗塞、命にかかわるときは開頭手術もあるって。わたし、その同意書を書いたからね」

「小夜子さんは書かんかったん？　妻やのに」

「あのひとはなにもせえへん。みんな、わたしに振るねん。ＩＣＵで欠伸してたわ」

「お父さんのこと、死んでもいいと思てるんや」

「けど、お父さんを見つけたんは小夜子さんやで。農林センターで」

「わたし、嫌いや。あのひと」

小夜子はいつも表情が険しく、斜めにひとを見る。齢は六十九歳、色黒で痩せている。若いころは看護婦で、退職後は介護施設に勤めたというが、耕造に対するものいいや、ちょっとしたしぐさに優しさや気遣いが感じられない。一昨年の冬、耕造に小夜子を紹介された初対面のときからそうだった。なにがどう気に入らないということではないが、どこか油断ならないところがある。それは小夜子が耕造の後妻になり、朋美たちの義母になったからということではなく、小夜子自身がまとっている人間性やそれまでの生きようが、朋美には透けて見えるように思えるのだ。

耕造と小夜子の再婚に朋美は反対したが、尚子は賛成した。独り暮らしの耕造の世話をしたい、最期を看取りたい、と小夜子がいったからだ。耕造もまた、小夜子と結婚したいと言い張った。偏屈でわがまま勝手な耕造はいいだしたらきかない。

ふたりの再婚に際して、尚子と朋美は耕造に資産を訊いた。いま住んでいる藤井寺の分譲マンションと銀行預金が約二千万円――、耕造はそう答えた。バブルのころは株もしていたはずなのに意外に少ない――、朋美はそう思ったが、詳しく訊きはしなかった。父親の遺産めあてで再婚に反対していると思われたくなかった。

「お父さん、生命保険とかかけてないよね」アイスティーを飲んだ。

「かけてないでしょ。母さんがぼやいてたもん。父さんはわたしより長生きするつもりやって」

尚子はサンドイッチを食べる。

「ほんまに、そのとおりになってしもた」

今年の春、敏恵《としえ》の七回忌をした。家庭的で几帳面なひとだった。尚子は母親の性格を、朋美は父親の性格を、認めたくはないがひいたのかもしれない。「――なんで母さんがお父さんより先に逝ったんやろ。逆やったら、あんなひと知らずにすんだのに」

「小夜子さんにもいいとこがあるのよ。きっと」

「姉さんって、性善説？」

「そうかな。……でもないと思うけど」

「周ちゃんには報《しら》せた？　お父さんが倒れたこと」

「報せてない。だって、遠いもん」

尚子のひとり息子、周平《しゅうへい》は東京にいる。商社勤めだ。

「お父さんが死んでから報せたら気ぃわるいのとちがう？」

「縁起でもないこといわんとき。お父さん、がんばってるのに」

「でも、葬式の段取りも考えとかんとあかんやんか。どこか互助会に入ってるって、お父さんに聞いた憶えあるけど」

「積み立ててるの？　葬式費用」

「いくらか、まとめて預けてると思うわ。預託金みたいなの」

「あんた、確認してよ」

「どうやって」

「小夜子さんに訊けば」

「姉さんが訊いたらいいやんか」

「いややわ、そんなん」

「ややこしいことは、わたしなんやね」

「ね、このサンドイッチ、不味くない？」

「不味いからあげたんやんか」笑った。

「ひどいわ」尚子も笑う。

「司郎さん、一段落したら病院に来るって」

「律儀やね。忙しいのに」

「パートナーなんやし、あたりまえでしょ」

仕事のパートナーであり、人生のパートナーでもある。

朋美はアイスティーを飲みほした。

「煙草吸ってくるわ」

確か、出入口の脇にスタンドの灰皿があった。

※　※

風呂からあがると携帯が鳴っていた。ガウンをはおってリビングへ行く。小夜子だった。

――はい、おれ。

――なにしてたんよ。遅いね。

――やかましい。風呂や、風呂。

――爺さん、富田林《とんだばやし》の薫英会病院に運ばれた。いま、ＩＣＵ。

――脳梗塞やな。

――病巣はそう大きくないけど、脳が腫れてる。お迎えが来たみたい。

――爺には娘がおったな。

――小うるさいのがふたり。羽曳野に住んでる姉のほうが来た。

小夜子は三十分前に病院を出た。妹には会わなかったという。

――おまえ、付添いもせずに、なにしてるんや。

――パスタ、食べてる。蟹ソースの。

――藤井寺のマンションには帰らんのか。

――帰るよ。保険証とか着替えをとりに。

――胃薬を始末しとけ。ワーファリンと取り替えてたんやろ。

――分かってるわ、いわれんでも。

——今晩は徹夜やぞ。病院で夜明かしせい。

——いちいち細かいね。わたしを誰やと思てんのよ。

——爺の娘は公正証書のこと知らんやろな。

——知ってるかいな。爺さんにも、それだけはいうなと口止めしてる。

——葬式費用、あるんか。

——いま、手もとにはない。爺さん、現金は金庫の中に入れてるし。

耕造は現金のほかに銀行の通帳類や株の預かり証、羽曳野の家と藤井寺のマンションの権利証書など、資産のすべてをダイヤル錠の金庫に納め、その番号を小夜子には教えないのだという。

——妙に警戒心の強いとこがあるねん。金庫を開けるときは、わたしもそばに寄せつけへん。隠し撮りをするにも、金庫は押入の奥に置いてるから無理なんや。

——九十すぎの爺が金庫の番号なんぞ憶えてへんやろ。メモを探せ、メモを。

——そんなもんはとっくに探した。どこにもないねん。あの爺さん、頭はしっかりしてる。目つきも鋭いし。

——爺に訊いてみいや。病院に払う金が要るから、と。くたばる前に意識がもどることもあるやろ。

——あんなもん、もどるかいな。九分どおり死にかけてんのに。

——どっちにしろ、当座の金が要るんやろ。娘に出させせんかい。

——よう指図するな、あんた。パスタが不味うなるわ。

——もの食いながら電話すんな。

むかむかした。この婆は癇《かん》に障る。いつもそうだ。いったいどんな顔をして何人もの爺を誑《たぶら》かしてきたのだろう。

電話を切り、机の前に座ってパソコンを起動させた。羽曳野近辺の葬祭場を検索する。いくつか案内を見て、『祭典グループ月華《げつか》』と『阪南《はんなん》祭典』が安そうだと思った。これまで葬式は何度も手配してきたが、祭典業者はもともと丼勘定だから、値切れば値切るほど安くなるし、キックバックもある。五百万の葬式をして二百五十万を抜いたこともあった。『月華』と『阪南』の番号をメモし、椅子にもたれてパイプを吸う。

思い立って、繭美《まゆみ》の携帯に電話をした。出ない。店に電話した。

――お電話ありがとうございます。『与志乃《よしの》』です。

――繭美ちゃん、いるかな。柏木《かしわぎ》です。

――柏木さま、いつもありがとうございます。代わります。

少し待った。ピアノの音が聞こえる。

――はい、繭美です。

――おれや。これから行ってもええか。

――うん、来て、来て。うれしい。待ってる。

――今日は祝いや。ドンペリ抜こ。

――なんのお祝い。

――ひとつ契約がとれた。フェラガモのミュールが欲しいとかいうてたやろ。買《こ》うたるからアフターつきあえ。

北新地《きたしんち》の靴屋は午前一時すぎまで開いている。

――アフターはいいけど、帰るよ。

——どういうことや。買うだけ買わせて帰るつもりか。

——だって、明日、コンペやもん。ちいママが部屋まで迎えにきてくれるねん。

——そうか。それやったら、またにしよ。

——待ってよ。冷たいね。うちは朝までには帰るというたんやんか。

声を聞いているうちに勃《た》ってきた。繭美の喘《あえ》ぎが耳に浮かぶ。男を〝財布〟としか考えていない女だが、セックスはいい。

——ちいママは何時に来るんや。

——朝の八時。

——分かった。三時か四時には帰れ。ちょっとは寝られるやろ。

ガウンを脱ぎ、ブリーフを穿いてクロゼットに入った。ダークグレーのワイシャツに黒のヴェルサーチのスーツを合わせる。ネクタイはしない。メッシュのローファーを履いて玄関を出た。

※　　※

小夜子は紙バッグを提げて十一時に来た。バッグに入っているのは耕造の保険証と着替えのパジャマ二揃い、浴衣《ゆかた》一枚きりだった。浴衣は洗いざらしでアイロンもかかっていない。そうしていきなり、金が要る、といった。

「病院に払うお金がないんです。……とりあえず、三十万円は用意しときたいんやけど」

「それぐらいなら、明日、おろしてきます。銀行で」尚子がいった。

「こんなことはまだいいたくないんやけど、お葬式の費用もありませんし」

「ちょっと待ってください」

朋美はいった。「お父さん、小夜子さんに通帳預けてるはずですよね」

「はい、預かってます。でもそれは年金の振込通帳やし、いくらも残高がないんです」

「わたしがいってるのは、もうひとつ別の通帳です」

耕造から聞いたことがある。共済年金から支給される二十数万円は毎月の生活費として全額を小夜子に渡し、それとは別に、生活費が不足したときのための通帳を小夜子に預けている、と。

「わたし、そんな通帳は知りません。耕造さんがそういったんですか」

「ええ、父からそう聞きましたけど」

「それやったら、大同銀行の通帳かな……」

小夜子は首をかしげる。「でも、五、六万円しか入ってませんよ」

その通帳を見せろ、とはいわなかった。角が立つ。

「小夜子さんは葬式のことで、お父さんと話をしたことないんですか」朋美はつづけた。

「そら話はしました。祭壇は地味でもいいから読経のお坊さんは三人以上で、厳《おごそ》かにやって欲しいと。でも、会場とか予算的なこととかはなにも……」

「父は几帳面なひとやから、お葬式のお金なんか、ちゃんと準備してるはずやけど」

そう、敏恵が亡くなったとき、自分の戒名も京都の本山から受けている。羽曳野の霊園に墓地を買い、赤字の戒名も彫った。万事に用意周到なのだ。

「どこか互助会に入ってると聞いてませんか」

「聞いてません」

「そう……」

「とにかく、お葬式の費用がないんです」

切り口上で小夜子はいった。「四百万円、用意してください」

「四百万円……」

朋美は尚子を見た。尚子も眼を丸くして朋美を見る。

「お葬式って、そんなに要るんですか」朋美は訊いた。

「耕造さんは社会的地位があったひとです。わたしは立派な葬儀をしたいんです」

「でも、父は現役を離れて二十四年ですよ」

耕造は高校教員だった。四十代で教育委員会に入り、五十代の十年間、三つの府立高校校長を歴任して退職し、定年後は奈良の女子短大に教授で迎えられて、七年間〝教職課程〟を教えた。そういう意味で社会的地位があったとはいえるかもしれない。

「耕造さんには教え子がたくさんいます。参列者も二百人、三百人は来ます」

だから広い会場が要る、安上がりの葬儀はできない、と小夜子はつづけた。

「葬式のお金は姉さんと相談します」

怒鳴りつけたいのを我慢した。ほんとうにいやな女だ。夫が危篤状態のときに持ち出す話ではないだろう。

エレベーターのドアが開き、看護師が降りてきた。朋美たちをみとめてそばに来る。

「中瀬耕造さんのお身内の方ですね」

「はい、そうです」

「今夜は付き添われますか」

「そのつもりですけど」

「人間ドックの控室にふたつベッドがあります。でも、お三人は……」

「わたしと姉が泊まります」

朋美はいい、「小夜子さんは家で寝《やす》んでください。容体が変わったら電話します」

小夜子を追い払いたかった。こんな女と夜明かしはしたくない。

「じゃ、これ」

小夜子は保険証と着替えの紙バッグを尚子に渡した。「わたしは耕造さんのようすを見てきます」

いって、くるりと背を向けた。エレベーターのほうへ歩いていく。

「あの方、中瀬さんの奥様じゃないんですか」小さく、看護師はいった。

「義母です」

「そうですか……」

看護師は控室の鍵を持ってきます、といって離れていった。

「姉さん、四百万円、どうするの」尚子に訊いた。

「どうするって……、もっちゃんと半分ずつにしよか」

「なにをいうてんのよ。わたしは払うかどうかを考えてるねん。いくら教え子がいるからって、九十すぎの老人やで。参列者が多いわけないやんか」

「…………」尚子はためいきをつく。

「ていうか、話がおかしいわ。もしほんとに四百万円の葬式をするとしても、半分をあのひとが出して、あとの半分をわたしらが払うのが筋でしょ」

「もっちゃんのいうとおりやね」尚子はうなずいた。

「支度金のこともそうやんか。あのひとはお父さんといっしょになる前から、お金のことばっかりいうてた」

耕造に小夜子を紹介される少し前、通いのヘルパーから電話があった。耕造のマンションにベッドとドレッサーが運び込まれたのだという。ヘルパーは事情を訊いたが、耕造は口を濁した。それで朋美に電話した、とヘルパーはいった。

その晩、朋美は藤井寺へ行った。マンションの寝室にはヘルパーから聞いたとおり、真新しいベッドとドレッサーが置かれていた。これって、どういうこと――。耕造を問いつめると、いま女性とつきあっている、いっしょに暮らしたい、家具が欲しいといわれたから支度金を渡した――といった。

支度金は二百万円だった。その額が妥当かどうかは分からないが、まだつきあいはじめて間もない――〝二カ月〟と耕造はいった――老人のマンションにベッドとドレッサーを送りつけた相手の女性の神経を疑った。いま思えば、それも小夜子が耕造の籍に入るための布石だったのかもしれない。朋美と尚子が耕造から小夜子を紹介されたのは、家具が運び込まれた翌週だった。

「姉さん、あのひとに初めて会ったとき、いいひとや、といったよね」

「うん……。だって、そう見えたから」尚子は口ごもる。

「だから、姉さんは性善説やねん。あのひとは口がうまいだけ。わたしは初めから胡散臭《うさんくさ》いと思てた」

そうはいったが、初対面の日、朋美も小夜子に対してわるい印象はもたなかった。武内《たけうち》小夜子は若いころ苦学して准看護婦から看護婦免許をとり、郷里の山口県の公立病院に勤めたあと、結婚して神戸に転居し、私立病院の看護婦になった。五十八歳のとき、大手企業の管理職だった夫と死別し、六十歳で病院を辞め、その系列の介護施設の職員になって働きつづけたという。六十五歳で結婚相談所に入会したのは、死別した夫に尽くしきれたかという思いがあったのと、また新たな出会いがあるかもしれないと考えたからだといった。

「わたし、小夜子さんにいうわ。葬式費用、半分出せって。いやっていったら、わたしも出さへん。姉さんも出さんとき」

「そんなん、無茶やんか。葬式できんようになる」

「わたしに任せて。司郎さんに相談してみる。あのひと、セレモニー関係に詳しいし」

いうと、尚子はうなずいた。朋美はシートに腰をおろす。「暑いね。冷房切ったんやろか」

「省エネでしょ。夜間は設定温度をあげてるんや」

「煙草、吸いたいな」

「あんた、いったい何本吸うのよ。一日に」

「一箱半かな。飲みにいったら三箱はいく」

司郎は煙草を吸わないから事務所の一室を朋美の喫煙室にしている。パソコンがときどきフリーズするのは、けむりのせいかもしれない。

「香水がきついのは煙草の臭い消し？」

「香水ちがう。これはオードトワレ。シャネルの『エゴイスト』」

「すぐ居直るんやね、あんた」

「中瀬家の血脈です」

「しっかり者の姉とお転婆の妹。絵に描いたようやわ」

あほらし。どこがしっかりしてんのよ――。お転婆という言葉も久々に聞いた。

玄関の自動ドアが開いて司郎が現れた。黒のポロシャツにチノパンツ、バッグを肩に提げ、ジャケットは手に持っている。司郎は足早に歩いてそばに来た。

「どう、耕造さんのようす」

「危篤状態」容体を説明した。

「おれ、ＩＣＵへ入ってもええんかな」

「いいけど、いまは小夜子さんがいるよ」

「そうか。それやったら、あとにしよ」司郎は朋美の隣に座った。

司郎は小夜子に会ったことがある。ミナミの小料理屋で耕造の卒寿の祝いをしたときだ。司郎は小夜子を、翳《かげ》がある、といい、おれは苦手やな、といった。

「高橋さんの打ち合わせ、どうなった」

高橋は千里のマンションリフォームのクライアントだ。

「それがな、奥さんがトイレに石を張りたいというんや。床はともかく、壁まで石を張り詰めるのは重すぎへんか」

「壁はトラバーチン、床は少し濃いめの大理石にしたら、そう重くないと思うけど」

「トイレは天井高が二千三百しかない。圧迫感があるな」

「天井板を黒のグレーチングにして、梁《はり》と換気ダクトを露《あら》わしにしたらどうかな」

「照明はグレーチングを透かすんやな」

「そう。直付《じか》けのシーリングライトを四つ」

〝佐藤・中瀬建築設計事務所〟で司郎は基本設計と構造計算、朋美は照明や水まわりを含む内外装を主に担当している。

「ちょっと、いいかな」

尚子がいった。「ライトを四つもつけるトイレって、どんなに広いの」

「手洗いもいっしょで六平米」

平米では尚子に分からない。「四畳くらいかな」

「うちのお風呂場と洗面所と洗濯機置場が入るやんか」

「坪九十万も出してリフォームするのはそういう家なんです」

父親が生きるか死ぬかというときに、なにを喋っているのかと思った。朋美は司郎に向かって、

「さっき、小夜子さんが葬式の話をした。四百万円、用意してくれって」

「はあ……？」

司郎は朋美を見つめた。「いまどき、どこの偉いさんがそんな葬式するんや。二百万のまちがいやろ」

「でも、安上がりの葬式はしたくないみたい」

「去年、おれの伯父さんの葬式に行ったよな」

「うん、行った」去年の秋、阿倍野《あべの》の葬祭場だ。参列者も多かった。

「あれが二百万や」

葬儀業者に百二十万円、寺院関係が四十万円、飲食接待が四十万円だったという。「葬式なんかに金かけることはない」

「たとえ二百万円でも、子供だけが出すのはおかしいよね」

「分かった。明日、友田《ともだ》に訊いてみる。大阪の葬式の相場と費用の按分《あんぶん》を」

友田は司郎の幼馴染みで、事務所を立ち上げたときから顧問契約している税理士だ。

「司郎ちゃんて、やっぱり頼りになるわ。セレモニーのプロや」

「なんか、褒めてるようには聞こえんな。そら、地鎮祭や上棟式は段取りするけど」

司郎はシートにもたれて眼がしらを揉む。疲れているようだ。

そこへ、看護師が来た。人間ドックの控室に案内するという。司郎を残して、朋美と尚子は五階にあがった。控室はこざっぱりしたきれいな部屋で、冷房もよく効いていた。

朋美は鍵を預かり、尚子とふたりで三階に降りた。ＩＣＵに入ると、小夜子がいない。看護師に訊くと、十分ほど前に出ていった、といった。

耕造のようすに変わりはなかった。血圧は上が百八十で、下が百十。脈拍数は九十だ。高いなりに安定している、と看護師はいった。

「お父さん……」

手を握って話しかけた。反応はない。が、さっきより顔の赤みがひき、表情が和らいだような気がした。「いま、お花畑を歩いてるんやろか」

「どうやろね」尚子は肩に手をやる。

「お花畑でお母さんを見つけても、行ったらあかんよ」

「そう。生きなあかん」尚子がつづける。

明日、頭部ＭＲＩを撮ります――、看護師がいった。より詳しい診断ができるようだ。

それまで保《も》ってくれるといい――、朋美は願った。

2

小夜子が事務所に来た。日傘をたたみ、ソファに腰をおろす。レースのハンカチで首筋の汗を拭きながら、駅前のタクシー乗場で五分も待った、とぶつぶついった。

「傘があるんやろ。歩いてきたらええやないか」

「途中で倒れたらどうすんのよ。こんな婆さん、誰も助けてくれへんわ」

「あんた、セレブな装《な》りしてる。金持ちの婆さんは救急車呼んでもらえるんや」

そう、小夜子はいつも身ぎれいにしている。今日は白のパンツスーツに白のローヒール、ネックレスはダブルチェーンのゴールドで、左手薬指のリングは一カラットほどのダイヤだ。髪も頻繁に染めているのだろう、生え際まで黒い。

「で、爺はどうなんや」

「あかん。ほんとにしぶとい。今日で七日目やけど、持ち直してしもた」

耕造はＩＣＵを出て個室に移り、長女が毎日、容体を見にきているという。「――ナースの巡回のあいまに点滴のチューブを抜いたりするんやけど、あの爺さんにはきかへん。ナースステーションの隣の部屋というのも都合わるいわ」

「運の強い爺やな」

舌打ちした。「酸素マスクは外したんか」

「外した。三日前に」

「爺、身体は動くんか」

「右半身が麻痺してる」

「意識は」

「ない。ときどき呻くだけ」

「それやったら、顔に濡れタオルでもかけたれ」

「センサーがナースステーションとつながってるのに、そんなことできるかいな」

いま、荒っぽいことをする必要はない。九十一の年寄りが脳梗塞を起こしたら遅かれ早かれ死ぬ——。小夜子はそういった。

「けど、昨日、ナースがおしめを替えるとき、ちんちんの裏を拭いたら、ううっと声出すんや。棺桶に首まで浸かってんのに、まだ忘れてへんのやで」

「爺は勃ったんか」

「勃つわけないやんか」

「倒れる前の話や」

「あいつ、スケベやねん。勃ちもせんくせにちんちん触ったったら、えらい興奮して、わたしのパンツを脱がそうとする。せやから、一回、一万円であそこを見せたるんや」

「あんた、金とって見せてたんか……」

「あたりまえやんか。女のいちばん大事なとこをタダで拝もうなんて甘いわ」

「ええ根性やの」

感心した。大した女だ。徹底している。「おれにも一万円で見せてくれるんか」

「あんたはタダでいいわ」

小夜子は肘掛けに寄りかかって脚を組んだ。「ちんちんも舐めたげる」

「そいつは、おれが金もらいたいな」

「やめてよね。嘘に決まってるやろ」

小夜子は鼻白んだ。案外に本気だったのかもしれない。

このところ、小夜子は阿倍野のホストクラブに通っている。淳也《じゅんや》とかいう五十すぎのホストに入れ揚げているらしい。セックスをするのかと訊いたら、淳也は身持ちが堅い、といった。韓流スターのソン・ガンホに似ているという身持ちの堅いホストを見てみたい。

「葬式代はどうなった。娘ふたりは、四百万出すんか」

「そう、そのことや」

小夜子は起きあがった。「あいつら、ケチやねん。姉のほうは世間知らずで強う出たら折れるけど、妹が利かん気や。なにかというたら、わたしを目の敵にする。初めて会《お》うたときから、あの女はうっとうしいと思てたんや」

「妹は、朋美やったな。中瀬朋美」

「そう、中央区の石町《こくまち》で建築事務所してる。わたしはキャリア・ウーマンでございますと、上から目線で喋るから腹が立つ。亥《いのしし》生まれの女はああなんや」

「亥……。齢は」

「五十三かな。姉の尚子は四つちがい」

小夜子を耕造に紹介した半年ほどあと、小夜子が持ってきた顔合わせの写真を見たことがある。和食の小鉢が並んだ座卓の向こうに耕造と小夜子が並んで座り、その両側に尚子と朋美が座っていた。耕造は年相応の萎《しお》れた老人だったが、尚子と朋美は若く見えた。尚子は色白の丸顔、朋美は切れ長の眼、ほっそりした体形で、顔だちはちがうが、ふたりとも人並み以上だと思った。朋美の苗字が中瀬なのはバツイチではなく、結婚歴がない、と小夜子はいった——。

「爺の孫はひとりだけやったな」

「西木《にしき》周平。東京で商社勤めしてる」

齢は分からないが、周平には子供がふたりいるという。

「孫は爺が倒れたこと知らんのか」

「知ってる。昨日、尚子が報せたみたい」

「見舞いに来るんか」

「どうやろ。商社は忙しいし、すぐには来んのとちがうかな」

周平は一橋大を出て就職した――。「尚子が商社の名前をいわへんのは、二流やからにちがいないわ」

「あんた、ぼろくそやな。なんでも」

この女は心底、性根がねじまがっている。ねじまがっていればこそ、こんな腐った人生を歩んできたのだろうが。

「おれは羽曳野近辺の祭典屋を調べたんやぞ。四百万、どないしてもとれ」

「全額は無理やけど、こっちが二百万見せたら、尚子と朋美が百万ずつ出すかもしれん。それでどうよ」

「寝言いうな。娘から二百万とって百万の葬式しても、百万しか残らんやないか」

「百万でも稼ぎがあったらいいやんか。香典も五十万や六十万は集まるはずや」

小夜子が事務所に来た理由が分かった。見せ金の二百万を都合しろといいたいのだ。

「あんた、ホストクラブでなんぼ遣《つか》うんや」

デスクの抽斗《ひきだし》から葉巻を出した。シガーカッターで吸い口を切る。「――一晩で二、三十万。毎週行ったら、一月で百万飛ぶやろ」

「あほくさ。なにをいうてんのよ」

「ソン・ガンホはどんなふうにおねだりするんや。今月の売上が足りません、と泣きを入れるんか、もっと金遣えと命令するんか」

「ええ加減にしいや。わたしが自分の金で遊んでるんや。とやかくいわれることないわ」

「とにかく、爺が死ぬまでに葬式の話を詰めんかい。あんたは喪主や。なんとでもできる」

強くいった。小夜子はふてくされたように横を向く。

「アイスコーヒーでも飲むか」機嫌をとった。

「カフェオレにして」小夜子も煙草をくわえる。細巻きのメンソールだ。

電話をとって、受付の薗井《そのい》に伝えた。飲み物は近くの喫茶店が持ってくる。

「あんた、金庫の鍵を作る業者、知らん？」

小夜子は金張りのカルティエで火をつけた。

「爺の金庫を開けるんか」

マッチで葉巻を吸いつけた。「——知らんことはないけど、開けるときはおれも立ち会う。中にどんな金目のもんが入ってるか分からんからな」

「あんたに権利はないはずやで。爺さんのもんは、みんなわたしのもんや」

「それはないな。あんたとおれは折れや。むかしからそうしてきた」

相談所に来た会員の中で、これという年寄りに小夜子をあてがう。小夜子の手練手管《てれんてくだ》は筋金入りだから、相手はころっと騙される。籍を入れるか入れないかは条件次第だ。

「あんた、ほんとに欲深いね」

「どっちがそうかな。吐いた唾は呑まんことやで」

せせら笑った。「金庫は大きいんか」

「けっこう大きい。みかん箱二つ分くらいかな。わたしの力ではびくともせんわ」

百キロくらいまでなら台車で運び出せないこともないが、あったはずの金庫がないと、娘にばれてしまう。耕造が退院してマンションに帰る可能性もなくはない。ここはやはり、鍵師に頼んだほうがいいだろう。

十年ほど前、大津の旧家の金庫を開けたことがあった。出てきたのは国債、借用証、銀行と郵便局の通帳、家屋と土地の権利証書、金無垢の懐中時計やヴィンテージものの腕時計で、なぜか通帳の印鑑が見つからず、すぐに換金できたのは国債と時計だけだった。鍵師に口止め料込みで三十万、あとの七百万を中村登美子《なかむらとみこ》という女と折半した。登美子も小夜子に負けず劣らずの海千山千だったが、五年前、腎不全で死んだ。

「爺も婆も、一寸先は闇か……」

「ん？　誰が婆よ」

「いや、ちょっと思い出したんや」

葉巻を吸った。「金庫はいつ開ける」

「早いほうがいいわ。爺さんが入院してるうちに」

「分かった。鍵師に連絡する」

アドレス帳に電話番号があるはずだ。

「二百万円、どうすんのよ。葬式の金」小夜子はまた訊いた。

「ほんまに要るんか」

「しつこいね、なんべんも。元手もなしに金は儲からんのやで」

「分かった。用意する」

うるさい女だ。「借用証を書け」

「なにを面倒くさいことというんや、たったの二百万」

「おれはな、面倒くさいことが好きなんや」

デスクの抽斗から便箋とボールペンを出して小夜子に渡した。小夜子はテーブルにかがみ込んで書く。

「あんた、眼鏡は要らんのか。老眼鏡」

「そんな年寄り臭いもん、意地でも使わへん」

小夜子は書きあげた借用証を寄越した。達筆だ。《ブライダル微祥・柏木亨様　一金・弐百萬円也　借用いたしました。武内小夜子》――。

「これ、日付がないぞ」

「今日でええんかいな」

「八月二日や。ちゃんと書け」日付のない借用証に効力はない。

小夜子は日付を入れた。柏木はキャビネットに鍵を挿《さ》して扉を開け、帯封の札束をふたつテーブルに置いた。

「いつでも現金があるんやな」

キャビネットを覗き込むようにして小夜子はいう。「物騒やで」

「金がないのは首がないのといっしょや。死んだ親父がようようてた」

「ヤクザのお父さんかいな」

「気安ういうな。極道でも親父は親父や」

そう、柏木の父親はヤクザだった。神戸川坂《かわさか》会系の三次団体の組長で、柏木が中学生のころは組員が十人以上いた。男が人前で財布を出すのはみっともないと父親はいい、いつも数十枚の一万円札を丸めてズボンのポケットに入れていた。それがギャングの美学だとでもいうように。父親は柏木が大学に入った年の夏に上部団体から絶縁処分を受け、組を解散した。絶縁の理由は知らない。

ヤクザが代紋をなくしたら、あっというまに行き詰まる。それまで五分のつきあいをしていた仲間が反目《はんめ》に立ち、貸した金も踏み倒される。組員もちりぢりになり、母親がやっていたミナミのラウンジも二束三文で人手に渡った。父親は落魄《らくはく》し、若いころの刺青《ほりもの》で感染した肝炎から肝硬変、肝臓ガンになり、朽木のようになって死んだ。絶縁からちょうど三年目だった。

柏木は授業料不払いで大学を除籍になり、親戚のツテで小豆《しょうず》の先物取引会社に入ったが、そこは客を食い物にする詐欺会社だった。ヤクザの子はヤクザと見られて地上げ屋やマルチ商法といった闇商売の客を担当させられ、それでも柏木は懸命に働いて、営業成績はいつもトップクラスだった。玲子《れいこ》というミナミのホステスと同棲し、毎晩のように飲み歩く日々がつづいたが、所詮はバブルに浮かれていただけだったのだ。九二年の春、欠損を出した川坂会系の企業舎弟に呼び出されて南港《なんこう》のコンテナ倉庫に監禁され、飲まず食わずで三日も過ごしたときは死も覚悟した。

柏木は先物取引会社を辞め、失業保険で食いつないだが、実態はヒモだった。毎日、玲子から四、五千円の小遣いをもらい、ミナミのクラブへ送り迎えをする。いつしかシャブを覚え、金がないときは玲子を殴りつけたりもした。そうして、ある朝、マンションに男が五人、現れた。彼らは南署生活安全課の刑事だった。あとで知ったが、南署にタレ込んだのは玲子だった。覚醒剤取締法違反で有罪判決を受け、執行猶予で釈放されたが、マンションは解約され、玲子は姿を消していた。

「あんた、ヤクザとつきおうたことはないんか」小夜子に訊いた。

「そんなもん、あるかいな。ヤクザは大嫌いや」

「おれもひとつころんだら、親父の稼業を継いでたかもしれんぞ」

「あんたみたいな優男《やさおとこ》に切った張ったはできへん。わたしと組んで、せいぜい金儲けしたらええんや」

「おれは影が濃いんかもしれんな」

「どういうことよ」

「運が強いんや」

釈放されたその日、マンションの近くで出会ったのが先物の客、金井《かない》だった。どうしたんや、不景気なツラして、というから、シャブのことも正直に話した。すると金井は、うちへ来い、といった。金井は島之内《しまのうち》で結婚相談所をしていた。

「捨てる神あれば拾う神ありや。人間、どこにチャンスがころがってるか分からん」

「それはなんや、中瀬の爺さんのことかいな」

「そういう瑣末《さまつ》なことはいうてへん。人生について述懐したまでや」

「なによ、ジュッカイて」

「知らんのかい。ひとが守らんといかん十の戒めや。不殺生《ふせつしょう》、不偸盗《ふちゅうとう》、不淫、不飲酒……、あとは忘れた」

「あんた、わるい宗教にでもはまってんのか」

「おれのアイデンティティーや。悪党の哲学」

「ひとを騙すのはジュッカイにないんかいな」

「爺を騙すのは功徳《くどく》や。たとえ一月や二月でも夢を見られるんやからな」

「夢を見るのは金が要るで」

「あんたみたいな女に毟《むし》りとられるんや」

「いわんといて。ひとを悪者みたいに」小夜子は鼻で笑った。

柏木は金井の相談所で会員から金を吸いあげるノウハウを学んだ。ターゲットは女より男。それも妻に先立たれた老人だった。彼らはイベントやパーティーにせっせと参加し、紹介された相手の容貌や気立てがどうあろうと、一言優しい言葉をかけられれば、ほぼ例外なく交際を望んで驚くほど安易に金を出す。子供や孫に資産を残してやろうという考えは薄く、老い先短い現世に固執し、孤独が癒やされさえすれば、あとはどうでもいい。たとえ老人でなくても、主導権と選択権は常に女のほうにあり、寂しい男ほど騙しやすいものはないと思い知った。

柏木は金井の相談所に三年いて、独立した。東大阪の小阪に事務所を借りて『ブライダル天祥《てんしょう》』を開き、その三年後には西宮《にしのみや》の苦楽園《くらくえん》に『ブライダル樹祥《じゅしょう》』を、またその四年後には吹田《すいた》の江坂に『ブライダル微祥《びしょう》』を開設した。三店の所在地と呼称は別だが、入会募集や会員紹介、サロンでの食事会などは江坂の『微祥』が統括している。いま世間は不況だが、柏木の結婚相談所が経営的に危うくなったことはない。これからの高齢化と介護社会を見越した隙間産業なのかもしれない。

小夜子は煙草を消し、ヴィトンのトートバッグに札束を入れた。

「帰るわ。タクシー呼んで」

「いま、カフェオレを頼んだやないか」

「呼んでもすぐには来えへんわ、タクシーは」

「駅前までワンメーターやぞ」

「家まで乗ったらええんやろ」

小夜子のマンションは西区の北堀江だ。小夜子は北堀江から藤井寺の中瀬耕造のマンションへ、週に三日、通い妻をしている。

柏木は葉巻を灰皿に置き、タクシー会社に電話をした。迎車は十分後に来るという。

電話を切り、アドレス帳を繰って樫本《かしもと》の携帯の番号を出した。ダイヤルボタンを押す。すぐにつながった。

――樫本さん、柏木です。ブライダル微祥の。

――あ、どうも。お元気ですか。

――ぼちぼちですわ。……樫本さんに頼みがあるんやけど、また金庫をひとつ開けてもらえませんかね。

――はいはい、なんぼでも開けまっせ。

――金庫はダイヤル錠です。場所は藤井寺。いつがよろしいか。

――日にちと時間は所長さんに合わせますわ。

――ほな、今晩はどうですか。急なことやけど。

――六時以降やったら行けます。

――ちょっと待ってください。

通話口をふさいだ。

「今晩でもええんか。金庫開けるの」

小夜子に訊いた。うん、とうなずく。

――ほな、七時にしましょか。近鉄藤井寺駅の南出口。交番のそばのハンバーガー屋で待ってます。

――了解です。電車で行きますわ。

電話は切れた。

「七時や。鍵師を連れていく」

「分かった。先に藤井寺へ行っとくわ」

そこへノック。薗井がステンレスのトレイに載せたアイスコーヒーとカフェオレを持ってきた。

小夜子に挨拶し、テーブルにグラスを置いて出ていった。

「なんやの、あの子。えらい短いスカート穿いて。かがんだらパンツが見えそうやんか」

「ミニスカートは若い女の特権や」

「いくつよ、あの子」

「二十三かな」

「あんた、やったんかいな」

「するわけないやろ。スタッフと」

薗井にそそられたことはない。柏木は化粧の濃い蓮っ葉な感じの女がタイプだ。

小夜子はカフェオレを飲み、日傘とバッグを持って立ちあがった。

「まだ来てないぞ、タクシー」

「下で待つわ。ここは落ち着かへん」

相も変わらず勝手な女だ。金さえ受けとったら用はない、というふうに。

小夜子は白い上着の襟元を指で払い、所長室を出ていった。

午後七時すぎ——。樫本がハンバーガーショップに入ってきた。手に黒いボストンバッグを提げている。柏木をみとめてそばに来た。

「すんません。ひと電車、遅れました」頭をさげる。

「おれもさっき来たばっかりです。なにか飲みますか」

「いえ、よろしいわ」

「ほな、行きましょ」

店を出た。バス通りを南へ歩く。

「暑いですなぁ、毎日、毎日」

樫本は長袖の作業服を着ている。「ここ一週間、熱帯夜ですわ」

「ひと雨来たら、琵琶湖の水位もちょっとはあがるのにね」

「遠いんですか。現場は」

「あのマンションです」

小学校のグラウンド越しに見える高層マンションを指さした。夕陽に赤く染まっている。部屋に入るのは今日が初めてだ。

樫本をともなって『エンブル藤井寺』のエントランスに入った。壁際の電話をとり、〝518〟を押す。小夜子が出た。

——着いた。

——うん。

作動音がしてロックが解除された。ガラスドアが開く。ロビーに入った。床と壁面にアイボリーの大理石を張った吹き抜けの広い空間にエレベーターが四基。メールボックスを見ると、各フロアに二十室ほどあった。

「けっこう大きなマンションですな」

「藤井寺球場、憶えてますか。近鉄のフランチャイズ。あの跡地に建ったみたいです」

中瀬耕造がいつ、このマンションを買ったかは知らない。

「へーえ、ここが球場やったんですか」

五階にあがった。５１８号室をノックする。小夜子がドアを開けた。

「鍵師の樫本さん」紹介した。

「お世話になります。武内です」

小夜子は愛想よく挨拶した。赤いラメ入りのサマーセーターを着ている。

リビングに通された。ライトグレーのカーペットに白いシャギーのセンターラグ。黒い布張りの応接セットと化粧合板のサイドボードは真新しいが、いかにも安っぽい。小夜子は耕造から大枚の支度金をとりながら、ろくな家具を買っていないのだ。

小夜子は樫本に缶ビールを出した。つまみはコンビニのミックスナッツ。柏木は葉巻を吸いつけた。

「ええ香りですな、葉巻は」

樫本がいった。「高いんですやろ」

「これは大したことない。いちおうはハバナやけど」

「なんぼぐらいするんです」

「二千円です」

「一本が二千円……。そら高いわ」

葉巻を吸っていると、一本くれといわれることがあるが、そういう相手に限って、ちょっと味見をしただけで捨ててしまう。もったいないし、葉巻がかわいそうだから、普段吸わない相手には進呈しないことにしている。

樫本はビールを飲みほした。金庫を見せてください、と小夜子にいう。小夜子は樫本と柏木を和室に案内し、押入の扉を開けた。

「業務用の金庫ですな」

樫本はいった。「ダイヤルとレバーハンドルの併用。こいつは時間がかかりますわ」

「どれくらい、かかります」と、小夜子。

「早うても三、四十分は」

「じゃ、開けるときは知らせてください」

いって、小夜子は和室を出ていった。

「こんな本式の金庫、普通の家庭で見たんは初めてですわ」

樫本はボストンバッグから小型の集音器のようなものを出し、イヤホンのジャックを挿した。

「よっぽど、大事なもんが入ってるんですかね」

「というよりは、よめはんのことを信用してへんかったんやろ」

「旦那さん、死んだんですか」

「いや、生きてる。いまは意識不明で病院や。脳梗塞でね」

「会社でもやってたんですか」

「高校の校長さんや。大学の教授もやってた」

「教育者はよめさんにも気を許さんのですかね」

「あの婆さん、後妻やからな」

「ああ、それで柏木さんの結婚相談所を」

「ま、うちのお得意さんということや」

樫本はあれこれ訊いてくる。うっとうしい。

「ほな、あとは任せるから」

柏木は和室を出た。小夜子はリビングにいない。ダイニングへ行くと、テーブルに頬杖をついて煙草を吸っていた。

「あのひと、頼りなさそうやけど、腕は確かなん？　小肥《こぶと》りやし、風采あがらんし」

「風采は関係ないやろ。ほかの鍵師に頼んだことはないんや」

柏木は金井の結婚相談所で樫本を知った。もう十年近いつきあいだ。遺産相続がらみで金庫を開けるようなときは、弁護士の立ち会いが必要だとか面倒なことがあるが、樫本は関係なく仕事をし、余分な料金も請求しない。そういう意味では便利な男だ。

柏木は椅子に腰かけた。キッチンに鍋や包丁はあるが、使った形跡がない。流し台のまわりにはコンビニの惣菜の空きトレイが散乱している。

「あんた、料理はせんのか」

「するわけないやんか。邪魔くさい」

「飯も炊かんのか」炊飯器も見あたらない。

「なにが悲しいて米を研がなあかんのよ。手が荒れるわ」

耕造は小夜子が買ってくるコンビニの惣菜とレトルトパックの飯しか食っていなかったらしい。それで毎月、二十万、三十万の生活費を小夜子に渡していたのだ。「――釣った魚に餌やったら、いつまでも死なへん。あんたも困るやろ」

「ま、そのとおりやけどな……。通いのヘルパーは来んのか」

「ヘルパーはわたしが断った。陰気くさい、嫌な女やった」

「爺さんも哀れやの」

冷蔵庫の扉を開けた。卵が一ケースと缶ビールの六本パックがふたつ、飲みさしの白ワイン、豆腐、チーズ、キムチ、たくあん、インスタントの味噌汁——。野菜や果物はない。

「うちの秘密兵器、知ってる？」

「秘密兵器……。なんや、それは」

「味噌汁と漬物やんか。醬油をいっぱいかけて爺さんに食べさせるねん」

「ただでさえ塩辛いもんに、まだ醬油をかけるか」血圧が高くなるはずだ。

「年寄りは舌が鈍いやろ」平然として小夜子はいう。

柏木は缶ビールとチーズをとって椅子に座った。

「このマンション、爺はいつ買うたんや」

「五、六年前。新築分譲のとき」

価格は三千四百万円。３ＬＤＫ、七十五平米、と小夜子はいった。「いま売ったら、三千万にはとどかんやろね」

「爺は株の話をせんかったか」

「した。高校の退職金で、けっこう買うてたみたいや」

銘柄と金額は小夜子が訊いても答えなかったという。

「証券会社から取引報告書みたいなもんはとどかんのか」

「取引なんか、してへんで。爺さん、パソコンできへんし」

「せんでも、持ってる株の報告は来るはずやぞ」

「郵便物はわたしに触らせへんねん。毎日、メールボックスを覗きに行く。ボックスの鍵はいつもズボンのポケットに入れて離さへん」

「よっぽど信用されてへんのやな、あんた」

「そんなんやない。あの爺さんは誰も信用せん。娘ふたりにも、預金がなんぼあるかいうてへんのやから」

「預金とこのマンションは公正証書をまいてるから大丈夫やけど、問題は株や。娘に知られんうちに換金せなあかんぞ」

「分かってる。そのために金庫開けるんやろ」

小夜子は柏木の缶ビールをとってプルタブを引いた。「コップ、とってよ」

「そのまま飲まんかい」

「ビールは泡をたてて飲むもんや」

小うるさい女だ。柏木はダイニングボードからグラスを出し、冷蔵庫からもう一本、缶ビールを出した。

八時——。樫本がダイニングに来た。金庫を開くにはハンドルのそばに穴をあける必要があるという。
「ドリルで十ミリほどの穴をあけたいんですわ。そこからスコープを入れて、カムを見ながらダイヤルを合わせる……。そうせんと、今晩中には無理ですわ」

「そんなに面倒くさい金庫ですか」小夜子がいった。

「最新式の防盗金庫です。こっちも傷はつけとうないんですけどね」

「穴は簡単にあくんですか」

「あきます。せいぜい二ミリ厚のスチールやから」

金庫本体を壊すわけではない、と樫本はいう。

「じゃ、いいです。あけてください」

「すんません。もうちょっと待ってください」

樫本はダイニングを出ていき、ほどなくして電動ドリルの音が聞こえはじめた。

「あんた、見にいかんでもええんか。あのひとが先に金庫あけて、中のもん盗るかもしれんで」

「樫本はそんな人間やない。根っからの職人や」

ビールを飲み、チーズをつまんだ。

「金庫の開け賃、なんぼよ」

「さぁな、今日は手こずってるから、五、六万は請求されるのとちがうか」

「もちろん、あんたが払うんやろ」

「あほいえ。おれは依頼人やない。樫本を紹介しただけや」

「わたし、払わへんで。絶対に」

「あんたとおれは折れや。なんでも折半にするのが定《き》めやろ」

「一本が二千円もする葉巻吸うてるくせに、細かいことばっかりいわんとってよね」

小夜子は天井に向かって煙草のけむりを吐く。年寄りにしては染みの少ない左手の薬指にエメラルドの指輪をはめ、長い爪にはダークレッドのマニキュアをしている。

「あんた、洗濯はどうしてるんや」

「クリーニングやんか」

「爺のパンツやシャツは」

「自分で洗濯機まわして、乾燥機に入れてるわ」

「夫婦とはいえんな」

「なんべんもいうてるやろ。釣った魚に餌は要らへんと」

小夜子は吸いさしの煙草を流しに放った。


ドリルの音がやんで三十分が経った。いくらなんでも遅い。

柏木と小夜子は和室へ行った。樫本は押入にスポットランプを入れ、金庫のダイヤルを操作していた。

「開きそうですか」声をかけた。

「もうちょっとです」背を向けたまま、樫本はうなずく。

五分ほど待った。樫本はレバーハンドルをまわして、開きました、と振り向いた。

柏木は樫本と替わって押入に上半身を入れた。金庫のレバーを引く。厚い扉は抵抗なく開いた。

「よろしいか」

「けっこうです」

「ほな、これで」

樫本は工具類をボストンバッグにもどす。柏木は料金を訊いた。

「業務用の金庫なんで、七万円いただけますか」

足もとを見られた気もしないではないが、口止め料込みだ。柏木は金を渡した。樫本は開錠番号を変更し、新たな番号を粘着テープに書いて金庫の扉――穴の部分に貼った。柏木は小夜子とふたりで樫本を送り出し、和室にもどった。

小夜子は金庫の中身を畳の上に並べた。不動産の権利証書、大成銀行古市《ふるいち》支店の総合口座通帳、株式の増資割当通知書、取引残高報告書、平成十年から昨年までの特定口座年間取引報告書と、耕造の実印、銀行印、印鑑登録カード――。現金、貴金属類はなかった。

「死んだよめは指輪とかネックレス、持ってへんかったんか」

「娘が持っていったんやろ。形見分けで」

不動産権利証書は二通あった。羽曳野市翠《みどり》が丘《おか》三丁目の土地建物と藤井寺市春日町五丁目の集合住宅一室だ。〝翠が丘〟は土地三百九十八平米に木造瓦葺き二階建百三十六平米の家屋、〝春日町〟は鉄筋コンクリート造の七十五平米だった。

「羽曳野の家は土地が百二十坪に建物が四十坪もあるな」

「バス通りに面した、庭の広い家や。建物は古いけど、バス停と郵便局がすぐ近くやし、売りに出したら、捨値でも六千万にはなると思うわ」

翠が丘の土地の値段は坪五十万円前後だと小夜子はいった。

「なんで公正証書にまかせんかったんや。羽曳野の土地建物を」

「爺さんが強情なんや。翠が丘の家は娘が生まれ育った家やから、ふたりに残してやるんやと、どうしてもいうことをきかんかった」

「くそっ、爺が死ぬまでになんとかせんとあかんな」

「もう無理やで、公正証書を書き換えるんは。意識がないんやから」

「娘にかけあえ。いまのうちに相続放棄させとくんや」

「あんた、思いつきでものをいいなや」

小夜子は権利証書をひらひらさせながら、「姉のほうはともかく、妹は性根がわるい。ほっぺた張ったら蹴ってくるような女やで」

柏木は嗤《わら》った。この極悪女に性根がわるいといわれるのは、いったいどんな女だ。石町で建築事務所をやっているらしいから、設計依頼を装って会ってみるか。

「とにかく、羽曳野の家を金にするんや。六千万をパーにするわけにはいかん」

柏木はいって、大成銀行の総合口座通帳を開いた。定期預金が二千三百万円、投資信託が千六百万円、普通預金が二百三十万円あった。

「なんと、爺は四千万も隠してたぞ」

「ほんまやな。どえらいお宝爺さんや」小夜子はほくそえむ。

株式の取引残高報告書で、耕造は清和証券阿倍野支店扱いの株七銘柄、現評価額、二千五十万円を所有していると分かった。

「しかし、爺はなんでこんなに金持ってるんや。たかが公務員が」

「爺さん夫婦は共稼ぎやったんや。よめも定年まで高校の教師してた」

「そうか、爺はよめの遺産をな……」

「爺さんの話より、この通帳と株や。どうする？」

「定期預金と投資信託は解約。普通預金に移すんや」

「株は？」

「みんな売る。振り込みの指定口座はこの通帳やろ」

「分かった。明日、大成銀行に行くわ」

「おれもつきおうたる」

「別につきおうていらんわ」

「おれは心配なんや」

「あんたが心配なんは金や。うちが持って逃げへんか、ごまかしたりせえへんか、それだけや」

　小夜子は権利証書を放った。大成銀行の通帳をとり、銀行印に手を伸ばす。柏木はその手を払った。

「なにすんのよ」

「印鑑はおれが持っとく。あんたは通帳や」

「最低やな。どこまで疑り深いんや」

「それをいうんやったら、金出せや。三万五千円。鍵師に払うた七万の半分」

「へっ、ばからしい。誰が出すか」

　小夜子は和室を出ていった。

3

　午後六時——。朋美は塗装業者に渡す色見本指定リストを作り終えた。椅子の背もたれを倒して煙草を吸う。ガラスパーティション越しに、司郎とアシスタントの吉田《よしだ》と河村《かわむら》が長谷川邸の外装ラフプランを囲んで話し込んでいるのが見えた。長谷川邸は箕面《みのお》市粟生《あお》に新築する延建二百平米の居宅で、RC造、南側の三十平米のガレージ上にカンチレバー（片持ち梁）の二階リビングを配置する斬新な建物だ。

なにをあんなに真剣に考えてるんやろ――。朋美は煙草を消して部屋を出た。

「どうしたん、三人とも首を捻って」デスクの脇に立った。

「アールや。屋根と庇《ひさし》のエッジのアール。三百にするか、二百にするか、全体の外観に影響するからな」

内径三百ミリの曲線と二百ミリのそれは確かに印象が異なる。三百ミリなら柔らかく、二百ミリならきりりっとする。

「司郎さんはどっちがいいと思うの」

「分からん。分からんから迷うてる」

「吉田くんは」

「どっちですかね。判断できません」

困ったように吉田はいった。彼はいつも自分の意見をいわない。司郎が三百ミリ、二百ミリといえば二百ミリに同意するのだ。

「裕美《ひろみ》ちゃんは」

「屋根が三百、庇が二百です」河村は意見をはっきりいう。

「朋ちゃんはどうなんや」司郎が訊いた。

「わたしは裕美ちゃんに賛成」

「その理由は」

「フィーリング」

「うーん、そうやな」

司郎は腕を組んだ。「裕美ちゃんの勝ちとしよか」

「ありがとうございます」

裕美はぺこりと頭をさげた。笑うとえくぼができる。

「あとは道路側の屋根に出る暖炉の煙突やな。派手にするか、目立たんようにするか」

「屋根は銅板やったね」朋美は訊いた。

「ライトグリーンのブロンズ仕上げや」

「勾配は」

「緩い。二寸勾配」

「それやったら、屋根のポイントとして煙突をちゃんと見せたほうがいいと思う。円筒形で、仕上げは壁と同じ吹きつけタイル。雨除けは三角の銅板で」

「三角帽子の煙突はかわいすぎへんか」

「そうか。屋根に人形が乗ってるみたいやね」

侃々諤々《かんかんがくがく》……というよりは、愉しい意見交換だ。煙突は別素材の雨除けにせず、上端に横穴を開けて排煙することに決まった。

「パース（完成予想図）は描くの」

「描く。次回の打ち合わせでクライアントに提示する」

パースは外注だが、描き手によって巧拙がある。巧いパースは建物だけでなく、樹木や背景の処理にセンスがあり、額に納めればそのまま一枚の水彩画になる。ここ数年、司郎と朋美は釣鐘《つりがね》町《ちょう》のグラフィックデザイン事務所にパースを依頼している。

「さ、これで外観は決まった」

司郎は伸びをした。「みんなで飯食いに行くか」

「わたしはあかん。病院へ行かんと」

「ああ、そうやったな」

「面会時間は八時まで。富田林は遠いし」

朋美は自室にもどり、煙草とライターをバッグに入れた。


天満橋から地下鉄谷町線で天王寺、近鉄に乗り換え、富田林駅で降りた。駅から十分ほど東へ歩く。薫英会病院に着いたときは日が暮れていた。

朋美は六階にあがった。ナースステーションの隣の個室へ行く。ノックしてドアを開けると、ベッドに寝ているのは女性だった。

失礼、ごめんなさい——。慌ててドアを閉め、ナースステーションで耕造の部屋を訊いた。607号室、二人部屋だという。個室から相部屋に移ったのは容体が安定したからだろう。

607号室に入った。右のベッドの足もとに尚子が座っていた。

「来てたん、姉さん」

「六時ごろ来た。夕飯食べてね」

「わたし、食べてない。血糖値がさがって、ふらふらするわ」

「もっちゃん、糖尿?」

「なわけないやんか。粗食やのに」

「眼のまわりが黒いよ。クマができてる」

「えっ、ほんま……」

洗面台の鏡を見た。クマはない。いつもの美人だ。

「嘘ついたやろ、姉さん」

「そんなふうに見えてん」尚子は笑った。

耕造のそばに行った。眼をあけている。わずかに顔をこちらに向けた。

「お父さん、分かるの」

ウー、ウー、と耕造は呻いた。返事をしたのだ。

「これって、意識があるということ?」

尚子に訊いた。黙って、うなずく。

「お父さん、よかった。わたし、朋美やで」

耕造は右手をわずかにあげた。なにかいおうとしているようだが、声にはならない。

「無理せんでもいい。これから、ちょっとずつ話せるようになるわ」

手を握った。握り返すかのように、指先がかすかに動いた。

「看護師さんがいってた。どこまで回復するかは、すごい個人差があるって」

尚子はいった。「梗塞で失われた脳の機能はもどらないけど、それを補完する働きもあるんやて。ひとの脳はＭＲＩの画像だけでは分からんみたい」

「お父さん、聞いた? 治そうという意志が大切なんやで」

耕造は眼をつむった。涙がひと筋、こめかみに伝う。朋美は手の甲で涙を拭《ぬぐ》い、耕造の頰をさすった。白い髭が伸びている。

「今日は小夜子さん、来た?」

「来てない」

「昨日は」

「昼間に来たみたい。着替えを置いて、すぐ帰ったんやて」

それを聞いて、朋美はベッドの脇のキャビネットを開けた。着替えの下着とパジャマは包装されていた。

「あのひと、来るたびに新品の着替えを持ってくるやんか。洗濯なんかしてないんや」

葬式代もない、と小夜子はいいながら、下着やパジャマは使い捨てのように買ってくる。百円ショップで売っているような安物を。「──わたし、小夜子さんの指輪が気に入らんねん。会うたびにちがう指輪をしてるやろ」

「そうかな……」

「ダイヤ、ルビー、エメラルドも見た。左の薬指」

「そんなに、とっかえひっかえしてるの」

「しっかりしてよ、姉さん。ちゃんと観察してよ」

「わたし、そういうのに興味ないから」

尚子は夫が死んでもなおプラチナのリングを指につけている。夫婦仲はよくなかったのに。

「あのひとは服の趣味もわるい。出来そこないのセレブみたいにちゃらちゃらして、主婦という感じはかけらもないわ」

「そこまでぼろくそにいわれたら立派やわ」

「わたしは情けないねん。あんなひとが母親やと、誰にもいわれへん」

小夜子は、耕造の世話をしたい、最期を看取りたい、といって後妻になったのだ。なのに、いったこととしていることがちがいすぎる。

「もういい、もっちゃん。お父さんが聞いてる」

尚子は唇に指をあてた。「ちょっと来て。話があるねん」

ふたりで廊下に出た。休憩コーナーへ行く。朋美は自販機で緑茶をふたつ買い、ひとつを尚子に渡してシートに腰をおろした。

「なんやの、話って」

「さっき、婦長さんに呼ばれた。これからどうするか、考えておいてくださいって」

「どういうこと」

「お父さんがこの病院にいられるのは一カ月が目途なんやて。できるだけ早く転院先を探して、入院の申込みをするようにいわれた」

「それって、なに？　あんな状態の患者を放り出すわけ」

耕造がもとにもどるとは考えられない。順調に回復しても、おそらく、寝たきりになるだろう。

「寝たきりの患者を受け入れてくれる病院なんかあるの」

「明日、この病院のソーシャルワーカーに転院のことを相談する。一時に予約したけど、もっちゃんも来て欲しいねん」小夜子も同席すると、尚子はいった。

「一時か……」

考えた。仕事は山ほどあるが、尚子に押しつけてばかりはいられない。それに、小夜子がいるとなにをいいだすか分からない。

「うん、来るわ。一時に」

うなずいた。「――でも、受け入れ先がなかったらどうなるの」

「在宅介護するようにいわれるかもしれんね」

「在宅介護……。どこで？」

「藤井寺のマンションか、羽曳野の家か……」

「そんなん、あかんわ。藤井寺はあかん。あの小夜子さんが介護するわけない。お父さん、死んでしまう」

「だったら、羽曳野に引き取るの？　わたしが介護するわけ？」

「そうはいってない。わたしも介護するし、介護サービスのひとも頼んで……」

「もっちゃん、甘いわ」

尚子はさえぎった。「お父さんは自分でものを食べられへん。流動食はどうするの。点滴はどうするの。うんちやおしっこは垂れ流し。おむつを換えるのも、身体を拭くのも、お風呂に入れるのも、なにもかも介護なんやで」

「………」そういわれれば、なにもいうことはできない。

「だから、在宅介護は選択肢になし。それだけは憶えといて」

「分かった。姉さんのいうとおりにする」

天井スピーカーから曲が流れた。ヴィヴァルディの『四季』、秋の第一楽章とともに面会時間の終了が告げられた。

尚子と朋美は病室にもどり、耕造に声をかけてからロビーに降りた。薫英会病院を出る。朋美は煙草を吸いつけた。

「もっちゃん、歩き煙草はやめとき」

「ちゃんと灰皿持ってます」

携帯用の灰皿を広げた。「なにか食べよ。つきあって」

「食べたらいいやんか。わたしは帰る」

「つきあってくれたらタクシー奢《おご》る。家まで送るよ」

「じゃ、ビール飲もうかな。きりっと冷えた生ビール」

尚子はちゃっかりそういって、バス通り沿いのステーキレストランへ向かった。

※　　※

八月三日、金曜日――。

近鉄南大阪線古市駅近くのコインパーキングに車を駐《と》め、駅前のロータリーへ行くと、小夜子はタクシー乗場のベンチに座って煙草を吸っていた。

「珍しいな。まだ一時前やぞ」ロータリーの時計は十二時五十分を指していた。

「あんたこそ、いつも遅刻するのにね」口の減らない女だ。

「行くか」

「待って。煙草がもったいない」

小夜子は立つ気配がない。「車で来たんやろ」

「ああ、そうや」

「なんて車？」

「いうても分からんやろ」

「ベンツやったら知ってるわ」

「ベンツやない。アウディの〝A8〟や」

「安い車に乗らんとき。金あるのに」

「そうかい。次はロールスロイスでも買うわ」

アウディのA8がベンツのSクラスと同格だといっても、どうせこの女には分からないし、見せたくもない。車が腐る。

「ほら、行くぞ。くそ暑いわ」

いうと、小夜子はさも面倒そうに立ちあがり、煙草を捨てて、ヒールで踏み消した。タクシーの運転手が眉を顰《ひそ》める。小夜子は素知らぬ顔で歩きだした。

大成銀行古市支店はロータリーから西へ行った交差点の角にあった。ロビーに入り、案内係の女性に、定期預金と投資信託を解約したい、と小夜子はいい、金額をいった。

お待ちくださいーー。案内係はカウンターの中に入り、すぐに出てきた。小夜子と柏木は応接室に通された。

「さすがに、二千三百万と千六百万の解約となると、はい、かしこまりました、とはいかんな」

「なんでも、もったいぶるんや。銀行いうとこは」

ノックーー。行員が入ってきた。ダークグレーのスーツにモスグリーンのネクタイ、セルフレームの眼鏡をかけ、髪を七三に分けている。

「店次長の奥本《おくもと》と申します」

行員は名刺を差し出した。小夜子と柏木は出さない。奥本はソファに腰をおろした。

「主人が脳梗塞で倒れて、富田林の薫英会病院に入院してます。今後のことを考えて、定期と投信を解約したいんです」

小夜子は総合口座通帳をテーブルに置いた。柏木はその横に銀行印を置く。奥本は通帳を手にとって定期預金と投資信託の金額を確かめた。

「失礼ですが、どちらも全額の解約をご希望でしょうか」

「そうです。みんな普通預金に移したいんです」小夜子はいう。

「一部だけ解約ということは、ご無理でしょうか」

「ごめんなさい。現金が必要なんです」

小夜子は深く頭をさげた。殊勝だ。ひとはこれに騙される。

「分かりました。ご希望に添うようにいたします」

奥本はいった。「この口座はご主人の名義なので、ご本人に解約申込書を書いていただかないといけませんが……」

「さっきもいいましたように、主人は意識がないんです。ほとんど全身マヒで、字なんか書けません。齢は九十一やし、お医者さんからも回復の見込みはないと聞いてます」

「それでは、委任状も……」

「無理です。書けるわけありません」

「そうですか……」

少し、間があった。「では、奥様のご依頼ということで解約手続きをいたしますが、勝手ながら、ご主人に会わせていただかないといけません」

「えっ、なんで主人に？」

「わたしどもといたしましては、金融庁からの指導もございまして、ご本人の状態を確認してからでないと解約できないきまりになっております。まことに面倒なことで申しわけございません」

くそっ、やっぱりな——、柏木は思った。奥本の説明はまわりくどいが、いくら通帳と印鑑を持っていても、耕造本人を連れてこないと、解約手続きは簡単にはできないと分かった。

「それと、もう一点、奥様とご主人の関係を証明できる住民票とか戸籍謄本を用意していただけますでしょうか」

奥本はつづけた。「いえ、これは親族ではない他人が解約できないよう、念のためということでお願いしております」

「わたしは中瀬の妻ではありません」

にこやかに、小夜子はいった。「一昨年、中瀬と結婚して同居してる後妻です」

「あの、後妻なのに妻ではないといわれるのは……」奥本は訝《いぶか》った。

「結婚はしましたけど、まだ籍を入れてないんです」

「すると、法的には他人ですか」

「法的には、内縁の妻です」

「ごめんなさい。おっしゃる意味が分からないんですが」

「次長さんは公正証書遺言を知ってはりますか」

「はい、もちろん」

「じゃ、これを見てください」

小夜子はバッグから茶封筒を出し、四つ折りの紙片を抜いて広げた。「主人が書いた公正証書です。原本は堺東《さかいひがし》公証役場にあります」

奥本は公正証書に見入った。柏木も見る。一昨年の冬、柏木が立ち会って作成した証書だ。

《本公証人は、遺言者中瀬耕造の嘱託により、証人柏木亨、証人瀬川頼子の立ち会いのもとに、遺言の口述を筆記してこの証書を作成する。

第壱条　遺言者は、遺言者の有する財産のうち、羽曳野市翠が丘3丁目8番9号の土地及び家屋を除く他の財産の全部を、遺言者の内縁の妻武内小夜子（昭和18年1月15日生）〈住所　藤井寺市春日町5丁目6番1号エンブル藤井寺518号室〉に包括して遺贈する。
本旨外要件
住所　藤井寺市春日町5丁目6番1号エンブル藤井寺518号室
職業　無職
遺言者　中瀬耕造
生年月日　大正9年9月4日
右は印鑑証明書の提出により、人違いでないことを証明させた。

住所　吹田市江坂8丁目5番3号ビスタ旭1212号室
職業　人材紹介業
証人　柏木亨
生年月日　昭和44年6月30日

住所　豊中市西桜塚6丁目1番19号
職業　無職
証人　瀬川頼子
生年月日　昭和24年3月4日

以上のとおり読み聞かせたところ、一同その記載に誤りがないことを承認し、次に署名捺印する。

遺言者　中瀬耕造　印

証人　柏木亨　印

証人　瀬川頼子　印

この証書は、平成22年12月3日　本職役場において、民法九百六拾九条第壱号ないし第四号に定める方式に従って作成し、同条第五号に基づき、本職次に署名捺印する。

堺市堺区中瓦町7丁目12番5号

大阪法務局所属

公証人　山本喬司　印》

「ありがとうございます。ご事情は概《おおむ》ね承知いたしました」

奥本は顔をあげた。柏木を見て、「こちらさまは」

「証人です。柏木亨《とおる》です」柏木はいった。

「武内さまとはどんなご関係でしょうか」

「遠縁ですわ。いちいち説明するのも面倒くさいような遠縁です」

「なるほど」

奥本はうなずき、「この公正証書は、あとでコピーしてもよろしいでしょうか」

小夜子に訊く。小夜子は了承した。

「あと、ご主人さまは富田林の薫英会病院に入院されてるんですね」

「はい、そうです」

「わたしどもがご主人さまに面会する期日ですが、いつがご都合よろしいでしょうか」

「今日です」

「はい……？」

「今日の夕方、六時以降にお願いします」

「しかしながら、本日は……」

「今日は金曜です。明日、明後日はお休みでしょ」

口早に小夜子はつづける。「主人に面会したいと条件をつけはったんは、そちらさんのほうです。わたしはこのとおり、恥を忍んで公正証書までお見せしました。通帳も印鑑も持ってきました。今日、面会できないというのは、そちらさんの都合やないんですか」

「おっしゃるとおりですが……」

奥本は渋る。飲み会でもあるのだろうか。

「奥本さんは次長さんでしょ。あなたが面会しなくても、誰か寄越したらいいやないですか。それに、来週になったら主人の容体が急変して面会謝絶になるかもしれません。事情を察して顧客の便宜をはかるのが銀行の務めやないんですか」

「承知しました。薫英会病院に参ります」

奥本は折れた。「本日、午後六時に参ります」

「じゃ、解約手続きの書類をください。わたしの住民票や印鑑証明は要りますか」

「はい、住民票は武内さまと中瀬さまが記載されているものをお願いします」

「このあと、市役所に行ってとってきます」

「それでは、解約申込書をご用意します」

奥本は一礼し、応接室を出ていった。

「ほんまに、ひとが変わったような口のききようやな」

小夜子にいった。「あんた、才能があるわ」

「なんの才能よ」

「役者や。天性の台詞まわしやで」

「あほくさ。詐欺師とでもいいたいんやろ」

「そのひねくれ具合も才能や」

「藤井寺の市役所に送ってよ。住民票と印鑑証明とるから」

「タクシーで行けや。近くやろ」

「市役所には行かへんのに、銀行にはつきあうんやね」

「あんたとおれは〝チーム〟やからな」

「監督気どりかいな」

「あんたはエースや。微祥グループのな」

その言葉はほんとうだ。柏木がマネージメントするエース級の女はほかにも何人かいるが、小夜子はナンバーワンだろう。頭の回転の早さ、口のうまさ、臨機応変の変身とごまかし、中でも罪悪感のなさはまちがいなくナンバーワンだ。

「次長がもどってきたら、解約の日取りを確認せいよ」

「いわれんでも分かってるわ。どうせ、その日はあんたも来るんやろ」

小夜子は横を向き、「サービスわるいな。麦茶の一杯も出さへんわ」

筋ばった首をコクッと鳴らした。

※　※

朋美と尚子は薫英会病院の相談室でソーシャルワーカーに会った。藤岡《ふじおか》という三十代前半の小柄な女性だった。薫英会病院と提携している脳梗塞患者のリハビリ病院は南大阪に十二、堺に三、大阪市内に五つあると、藤岡はいった。

「中瀬さんはご高齢ですし、症状が重いので、リハビリよりも医療面の充実した病院をお選びになるのがいいと思います」

藤岡はリストを提示した。「柏原市《かしわらし》の青山記念病院、河内長野《かわちながの》の精華病院、和泉市《いずみし》の泉陽中央病院をお勧めしますが、どこも予約がいっぱいで、最短でも五十日程度の順番待ちです」

「今月中には転院しないといけないんでしょ。五十日も待てません」尚子がいった。

「だから、この三つの病院のどれかに予約申込みをしていただいて、このほかの病院にも入院予約をお願いしたいんです」

「それは、わたしたちで転院先を探すということですか」

「いえ、いまわたしが申しました病院のほかに、比較的余裕のある提携病院もありますので、優先順位を決めていただきたいんです」

「どこを優先していいか判断できません。教えてください」朋美はいった。

「患者さんの受け入れ人数の多い順に書きますね」

藤岡はリストに、鉛筆でベッド数を書き加えた。「これは目安ですから、あとはネットで調べるなり、病院を見学されるなりして、転院先をお決めください。個々の申込みはわたしがします」

藤岡は立場上、各病院の評判を口にできないのだろうと、朋美は思った。

「これは早く決めないといけないんですよね」

「はい、できるだけ」

「第一希望を、青山記念病院、精華病院、泉陽中央病院にしておいて、第二、第三希望をほかの病院にしたら駄目ですか」

「うーん、そうですね……」

藤岡は少し困ったような顔をしたが、「分かりました。とりあえず三つの病院は入院予約をしておきます」

「第二、第三希望は、電話でお伝えしてもいいですか」

「はい、お願いします」

「それと、今月中に受け入れ先が決まらない場合はどうなるんですか」

「その場合は、主治医の判断で入院期間を延長するかもしれませんが、リハビリが遅れることをお含みおきください」

九十一歳の脳梗塞患者にリハビリの効果があるとは思えないが、藤岡はそういった。

朋美は尚子を見た。ほかに訊くことはないか、と。尚子は小さくかぶりを振った。

「ありがとうございました。よろしくお願いします」

朋美は藤岡に礼をいい、尚子を促して相談室を出た。

「親切そうな子やったね」尚子はいう。

「MSWになるのはむずかしいねん。社会福祉士の国家試験があるし」

「なに？　MSWって」

「メディカル・ソーシャルワーカー」

「なんか、かっこいいね」

「だったら、FCAって知ってる？」

「知らない」

「ファーストクラス・アーキテクト。一級建築士」

「あ、そう」尚子は反応しなかった。

「小夜子さん、どうしたんよ。一時に来るはずやなかったたん」

「わたしはいったよ。一時に病院でソーシャルワーカーと話をするって」

「電話もないって、どうよ。端《はな》から来る気がないんやで」

「いいやんか、そのほうが。顔を見たくないんでしょ」

「声も聞きたくないわ」

小夜子の存在を思うだけで気分がわるくなる。「わたし、帰る。忙しいねん。ネットでリハビリ病院の評判を調べとくわ」

藤岡にもらったリストをバッグに入れた。

「転院先はもっちゃんに任せるわ」

「うん、そうする」

手を振って、尚子と別れた。

4

住民票と印鑑証明を渡した小夜子が大成銀行古市支店から出てきた。日傘を差し、あたりを見まわして柏木の車を探している。

柏木はクラクションを鳴らした。サイドウインドーをおろして、こっちや、と合図をする。小夜子は横断歩道を渡り、車に乗った。

「シートベルト、締めろや」

小夜子はさも面倒そうにベルトを締めた。柏木はハザードランプを解除して外環状線に向かう。

「これ、外車？」

「いうたやろ。アウディの〝A8〟や」

「外車やのに右ハンドルかいな」

「いまどき左ハンドルの外車に乗るやつはおらへん。もし乗ってたらイモや」

「うちの五番めの旦那、左ハンドルのベンツやったで」

「そんなもんに乗るから死神に取り憑かれたんや」

「あんたが死神やんか」

「おまえな、口に気ぃつけよ。いうてええこととわるいことがあるんやぞ」

「誰がおまえや。偉そうにいいなや」ふん、と小夜子は横を向く。

「それで、次長はどうやった。予定どおり六時に来るんやろな。薫英会病院」

「投信担当の部下とふたりで行きます、というてたわ」

「病室に娘がおったらややこしいぞ」

「うちが先に行って追い返しとく」

だから五時までには病院へ行きたいと小夜子はいい、「なにか食べよ。お腹空いたわ」

「おれは食うた」小夜子が市役所へ行っているあいだに喫茶店でランチを食った。

「ひとに仕事さしといて食べたら旨いやろね」

「旨いな。そういう嫌味を聞かんでもええもんな」

「あんたといてたら、ほんま腹立つわ」

「おれは立たん。人間ができてるからな」

「欲と道連れやろ」

ああいえばこういう。いちいち癇に障る女だ。

バス通りを左折して外環状線に出た。車は流れている。どこでもいいから店に入って、と小夜子はいった。

「ほんまにどこでもええんやな」

ファストフードのカレー屋の手前でウインカーを点滅させた。

「ええ加減にしいや。この暑いのにカレーなんか食べられへんやろ」

甲高い声で小夜子はわめいた。


富田林駅近くの蕎麦屋に入って柏木はざるそば、小夜子は鴨せいろを食い、四時半に小夜子を薫英会病院へ送りとどけた。小夜子は六時前に病室へ来いといった。

柏木はパチンコで時間をつぶした。たった一時間で二万円の負け。近ごろのパチンコはコンピューター相手の博打だ。

五時四十分、薫英会病院のパーキングに車を駐め、六階にあがった。６０７号室。部屋を覗くと、小夜子は柏木に気づいて廊下に出てきた。

「ひとりか」

「そう」

小夜子が来たときは尚子がいたが、すぐに帰ったという。「あの姉妹はわたしといとうないねん。他人行儀でろくに話もせん。かえって都合がええわ」

「ここ、二人部屋やな」

「どうってことない。もうひとりの患者も脳梗塞で寝たきりや。古市支店の次長には直接、病室へ来るよう伝えといた。面会記録なんか書かれたらうっとうしいやろ」

小夜子は腕の時計に眼をやった。「あんた、エレベーターの前で待っててや。次長が来たら連れてきて」

「人使いが荒いな」

「ごちゃごちゃいわんとき。今日はわたしが主役や」

小夜子は病室に入っていった。

六時ちょうど、エレベーターの扉が開いて奥本が現れた。小柄な若い女子行員といっしょだ。柏木はナースステーションを迂回して、ふたりを病室に案内した。

「遠いところまでごめんなさい。今日はありがとうございました」

小夜子は円椅子から立ちあがって丁寧に挨拶した。奥本と行員も頭をさげて、

「初めまして。古市支店の内山《うちやま》と申します。中瀬さまには営業でお世話になっております」行員

は名刺を差し出した。

「どうぞ、見てやってください」

小夜子はベッド上のカーテンを引き開けた。耕造が寝ている。眼をつむっていた。

「お父さん、起きて。銀行のひとがお見舞いに来てくれましたよ」

小夜子は耕造の肩に手をやった。耕造は眼をあけるが、なにも見てはいない。

「中瀬さん、大成銀行の内山です。お分かりですか」

内山が話しかけた。ほとんど全身麻痺で意識のない患者に、お分かりですか、はないだろうに。

耕造はしかし、反応した。ウー、ウーと呻く。瞬きもした。

「声は分かるみたいです。女のひとにはなにかいおうとするんですけど、男のひとには知らんふりです」

「快方に向かっておられるんですか」小さく、奥本が訊いた。

「梗塞の範囲が広いんです。齢も齢ですし、お医者さんは、この状態で安定したらよしとしましょうって」

小夜子も小さくいい、カーテンを閉めた。病室を出る。「――どうでしょう。確認していただけましたか」

「承知しました」

奥本はいった。「中瀬耕造さまの定期預金と投資信託の解約手続きをいたします」

「書類はみんな、お出ししましたよね」

「いただきました。週明けにでも支店にお越しください」

「すみません。助かります」

「お大事になさってください。奥様もお疲れになりませんように」

奥本はいい、「それでは失礼いたします」

内山をうながして帰っていった。


「さ、これで三千九百万が手に入ったな」

柏木はいった。ぞくぞくする。「月曜日、古市支店や」

小夜子は通帳、柏木は銀行印を持っていくのだ。

「あんた、なんぼ欲しいんや」

「千九百五十万やろ」

「半分もとる気？」

「そういうルールやないか」

「誰が決めたんや」

「おれが決めた。文句あんのか」

「大ありや」

小夜子は舌打ちした。「あんたは電話一本で金庫の職人を呼んだだけや。金庫の中身はみんな、わたしのもんなんやで」

「それやったら、自分で金庫を開けんかい。樫本みたいな都合のええ職人を探してな」

どこまでも性根のねじ曲がった女だ。小夜子は金庫にせいぜい一千万ほどしか入ってないと思っていたにちがいない。それが普通預金と定期預金、投資信託、七銘柄の株を合わせて六千百八十万もあったものだから、山分けするのが惜しくなったのだ。「通帳だけでは、金はおろせんのやで。銀行印もないとな」

銀行印は柏木が持っている。

「そんなもん、改印届を出したらええんや」

「ほな、こっちは通帳の再発行や」

吐き捨てた。「なんといおうと金は折半。月曜日、大きなバッグ持って古市に来いや」

「なんやの、バッグて」

「札束を入れて帰るんや」

「あほらし。自分の口座に振り込むわ」

「どこの銀行や」

「どこでもええやろ」

「振り込みはあかん。現金で受けとるんや。古市支店から振り込んだら記録に残る」

定期預金と投資信託の解約後に総合口座通帳は廃棄し、普通預金の二百三十万円は新たに普通預金通帳を作って、そちらに移す。耕造の娘ふたりに対して三千九百万円の痕跡を消すのだ——。

「それと、清和証券扱いの株は指定口座を替えろ。口座が替わったら株を売る」

耕造は七銘柄の株、現評価額二千五十万円を清和証券阿倍野支店の保護預かりにしているのだ。

「口座はどこに替える?」

「そいつはあとの相談や。あんたとおれが管理できる口座を、三協銀行にでも作ったらええ」

株の売却を急ぐことはない。取引残高報告書さえ隠しておけば、娘ふたりにばれることはないのだ。

「あんた、ほんまにずる賢いな」

「ずる、は要らん。賢いだけや」

「月曜の何時よ、古市支店」

「午後一時、銀行の駐車場で会お。あんたは朝、奥本に電話して、現金を用意しとくようにいうんや」支店の規模と時間帯によっては高額の現金がない場合がある。

「バッグはあんたが持ってきてよ」

「ああ、そうする」

「グレかエルメスかプラダのトート。ほかはいらんわ」

「新地のホステスみたいなリクエストやな」

「それくらいサービスしても罰はあたらへんやろ」

ふてくされたように小夜子はいい、「家まで送って」

「藤井寺か」

「本宅や。北堀江の」

西区北堀江の『プリムローズ堀江』、高層マンションの二十二階に小夜子は住んでいる。

「いっぺん、本宅を見せてくれや」

「男は部屋に入れへんねん。居つくから」

小夜子は真顔でいい、柏木に背を向けた。エレベーターホールへ歩いていく。

堀江のマンションに小夜子を送りとどけた。柏木は携帯を開き、山田《やまだ》にかける。山田は久宝寺《きゅうほうじ》に店を持つバッタ屋だ。

——お電話ありがとうございます。山一商事です。

——ブライダル微祥の柏木です。
——あ、こんちは。生きてはったんですか。
——えらい挨拶やな。……景気はどうです。
——ぼちぼち、倒れん程度にやってますわ。
——トートバッグが欲しいんやけど、グレかエルメスかプラダはあるかな。
——いま店にあるのは、エルメスとプラダですな。
エルメスは偽物、プラダは本物だが新古品だという。
——エルメスはいくらです。
——一万五千円。……誰に贈りますねん。
——新地のホステス。
——水商売の子は眼が肥えてる。偽物はやめといたほうがよろしいで。
——偽物を持たせたいんですわ。その女には。
——へーえ、そうでっか。
——それと、女物の宝飾時計はありますかね。
——ピゲとピアジェがありますわ。
——値段は。
——けっこう出来がええさかい、四万円です。
——ほな、時計ももらいますわ。
——ホステスにやるんでっか。
——売りつけますねん。

――ややこしいひとやな。
――いま堀江やし、これから店に寄りますわ。
電話を切り、長堀通を東へ向かった。

※　※

朋美は仕事の合間にネットを見て、耕造の転院先を探した。ざっと調べただけで南大阪には二十あまりのリハビリ病院がある。所在地やベッド数は分かるが、その病院の評判までは分からない。それでもいくつか候補を絞って電話をしてみると、どこも予約がいっぱいで、今月中に転院できる状況ではなかった。

こんなの、どこを選んでもいっしょやん――。そう思い定めて、羽曳野と藤井寺に近い二つのリハビリ病院を第二希望、第三希望にし、ソーシャルワーカーの藤岡に伝えた。藤岡は、入院予約をします、といったが、その見込みについては答えなかった。どこを希望するにしろ、つまりは順番待ちなのだろう。

八時すぎに裕美と吉田が帰り、朋美は十時まで残業した。これから家に帰って食事をつくる気力はない。「今日は外で食べよ」司郎にいうと、「ベトナム料理にしよ」といった。

事務所を出て天神橋筋商店街まで歩いた。天満宮近くの『スイートバジル』に入る。厨房近くのテーブルが空いていた。司郎はベトナムビールの『３３３《ビアバーバー》』を頼み、朋美はメニューを広げて料理を注文した。

「いうの忘れてたけど、もっちゃんが富田林に行ってたとき、勝井《かつい》さんが来た」
「そう……」勝井は工務店の専務だ。父親が社長で、勝井工務店は森之宮《もりのみや》にある。

「友だちがライブをするとかいうて、チケットくれた。四枚」

「それって、いつ？」

「再来週の土曜日。十八日や」

「盆明けか……」

「もっちゃん、行けるやろ」裕美と吉田も行くという。

「どんなライブ」

「ブルースとR&B、ジャズも演《や》るらしい」

「それやったら行くわ」R&Bは好きだ。六〇年代から七〇年代の、アレサ・フランクリン、スプリームス、オーティス・レディング、スタイリスティックス——。

「勝井さん、ゴスペルしてるの？」

「週に一回、鰻谷《うなぎだに》のスタジオでレッスン受けてるというてた」

「偉いな。ようつづくわ」

朋美もゴスペルの合唱団に入らないかと誘われたことがある。少しは興味があったが、日曜日がレッスンだと聞いてやめた。休みの日は家でだらだらしていたいから。

ビールが来た。グラスはふたつ。注ぎ分けて飲んだ。きりっと冷えている。

「耕造さん、ようすはどうなんや」

「安定してる。今日は話しかけたら反応した。姉さんとわたしのことは分かるみたい」

「小夜子は」

「一時に来るはずやったのに、来んかった。姉さんとふたりでソーシャルワーカーに会うたんやけど、リハビリ病院を探してくれって」

「えらいビジネスライクやな」

「そういうシステムやし、いうとおりにするしかないわ」

「それにしても無責任やな、小夜子は」

「お父さんが死ぬの待ってるねん」

「葬式の話は」

「いまは沙汰やみ。お父さんが持ち直したから」

「小夜子は藤井寺のマンションにおるんか」

「堀江のマンションとちがうかな。もともと、藤井寺へは通いで来てたし」

「堀江の、なんてマンションや」

「知らんねん。訊きたくもないわ」

「しかし、通いのよめさんというのも奇妙やな」

「結婚する前は藤井寺に越してくるというて、家具まで入れたのにね」

生春巻が来た。手でつまむ。「お父さん、甘いねん。小夜子の好き放題にさせてる」

「耕造さんの資産、ちゃんと調べといたほうがええのとちがうか」

「そう、それやねん。昨日も姉さんと話をしたんやけど、羽曳野の家は大丈夫やと思う」

生春巻は旨い。エビの甘味を香草がひきたてている。

「大丈夫いうのは？」

「お父さんが藤井寺のマンションを買うたとき、姉さんとわたしを前にして『翠が丘の家はふたりに残す』と、はっきりいうた」

「それ、書面にしてるんか」

「してるはず。見たことないけど」

「頼りない話やな、え」

「まだ元気やったお父さんに、遺言状を書けとはいわれへんやんか。……まさか、二回も再婚するとは夢にも思わへんもん」

そう、耕造は二回、再婚し、一回、再婚しようとした——。

一度目は、敏恵が亡くなった翌年だった。尚子から電話があって、〝お父さんが再婚したいといってる。どうしよ〟というから、朋美は慌てて羽曳野へ行った。そこで初めて、耕造が結婚相談所に登録していること、その紹介で姫路に住む六十八歳の女性とつきあっていること、女性と暮らすためにマンションを買う考えでいることを、耕造の口から聞かされた。

尚子と朋美は反対した。当然だろう。耕造は当時八十六歳で、食事や身のまわりの世話は同居している尚子がし、生活にはなに不自由していなかった。それがいきなり〝再婚〟というのだから面食らうのも無理はない。

耕造はしかし、聞く耳持たずだった。相手の女性は十年前に夫をなくし、遺族年金をもらっているから入籍は望んでいない。女性の息子と娘も籍を入れない同居なら、あえて反対はしないといっている——。耕造はそう主張して、藤井寺駅近くの新築分譲マンションの購入契約をし、入居がはじまった一週間後には引っ越し業者を手配して翠が丘の家から出ていった。

尚子と朋美がその女性、畠中晴江《はたなかはるえ》に会ったのは、引っ越しの半月後だった。飾り気のない地味な感じで口数が少なく、我が道を行く耕造に黙ってついていくような印象を朋美はもった。それまで耕造の世話に辟易《へきえき》していた尚子は、肩の荷がおりたかのように上機嫌だった。

それからも何回か食事をいっしょにしたりしたが、畠中晴江は初めの印象どおり、まじめで優しい女性だった。耕造がいうには、料理が上手で読書が趣味、強くはないが碁の相手もしてくれると、手放しの褒めようだった。このひとならまちがいない、耕造を看取ってくれると安心していたのだが、再婚の翌年、畠中晴江は心筋梗塞で急死した。葬儀は姫路で行われ、尚子と朋美も参列した。葬儀費用はすべて畠中家が負担したと聞く。

畠中晴江が亡くなって耕造は気落ちしたようだったが、半年後に、また再婚したいといいだした。今度は奈良の王寺の女性だという。

さすがに、尚子と朋美は大反対した。畠中晴江の喪も明けないうちに再々婚とはなにを考えているのかと。耕造は素知らぬ顔で、わしはもう決めたんや、といい、おまえらには迷惑かけん、とうそぶいた。話を聞くと、耕造は前とはちがう結婚相談所に登録し、そこで紹介された女性だといった。

そんな勝手ばっかりするんやったら、好きにしたらいいわ——。朋美はいったが、尚子に宥《なだ》められて再々婚の相手と会うことになり、天王寺のホテルで食事をした。相手は赤沢邦子《あかざわくにこ》といい、齢は七十二、保険外交と着付けをしているといった。

赤沢邦子の印象はわるかった。背が低く、小肥りで、言葉遣いに品がない。表情と服装にも、どこかしら生活に疲れているようなところが見えた。この結婚はうまくいかないだろう、と朋美は予感した——。

「いま思うと、よかったんは最初のひとだけ。……畠中晴江さん。お金でもめることなんかなかったし、食費も生活費も半分は自分の年金を出してはった。あのひとが長生きしてくれたら、邦子にも小夜子にも縁はなかったのにね」

「おれ、邦子とかいう女は見たことないな」司郎はいう。

「半年ほどで別れたもん。六百万円もとられて」

「六百万……。そんな話、初めてやぞ」

「司郎ちゃんにいいたくなかってん。恥さらしやし」

「どういうこっちゃ」

「邦子はお父さんに手切れ金を要求した」

「手切れ金？　たった半年のつきあいで……」

「ちがうねん。邦子には男がいて、別れるためにお金が欲しいと、お父さんに頼んだんや」

「男と別れたら耕造さんと結婚できます、てか」

「そう。あほみたいな作り話やろ」

カイン・チュアとバインセオが来た。朋美はカイン・チュアの魚と野菜を小鉢に取り分ける。

「けど、お父さん、邦子にお金を渡した。六百万円」

「むちゃくちゃやな。頭おかしいぞ」

「そう、おかしいねん、お父さん。若いころはお金に細かくて、親戚の結婚式にいくら包んだとか、車のガソリン代が月にいくらかかるとか、お母さんに家計簿なんかつけさせて、いちいちチェックしてたくせに、もうお母さんが死んでからはダダ漏れ。藤井寺のマンションも株を売ったり定期を解約して買うたと思うわ」

「その心理は分かるような気がする。どうせ金持って死なれへんのやからな」

「お父さん、壊れたんや。親として子供にお金を残してやろうというのが普通やんか」

「なにが普通か基準はないやろ。耕造さんは自分第一で生きてきたんや」

「要らんわ、そんな生き方。こっちは振りまわされて大変や」

「耕造さん、六百万もとられてどうなったんや」

「邦子と連絡つかんようになった。それでわたし、お父さんにいわれて王寺のテラスハウスに行った。家主さんに訊いたら、赤沢さんは前月に解約して田舎に帰ったたって」

「どこや、田舎は」

「石川県の七尾《ななお》とか聞いたけど、確かめる気力もなかった。わたし、探偵やないし」

「要するに、結婚詐欺か」

「そういうこと」

カイン・チュアのスープを飲んだ。ほどよい酸味、野菜が美味しい。「――六百万円は大金やけど、わたしのお金やないし、司郎ちゃんには黙ってた」

「しかし、悔しいな」

司郎は魚の骨をとって口に入れる。「邦子はともかく、そんな女を紹介した結婚相談所にも責任があるんとちがうんか」

「わたしもそれはいうた。けど、お父さんは知らんぷり。全然、懲りてないねん」

「そら、懲りたら小夜子とは再々婚せんわな」

「わたしはあとで知ったけど、お父さんが結婚相談所に申し込んだとき、財産目録を出すようにいわれたんやて」

「出したんか、財産目録」

「出した。ばか正直に書いたって」

「そんなもんを書くから結婚詐欺師が来たんやないか」

「畠中さんを紹介された相談所にも財産目録を出したし、深くは考えてなかったみたい」

「小夜子を紹介したんも同じ相談所か」

「それはちがう。別の相談所」

「なんてとこや」

「『ブライダル吉祥』やったかな……。いや、『ブライダル微祥』か。江坂にあるらしいわ」

「その『微祥』に財産目録は」

「出してないはず。さすがのお父さんも学習したんやろね」

「つまり、耕造さんは三つの相談所で三人の相手を紹介されたわけやな」

「と思う」

ビールを注いだ。ほとんどが泡だ。「もう一本、飲みたいな」

「飲んだらええ」

司郎はウェイトレスを呼び、『333《ビアバーバー》』とウイスキーの水割りを注文した。

「ひとつ言い忘れたけど、赤沢邦子には指輪を盗られた」朋美はつづけた。

「なんやて……」

「邦子はなんべんか藤井寺のマンションに来たんやて」

邦子と連絡がとれなくなったあと、耕造が机の抽斗を調べたら、腕時計や敏恵の指輪がなくなっていた。書棚の抽斗も物色された形跡がある。寝室の金庫は無事だった。「お母さんが大事にしてたダイヤの指輪とかプラチナのネックレス。ほかにもいろいろあった。形見分けでもらってたらよかったわ」

「泥棒を家に入れてたとはな」

「諺《ことわざ》にあるやんか。なんやったかな……」

「盗人に追い銭、か」

「そう、それ。追い銭が六百万円というのは洒落にならへんわ」

「警察に相談しようとは思わんかったんか」

「笑われるのが関の山や。色惚《ぼ》けの爺さんが騙されたって」

「ま、警察も話を聞くだけで動きはせんわな」

「ね、司郎ちゃんはわたしが死んだら再婚する？」

「再婚とはいわんやろ。籍入れてへんのやから」

「ごまかさんと」

「おれはもっちゃんだけで充分や。また新しい女と一から関係を築くエネルギーはない」

司郎は笑った。「もっちゃんはどうなんや、おれが逝ったら」

「一年くらいは落ち込むやろね。それから立ち直ってバリバリ仕事する。そう、犬も飼うかな」

「犬種は」

「ラブラドルかプードル。シェパードもいいな」

「耕造さんも犬を飼《こ》うたらよかったのにな」

「お父さんはペットに興味がない。犬も猫も小鳥も、子供のころから飼ったことがないねん」

話は逸れたが、朋美には分かっている。もし朋美が死んだら、司郎は半年で誰かとつきあいはじめて、二、三年後にはいっしょに暮らすだろう。男とはそういう生き物だ。朋美もまた、司郎が逝ったあと、ひとりで生きていく確信はない。

バインセオを小皿にとって食べた。食感はお好み焼きに似ている。あとで香草たっぷりのフォーも注文しよう。

ビールと水割りが来た。乾杯して飲む。

「なんか勢いがついてきた。あとで飲みに行こか」

商店街に馴染みのスナックがある。「歌いたい歌があるねん」

「高橋真梨子はやめとこな」

「どういう意味よ」

「もっちゃん、巧すぎるから」

「すごい嫌味」

司郎の水割りを飲んだ。

※　　※

八月六日――。柏木は大成銀行古市支店の駐車場で小夜子に会い、銀行に入った。ふたりは応接室に通され、小夜子は通帳、柏木は銀行印を渡して定期預金と投資信託の解約手続きを終えた。次長の奥本は三千九百万円の一部でも口座に残して欲しいといったが、小夜子は断った。

「――総合口座通帳は廃棄します。それで、この普通預金の二百三十万円は普通預金通帳に移してください」

「総合口座通帳のほうが、なにかと便利だと存じますが……」奥本はいう。

「普通預金だけでいいんです。もう定期預金はしません」

「そうですか。では、普通預金通帳をお作りします」

「三千九百万円は現金で持って帰ります」

「はい、ご用意しております」

奥本は立って応接室を出ていった。

「なんやかやとこうるさいやつやな」

小夜子はいう。「さっさと、こっちのいうとおりにしたらええもんを」

「向こうも分かっとんのや。遺産相続の税金対策やと」

「あんた、税理士知ってるんかいな」

「ああ、知ってる」

「徹祥の顧問税理士？」

「うちの顧問に裏仕事を任せるわけにはいかんやろ」

先物取引会社にいたころ知った税理士がいる。ヤクザのフロント企業から仕事を請けている不良税理士だ。金さえやれば、脱税工作も平気でする。

柏木はショッピングバッグからトートバッグを出してテーブルに置いた。

「エルメスやんか」

「そう、エルメスや」

「本物？」

「おれが偽物なんぞ持ってくるわけないやろ」

トートバッグを開いて見せた。「これはあんたにプレゼントや」

「お大尽やな、あんた」小夜子はよろこぶ。

「船場の商社や。小売もしてる。バッグを買いに行ったら、時計を見せられた。輸入代理店からひとつだけまわってきた時計なんやけど、女物なんや。あんたに見せてくれといわれて預かってきた」

トートバッグから時計の箱を出した。蓋を開けて小夜子に渡す。小夜子は時計を手にとり、文字盤に眼を凝らした。

「ピアジェやんか」

「偽物か、とか訊くなよ。ケースもバンドも金無垢のピアジェや」

「これはなに。クォーツ？」

「いまどき、クォーツの高級時計があるかい。手巻きや」

「いくらよ、これ」

「定価二百三十万。九十万なら売るというてた」

「九十万……」

小夜子は時計を出して手首にあてた。欲しい、といった顔だ。

「どうや。要るか。要らんねやったら返すけどな」

「あんた、マージンとってるやろ」

「なんのこっちゃ」

「ほんまは八十万といわれたんちがうんかいな」

「──八十五万や」渋々いった。

「やっぱりそうなんや」

小夜子はせせら笑った。「八十万やったら買うてもいいわ」

「しゃあないな」

舌打ちした。「八十万や。向こうもウンというやろ」

案の定、小夜子はひっかかった。このあと大金が手に入るから脇が甘い。

奥本がもどってきた。ビニールに包まれた一千万円の札束を三つと、九百万円の札束をテーブルに置く。〝繰越〟のシールを貼った総合口座通帳と新しい普通預金通帳を小夜子に渡して、お確かめくださいという。小夜子は通帳を見て、けっこうです、とうなずいた。

柏木は二千万円をショッピングバッグに入れた。小夜子は千九百万円と通帳をトートバッグに入れる。

「ありがとうございます。いろいろお手数をおかけして、ごめんなさいね」

小夜子は立って頭をさげた。柏木も奥本に一礼し、応接室を出た。


駐車場の車に乗った。金を分けよう、と小夜子にいった。

「まず、取り分は千九百五十万ずつやな」

「ま、それでもかまへんわ」

「時計が八十万で、二千三十万。こないだ貸した二百万も返してもらおか」

「あれは葬式代やんか」

「葬式代もへったくれもない。あんたはおれに借用証を書いたんや」

「あほらし。なんでわたしひとりが二百万出さんとあかんのよ。あれは爺さんの娘に見せるだけなんやで」

「見せた金は返さんかい」

「まだ見せてへん。爺さん、持ち直したし」

二百万円は預かっておく、と小夜子は言い張る。どこまでも吝《しわ》い女だ。

「分かった。おれの取り分は二千三十万や。三十万、寄越せ」

「………」

小夜子はさもうっとうしそうに札束をひとつ手にとり、帯封を破って三十枚の一万円札を柏木に差し出した。

「なんや、千八百七十万もの金持って、不服そうやな」

「わるかったね。これがいつもの顔やねん」

「今日はホストクラブで散財せいや。ソン・ガンホに〝ピンドン〟でも開けたれ」

小夜子はいつもカードで飲んでいるのだろう。これが若いきれいな女ならツケで飲ませておいて、最後はソープに沈めるのがホストの手口だが。

「爺をいつまで放っとくんや」低く、訊いた。

「さぁね……」

「これで金庫の整理はできた。爺はいつ死んでもええんやぞ」

「殺せ、いうんかいな」

「それはあんたの勝手や。……けどな、脳梗塞になって二年も三年も生きるやつもおる。あんたも次の仕事にかかりたいやろ」

「次、よさそうなんがおるんかいな」

「天祥に太い客が来た。齢は七十三。不動産屋の隠居や。東大阪の瓢箪山《ひょうたんやま》に千二百坪の土地と賃貸マンションを二棟持ってる。子供は四人。外に認知した子がふたりいてる。相続関係はややこしいけど、中瀬の爺よりはええ金になるかもしれん。おれはあんたを紹介したいんや」

「七十三は若いな」

「あんたも若い。会うてみるか」

「会うわ」

「それやったら、中瀬の爺を仕上げんとな」

「うん……」小夜子は小さくうなずいた。

「行くか」

「送って。堀江へ」

「古市の駅はすぐそこやで」

「あほいいな。こんな大金持って電車に乗れるかいな」

「おれはあんたのショーファーかい」

「なに、それ」

「お抱え運転手」

シートベルトを締め、エンジンをかける。「今日はサービスや。送ったろ」

駐車場をあとにした。

5

耕造の容体が急変した。肺炎で四十度の発熱だという。尚子からの電話で、朋美は薫英会病院へ行った。

病室には小夜子と尚子がいた。耕造はいつもより顔色が赤い。

「お父さん、大丈夫？」

手をとって話しかけた。耕造は顔をこちらに向けて、なにかいおうとした。

「いいよ、喋らんでも。無理したらあかん」

いうと、耕造は顔をもどして眼をつむった。辛そうだ。

「いま、点滴で抗生物質入れてる。熱はちょっとずつさがってる」尚子がいった。

「びっくりしたわ。姉さんが慌ててたから」

「わたしも小夜子さんから電話があってびっくりした。すぐ、もっちゃんに連絡してん」

「小夜子さんはいてたんですか」小夜子に訊いた。

「ううん。わたしは午前中に着替えを持ってきて、藤井寺に帰った。そしたら三時に病院から電話がかかって、熱が四十度もあるというから、飛んできたんよ」

「なんで肺炎なんかなったん」尚子に訊いた。

「高齢者は抵抗力がないから、ちょっとしたことで肺炎になるって、看護師さんはいうてたけど」

「それが分かってるんやったら、なおさら気をつけてくれんとあかんやんか」

「わたしに怒ってもしかたないやろ。もっちゃんが抗議したらいいやんか、病院に」

「分かった。あとでいうわ、師長さんに」

「ウイルス性や細菌性の肺炎ではないでしょ」

小夜子がいった。「もし院内感染やったら、ほかの患者もいるはずやし」

「詳しいんですね、小夜子さん」

嫌味でいった。「長いこと、看護師をしてはったから」

「肺炎はとにかく熱をさげること。合併症に注意して、充分な栄養を摂るのが肝腎《かんじん》やね」

ひとり円椅子に座ったまま、まるで他人事《ひとごと》のように小夜子はいう。今日の指輪はまわりにダイヤをあしらった一カラットほどのサファイアで、手首にはゴールドブレスの、いかにも高級そうなドレスウォッチをつけている。

　尚子は自分のロレックスに眼をやった。六時半だ。

「姉さん、夕飯は」

「食べてないけど……」

「じゃ、食べに行こか」

「わたしはいいけど、小夜子さんは」

「あとで交替したらいいやんか」

「どうぞ、どうぞ、行ってきて」小夜子はいった。

「一時間でもどりますから」

　言い置いて、尚子とふたり、病室を出た。


「もっちゃん、わるいやろ。あのひとに」廊下を歩きながら、尚子はいう。

「なにがわるいのよ。妻が夫を見るのは当然やんか」

　なぜかしらん、いらいらする。「なによ、あのちゃらちゃらした格好。普通の主婦が赤のパンタロンスーツで病院に来る？　お父さん、肺炎なんやで」

「すごい指輪してたね、サファイアの」

「ふーん、姉さんも気ぃついてたんや」

「こないだ、もっちゃんに聞いたやんか。高そうな指輪を取っ替えひっかえしてるって」

「首輪も見た？　二連のプラチナやで」

「それをいうなら、ネックレスやろ」

「首輪にはちがいないわ」

エレベーターのボタンを押した。「あの指輪とかネックレスとか時計がみんな本物やったら、原資はどうなってんのよ。お父さんがプレゼントしたん？　それはないよね」

「ないと思うわ」尚子はうなずく。

「あのひとは元看護師で、介護施設の職員やで。おかしいやん。いつ、そんな給料をもろたんよ」

「そういわれたら、変やな」

「あのひとの堀江のマンション、死別した夫の保険金で買うたと聞いたやない。保険金が三千万円やったとしても、マンション代でチャラやで」

エレベーターの扉が開いた。乗る。「——あのひとはいったい、どういうひとなん？　どういう暮らしをしてきたん？」

「わたしに訊いても分からへんわ」

尚子は首を振る。「直接、訊いてみたら」

「訊いても、ほんまのことはいわへんわ。わたしには分かるねん」

小夜子と初めて会った日、死別した夫はさる大手企業の管理職だったといった。尚子はその会社名を訊いたが、小夜子は流通業です、とだけいって口を濁した。小夜子が六十歳まで勤めたという神戸の私立病院の名も聞いたことはない。

エレベーターを降りた。ロビーから病院の外に出る。

「とどのつまり、あのひとの過去は分からへん」

「けど、結婚相談所には履歴書を出すやろ」

「その履歴書の内容を確かめる方法はあるん？　ないやんか」

バッグから煙草を出して吸いつけた。バス通りを歩く。「姉さんにはいうてなかったけど、あのひとに痛風のことを訊いたことがあるねん。司郎さん、尿酸値が高いし。そしたら、あのひと、プリン体のことを知らんかったし、尿酸値の平均がどれくらいかも知らんかった」

「足の親指が腫れるとかいうよね。風が吹いても痛いんやろ」

「過剰摂取したプリン体が尿酸に変わって、関節内で結晶化する。その棘《とげ》みたいな結晶が神経を刺激して、身体の末梢部の関節が腫れるんやんか」

「へーえ、そうなんや」

「あのひとはビールを控えなさいというただけ。お笑いぐさや」

「元看護師が痛風を知らんて、おかしいね」

「あのひと、ほんまは看護師免許なんか持ってへん。わたしはそう思うねん」

「そういえば、お父さんの脳梗塞で、看護師らしいことはなにひとつしてないよね」

「ただ電話しただけや。一一九番に」

「分かった。今度はわたしが質問してみる。なにを訊いたらいい？」

「あのひとが勤めてた神戸の病院と系列の介護施設の名称。院長か理事長の名前も訊いて」

「なんか、おもしろそう」

「おもしろがってどうするのよ。探偵ごっことちがうんやで」

「はいはい、ごもっともです」

いって、尚子は空を仰ぎ見た。「雨かな」

「雨やわ」朋美の手にもぽつりときた。

通りかかったお好み焼き屋に入った。焼きそばとミックス焼を注文し、瓶ビール一本を尚子とふたりで飲んだ。

※　※

北新地のフリー雀荘にいるところへ、小夜子から電話があった。

――なんや。

――爺さんが肺炎になった。

――おう、そらええやないか。

声をひそめた。

――赤い顔してフーフーいうてる。熱は四十度まであがったんやけど、いまは三十九度。ほんまにしぶといわ。

――なんで肺炎になったんや。

――水、飲ましたってん、ストローで。そしたら案の定、誤嚥性《ごえんせい》の肺炎や。

――もっと飲ませたれや。熱冷ましやいうて。

――爺さんもあほやないから飲まへん。ストロー見ただけで顔そむけるねん。

――くそめんどい爺やの。

話しながら牌をツモり、切る。下家《シモチャ》が「ロンッ」といって手牌を倒した。

――放銃《ホーチャン》してしもたやないか、え。

――なにをいうてんのよ。

――博打をしてるんや、博打を。

ピンフ・ドラ二。三千九百点を払った。

——麻雀かいな。

——サンマーや。

——よっぽど暇やな、あんた。まだ七時前やで。

——もうええ。ほかにいうことあんのか。

——ありがとう、くらいいうたらどう。わざわざ報告したのに。

——それはすんまへんな。また頼みますわ。

——勝ってるの、麻雀?

——負けとるわ。

電話を切った。配牌をとる。ドラが暗刻《アンコ》だ。これはいけると思ったら、荘家《オヤ》がダブルリーチをした。

「ひどいな。荘家がそんなことしたらあかんわ」対子《トイツ》の字牌《ツーパイ》から切っていった。


八時——。二万六千円を払って雀荘を出た。小雨が降っている。雀荘にもどってビニール傘を借り、クラウンプラザホテルへ行く。繭美はロビーにいた。

「えらい派手な装《な》りやな」

「そうかな……」

繭美は口を尖らせる。ピンクのキャミソールに薄手の白いカーディガン、花柄のミニスカート、ピンクのピンヒール。肩にかけているバッグは、柏木が買ってやったボッテガ・ヴェネタだ。

「ちょっと、後ろ向いてみい」

「こう?」繭美は背中を向けた。背が高いから手足も長い。

「おまえ、ブラジャーは」

「してない。ニプレス貼ってる」

「乳首がかぶれるぞ」

「なんやの、オヤジみたいなこというんやね」

藺美は腕を組んできた。「亭ちゃんに剝がしてもらおと思て貼ってきたのに」

「ほう、それやったら部屋とるか」

「あほいいな。今日は同伴やろ」

「なにが食いたいんや」

「お鮨」

「まわる鮨か」

「やめてよね、そういうオヤジギャグ」

藺美の香水の匂いがする。耳を舐めたいと、ふと思った。

相合い傘で新地《しんち》本通《ほんどおり》に出た。『悠《ゆう》』の暖簾をくぐる。付け台は満席で、テーブル席に座った。

〝お任せ〟を注文し、柏木は冷酒、藺美はビールを飲む。

「ね、ね、亭ちゃんに相談してもいい？」テーブルに頰杖をついて藺美はいった。

「なんや、子供でもできたんか」

「できたらどうする」

「おれの子やないな」

そう、挿入するときは必ずコンドームをつけている。藺美にも、ほかの女にも。

万が一、妊娠しても産むのは勝手だ。認知はしないし、養育費も払わない。そう決めている。

「うち、亨ちゃんとしかしてへんよ。セックス」

「そうかい。それはうれしいな」

口ではそういった。どうせ、ほかでもしているのは分かっている。

「亨ちゃん、浜通《はまどおり》の『蟹善《かにぜん》』知ってる？」

「ああ、むかし行ったな」老舗のカニ料理屋だ。

「あのビルの五階に『杏《あん》』いうラウンジがあるんやけど、今月いっぱいで閉めるねん」

杏のマスターは繭美の知り合いで、店を譲りたいと声をかけてくれたという。「居抜きで敷金、権利金なし。その代わり、家賃としてマスターに月四十万円払うんやけど、いいと思わへん？」

「おれに出資せいというんかい、月に四十万」

飲み屋の又貸しはよくある話だ。「マスターはなんでやめるんや」

「身体がしんどいんやて。C型肝炎。齢も五十すぎやし」

「このおれがラウンジのオーナーか」

「うち、頑張るし、亨ちゃんには損させへん」

柏木は考えた。月に四十万なら安いが、ラウンジは繭美ひとりではできない。ホステスもバーテンダーも要る。ハコは居抜きでも、当初の人件費は百万や二百万ではきかないだろう。

「分かった。杏は何時までやってるんや」

「二時か三時まではやってる」

「『与志乃』がハネたら行ってみよ」

突出しのコノワタをつまみ、冷酒を飲んだ。

『与志乃』の閉店は十二時すぎだった。柏木は先に店を出て、蟹善ビルの前で藺美に会った。

「遅いやないか。三十分も待ったぞ」

雨あがり。足もとには吸殻が三本も落ちている。

「女の子はね、すぐには出られへんねん。服も着替えなあかんし、化粧も直さんとあかんやろ」

藺美は素知らぬ顔でロビーに入り、エレベーターのボタンを押した。

五階に上がった。廊下を挟んで六軒の店がある。『杏』は右奥だった。

安っぽいアルミ化粧板のドアを開けて店内に入った。むっとする香水の匂い。ボックス席が三つと長めのカウンター、広さは十坪弱か。

「あ、いらっしゃい」

マスターが藺美を見た。柏木にも軽く頭をさげる。ほかに客は一組。女の子は三人だ。

藺美はカウンター脇のボックスシートに腰をおろした。柏木も隣に座る。

「マスター、紹介するわ。ここは初めてやけど、柏木さん」

藺美はいった。ワイシャツに蝶ネクタイのマスターはおしぼりを広げて、

「初めまして。矢野《やの》と申します」

「柏木です」おしぼりを受けとった。

「お飲み物は」

「ブランデーの水割りを」

「藺美ちゃんは」

「ビール。トマトジュースと」

「レッドアイね」

マスターはカウンターに入っていった。

「顔色、わるいな」マスターに眼をやった。

「分かった?」

「あれは肝臓をいわした顔や」

齢は五十すぎと聞いたが、六十代に見える。「C型肝炎はむずかしい。インターフェロンもそうそう効かへん」

「なにそれ? インターなんとかって」

「肝炎の治療薬や」

「亭ちゃん、病気マニア?」

「親父が肝炎やった。肝硬変から肝臓ガンになって死んだ。五十六でな」

「へーえ、そうなんや」

繭美はおおげさにうなずいて、「亭ちゃんのお父さん、建築屋さんやったよね」

「建築というよりは解体や。ビルとか倉庫のな」

父親がヤクザだったとはいっていない。刺青が原因で肝炎になったといえば、繭美はどんな顔をするだろう。

「しかし、この店で月に四十万か……」

柏木は店内を見まわした。床はグレーのカーペット、壁面はダークグレーのクロス張り、シートは黒地に白のピンストライプ、カウンターバックのボトル棚は青い照明が浮き上がっている。木の造作はどこにもない、いまどきのインテリアだ。

「相場より安いんやで」

「安いか高いか、おれは相場を知らん」

「うちが知ってるやんか」

「ほな、『与志乃』の家賃は月になんぼや」

「そんなん、うちが知るわけないやろ」

「ちょっと考えさせてくれ。高校の同級生がミナミでラウンジやってるし、毎月の固定費とか、いろいろ訊いてみる」

「亨ちゃんて、細かいんやね」藺美は口を尖らせた。

「おれはリーマンやない。費用対効果を考えん投資はできん。なんぼ藺美の頼みでもな」

「うち、頑張るていうてるやんか」

「なにも、ここだけがラウンジやない。いまどき、居抜きの物件はいっぱいある。もっと大きなハコでやるのもええやないか」

「亨ちゃんて、そこまで考えてたん」

「おれは商売人や。矢野に急《せ》かされても、返事は引き伸ばせ。そのあいだに、ほかの物件をあたってみる」

藺美に餌をちらつかせているあいだは素直にいうことを聞くだろう。どうせ、この女は男を財布としか考えていないのだから。

藺美の膝に手を置いた。スカートの内腿《うちもも》に指を這わせる。「水割り飲んだら出よ」

「あほ。まだ早いやろ」藺美はマスターのほうを見る。

「おれ、勃ってきた」

「やらしい眼」

「どっちがや」

先週、西成でシャブを買った。夜、ドヤ街を車で流していると売人が眼を合わせてくるのだ。パケひとつが一万五千円。水に溶いて炙《あぶ》りで吸引する。注射痕が残らないから、繭美も炙りには抵抗がない。シャブはセックスのときだけと決め、残ったときはホテルの便器に捨てる。

ブランデーとレッドアイが来て、隣のボックスの若い子がひとり、こちらに移った。理紗《りさ》ちゃん、と繭美が紹介する。

「この子、大丸の化粧品売り場で美容部員をしてる。きれいでしょ」

「ああ、きれいな。背も高いし」

理紗はスリムで小顔なのに垢抜けない。庇のような睫毛《まつげ》のせいだ。

「理紗ちゃんには新しい店を手伝ってもらうつもりやねん」

「それはええな。柏木です。よろしく」

「こちらこそ、よろしくお願いします」ドレスの膝に両手を揃えて理紗はいう。

「あ、理紗も飲み」繭美がいった。

「ありがとうございます」

理紗もブランデーを注文した。酒は好きそうだ。

これでまた店を出るのが遅くなる。柏木はシートにもたれて葉巻に火をつけた。

6

八月十五日――。耕造が死んだ。前日の夜から脈が弱くなり、ＩＣＵに移されたが回復せず、朝七時四十三分に心停止した。享年九十一。脳梗塞で倒れてから一言も発することはなく、半身不随でベッドに横たわったまま眠るように息をひきとった。

尚子も朋美も臨終に立ち会った。小夜子もそばにいた。主治医が耕造の瞳孔にペンライトをあて、静かに頭をさげたときは、耕造の魂がスッと抜けて宙に漂っているような気がした。お父さん、上から見てるんやわ、わたしらのこと——。尚子もそういった。お盆に亡くなるやて、お母さんが迎えにきたんやろか——。かもしれんね——。

耕造は地階の霊安室に移され、朋美たちは廊下で看護師長と話をした。

「お葬式、どうされます」

「考えてないんです。急なことで」尚子がいう。

「ご遺体の清拭とかお化粧は専門の方にお願いするのがいいと思いますけど、業者さんはまだお決めじゃないんですか」

「あ、はい……」

「わたしどもが紹介しましょうか」

「待ってください」

小夜子がいった。「葬儀屋さんは決めてます。羽曳野の阪南祭典です」

阪南祭典の互助会に預託金があるというが、朋美には初耳だった。

「じゃ、阪南祭典さんに連絡していただけますか。ご遺体の引き取りとか、打ち合わせしますから」看護師長はいった。

「死亡診断書は」

「業者さんが来られるまでにお渡しします」

「承知しました。よろしくお願いします」

小夜子は頭をさげた。ずいぶん馴れた応対だった。

看護師長がエレベーターに乗るのを待って、小夜子はいった。

「あんなん、いうとおりにしたらあかん。師長は葬儀屋からリベートもろてるんやから」

「リベートもらってるにしても、師長さんに任せたほうがよかったんとちがいます?」と、尚子。

「葬儀はわたしに任せてください。喪主はわたしでいいですよね」

「ええ、お願いします」

「互助会にいくら預けてるんですか」朋美は訊いた。

「五十万円です」

「それは、お父さんが?」

「このあいだ、耕造さんの部屋を整理してて、預かり証を見つけました」

「そのお金で葬式ができるんですか」

「できるわけないでしょ」

小夜子はおおげさにかぶりを振った。「耕造さんの葬儀は高校や短大の卒業生に参列してもらって盛大にします」

「前は、費用がないとかいってましたよね。四百万円、用意してください、とか」

「全額はけっこうです。半分の二百万円はわたしが出します」

耕造の預金から百五十万円、預託金が五十万円、あとの二百万円を出して欲しい、と小夜子はいった。

「葬儀屋さんと打ち合わせする前から予算を決めてるんですか。四百万円と」

「葬儀屋さんには、四百万円の葬儀をしてくれというつもりです」小夜子は動じない。

「分かりました。それでいいです」

尚子がいった。「わたしともっちゃんで、二百万円用意します」

小夜子は表情も変えず、うなずいた。阪南祭典に連絡するといって、エレベーターに乗っていった。

「なんやの、あの態度。好き放題やんか」

気分がわるい。「姉さんも姉さんや。はいはい、どうぞよろしくて。ちょっと甘いのとちがう」

「喪主が葬式を取り仕切るのはあたりまえやんか」

「わたし、すっきりせえへんわ」

「よう怒るんやね。わたしかて、いいたいことはあるけど、いうてもしかたないやろ」

「あのひとはこれからも、なんだかんだいうてくる。姉さん、もっとしっかりしてよね」

「しっかりしてます。いざというときはね」

ためいきをついて、尚子は霊安室に入った。朋美も入る。照明は薄暗く、ひんやりしていた。枕頭台の線香のけむりが細くたなびいている。

朋美は遺体に向かって手を合わせた。肩のあたりを触ると、すっかり冷たくなっている。息をひきとって、まだ四時間なのに。

「今日、終戦記念日やね」

尚子は短くなった線香を換える。「これもなにかの巡り合わせやろか。お父さん、戦争に行ったし」

「戦争の話、せんかったね」戦友とのつきあいもなかった。

耕造は学徒出陣で徴兵され、千島《ちしま》の守備隊に配属された。終戦までロシア軍を見ることはなく、十一月には列車を乗り継いで故郷の愛媛に帰った。翌年、大阪第二師範学校に復学し、一年で卒業して港区の市岡高校に社会科教諭として奉職した。専門は日本史だが、世界史も政治経済も教えたという。朋美が子供のころ、耕造はいつも自分の部屋に引きこもって専門書を読んでいた。夕食ができたと呼びにいくと、夏は生成《きな》りのシャツ、冬は丹前をはおって食卓につく。尚子や朋美と話をすることはあまりなく、晩酌をしながら夕刊を読む。気難しい人間ではないが、無口でなにを考えているか分からない。動物園や遊園地にも連れて行ってもらったが、本人はただベンチに座って朋美たちを待っている。尚子も朋美も進学や就職で相談するのは母親の敏恵であり、敏恵をとおして耕造の意見を聞いた。親と子は別人格だから自分で選択した道を行け、と耕造が口を差し挟むことは一度もなかった。

尚子は短大を出て大同物産に就職し、繊維部門の社員と結婚して専業主婦になった。朋美は大阪市大の建築学科を出て『GE建築事務所』のスタッフになり、八年後に独立して『佐藤・中瀬建築設計事務所』を設立した。パートナーの司郎は『GE』のころに知り合ったゼネコンの設計部員で、いっしょに暮らしてはいるが、籍は入れていない。司郎とは、かれこれ二十五年になる——。


「わたし、分からへん。お父さんて、どういうひとやったんやろ」つぶやくように尚子はいう。

「つきあっておもしろい男ではなかったと思う。わたしは」

「お母さんは好きやったんかな、お父さんのこと」

「どうやろ。お母さんは自分の気持ちを出さへんひとやったし」

耕造と似て、敏恵も口数が多いほうではなかった。定年まで高校で国語を教え、リタイアしたときは尚子も朋美も家を出ていた。耕造と敏恵は齢が九つも離れた夫婦だった。

「姉さんは治《おさむ》さんのこと好きやったん？」

「好きやったよ」

「ものすごい会社人間やったやんか」

「商社マンはみんなそう。土曜も日曜もなかった。いま思うと、夫婦らしい生活をしたんは香港《ホンコン》の三年間だけやったたんかもしれんわ」

治は香港支店の営業統括次長として赴任し、一年後に尚子を呼び寄せた。周平は敏恵に預けられ、羽曳野から大阪市内の私立高校に通った。

「やっぱり親子なんやろね。周平はこのごろ、西木に似てきた。箸を持つ仕種とか、笑った口もととか、ほんまにそっくり。……もっちゃんには分からんやろけど、つれあいをなくした人間て、寂しいんやで」

話がしんみりしてきた。治は大阪本社の繊維部長のとき、腰が痛いといって病院へ行き、腫瘍マーカーの数値が高いといわれて精密検査を受けた。肺に十ミリほどの腫瘍が見つかり、それが腰の骨に転移していたため、発見時にはステージ4の肺ガンだった。治は入院したが進行が早く、八カ月後に多臓器不全で亡くなった。葬儀は大同物産常務を葬儀委員長として行われ、参列者は三百人を越した。西木一家が住んでいた中央区高麗橋《こうらいばし》のマンションはいま、大同物産の斡旋で系列子会社の役員に貸している――。

「歌にもあるやんか。いいやつばかりが先に逝く、どうでもいいのが残される、て」

「お父さんはどうでもいいやつか知らんけど、姉さんはちがうわ」

「ありがとう……」

「なんか、弱気。姉さんらしないわ」

いいつつ、司郎が今年、五十八歳だと思い起こした。治が死んだ齢だ。司郎は高血圧と高脂血症と痛風で、ずっと薬を服んでいる。「なんか食べに行こ。そろそろ十二時やで」

「お線香の番、せんとあかんやろ」

「一時間や二時間は点いてるわ」

尚子の背中を叩いた。「行こ。ビール飲も」

「元気やな、もっちゃん」

「お父さん、大往生やんか。悲しんだらわるいやろ」

バッグを肩に提げて霊安室を出た。尚子もついてくる。なにを食べようかと、朋美は思案した。

※　　※

小夜子から電話があった。耕造が死んだという。

――今朝の八時前。心停止。やっと、くたばった。

――普通に死んだんか。

――普通なわけないやろ。

――どうやったんや。

――十万円。

――なんや、それ。口止め料をもらうんは、おれのほうやぞ。

――あんた、共犯やんか。

――やかましい。気ぃつけてものいえ。

——注射や。点滴の針抜いて、代わりに空気を注射した。

昨日の夜、注射器いっぱいの空気を十数回、耕造の体内に入れたという。

——二、三百ccは入ったやろね。点滴をもとにもどして、わたしは帰った。

——注射器はどうした。ちゃんと処分したやろな。

——金槌で砕いて捨てた。市の焼却場で灰になってるわ。

——津村とかいう爺も注射やったな。

——そう。特養で死んだ。

死因は急性肺炎だが、小夜子が殺したのだ。事件は発覚せず、小夜子は三千万円ほどの遺産を相続している。四年前の殺人だ。

柏木は小夜子から〝空気注射〟の手口を聞いたことがある。なぜ、それが〝凶器〟になり、殺しの痕跡が残らないかを。

静脈内に注射された空気は血液の流れとともに心臓の右心房から右心室にたまっていく。大量の空気が心室にたまれば、心臓のポンプ機能が損なわれ、心臓から肺動脈に血液を送れなくなって酸欠状態を招く。そうして、その状態が長くつづけば、ひとは窒息して死に至る——と。

——爺さんの左腕は点滴の穴だらけやし、注射のあとなんか分からへん。それに、わたしが帰ってから容体が変わったんやから、ほんまの完全犯罪や。ぐずぐずようす見てんと、もっと早ようにやったらよかったわ。

さも得意気に小夜子は喋る。

——娘ふたりには、阪南祭典で葬式するといいた。四百万円の葬式をね。

——娘は出すんか、四百万。

――妹のほうがうるさいから、半分はわたしが出すというた。

――爺はどこか、互助会に入ってたよな。

――藤井寺の『公詢舎《こうじゅんしゃ》』とかいう葬儀屋。五十万ほど預けてるし、阪南祭典のほうにまわすわ。

――阪南祭典、おれが打ち合わせしてもええんやな。

――予算だけ詰めといて。契約は喪主のわたしがするから。

――分かった。おれはあんたの税理士とでもいうとく。

――すぐ阪南祭典に電話して。爺さん、腐ってしまうで。

――爺は霊安室やな。

――そう。線香臭いから出てきた。

ほな、頼んだで、と電話は切れた。

柏木は抽斗からメモを出し、携帯のダイヤルボタンを押す。

――お電話、ありがとうございます。メモリアル阪南祭典です。

――葬儀一式をお願いしたいんですが。

――それはご愁傷様でございます。

――中瀬耕造。今朝、富田林の薫英会病院で亡くなりました。

中瀬耕造さま、薫英会病院、男は復唱して、

――ご遺体はいかがいたしましょう。

――自宅は手狭なんで、そちらさんのほうに運んでもらえますか。

――承知いたしました。ご遺体のお引き取りの手配をいたします。

――ぼくはいま、大阪市内です。おたくへ行って話をしたいんですが。

——承知いたしました。わたしどもの会館は近鉄古市駅を降りていただきまして……。

——場所はネットで知ってます。二時までには、そちらさんに行きますわ。

——ありがとうございます。ご遺族さまは？

——遺族ではないけど、柏木といいます。

——わたくし、安城《あんじょう》と申します。よろしくお願いします。

安城の風貌を想像した。痩せて色黒で髪の薄い、ネズミ顔の貧相な男だろう。マニュアルでしか喋れないやつは頭もわるいにちがいないから、ネゴシエーションが利く。耕造の葬式はできるだけ派手にして、百万までだ。

——じゃ、これから羽曳野に向かいます。

いって、通話ボタンを押した。

※　※

午後七時、遺体は阪南祭典に運ばれた。三階建のビルに葬儀会場がふたつあり、二階の会場で通夜と葬儀が行われる。会場はけっこう広いが、天井高が三メートルほどしかなく、祭壇まわりに圧迫感があった。

小夜子は打ち合わせがあるといって清拭に立ち会わず、尚子と朋美が遺体のそばに控えた。係員ふたりが遺体を白い布団に横たえて手際よく身体を拭き、耕造の耳や鼻や口に脱脂綿を詰めていく。鼻に詰めた脱脂綿は、よくこんなにも量が入ると思うほど多かった。清拭は一時間で終わり、耕造は納棺されて別室——八畳の和室——に運ばれた。一連の作業はシステマチックで、尚子と朋美は係員の指示どおりに付き添うだけだった。

小夜子が部屋に来た。柩《ひつぎ》に手を合わせて、尚子と朋美の前に座る。

「お通夜は明日の午後七時から八時。葬式は明後日の午後一時。親類縁者に知らせてください」

「近い親戚には連絡しました」

尚子がいう。「お通夜と葬式の時間は、また電話します」

「中瀬家の菩提寺て、あります？」

「どこやろ……」

尚子はこちらを向く。「もっちゃん、聞いたことある？」

「知らん。聞いたことない。西本願寺の檀家のはずやけど」

「それは本山でしょ」

「あ、そう」

宗旨が浄土真宗だとは知っているが、朋美も尚子も信仰心は薄い。敏恵の墓参りは年に一度。それも今年のお盆は耕造が倒れたため、行っていない。

「祭壇はいちばん豪華なのを頼みました」

小夜子がつづける。「読経は古市の満願寺から住職が来ます」

住職はふたりの僧侶を連れてくるという。

「それと、香典は辞退しません」

「辞退したほうがいいのとちがうんですか」

朋美はいった。「お父さんは高校を退職して三十年やし、あとのお礼とかがややこしいでしょ」

「香典返しは業者に任せてたらいいんです」

「わたしは反対です。香典なんか要りません」

わざわざ羽曳野まで足を運んでもらって、香典までもらうのは気の毒だ。

「朋美さん、喪主はわたしですねん」小夜子は朋美をじっと見る。

「もっちゃん、いいやんか。小夜子さんがそう決めたんやから」

とりなすように尚子がいった。朋美は渋々、うなずいた。

「わたしはこれから藤井寺に帰って、耕造さんの住所録とか年賀状を見ます。尚子さんと朋美さんは手分けして高校と短大の関係者に連絡してくださいね」

「ずいぶん手回しがいいですね」嫌味でいった。

「わたし、前の主人の葬式でも喪主でした」

平然として小夜子はいい、「こういうのは段取りです。あれこれ考えんと、葬儀屋さんのいうとおりにしてたらまちがいないんです」

腰をあげるなり、さっさと部屋を出ていった。

「もう、最低。鼻面引きまわされてるわ」

朋美は舌打ちする。「香典なんか、あいつが取るに決まってるわ」

「それやったらいわんかいな。香典はわたしが管理しますって」

「姉さん、考えてよね。姉さんがあいつの味方したら、二対一で、わたしは負けるんやで」

「もっちゃん、口がわるいよ。あいつなんていわんとき」

「はいはい、そうですね」

「わたし、電話するわ。八尾《やお》のおばさん、河内長野の寛《ひろし》さん……」

尚子は指を折りながら名前をあげていく。耕造は愛媛の出身だから、大阪近辺に住んでいるのは敏恵の親戚ばかりだ。「――たぶん、二十人も集まらへん」

「お父さんの友だちは」

「友だちなんか、いたんやろか」

心あたりはひとりもいない、と尚子はいう。「どうせみんな、先に逝ってるわ」

「長生きも良し悪しか……」

「もっちゃん、いくつまで生きたいの」

「そんなん、考えたこともないわ」

「わたしは九十。もっちゃんを看取ってから逝く」

「へーえ、そう」四つちがいの妹のほうが先に死ぬと決めているらしい。

「お父さんのお墓、お母さんといっしょでいいよね」

「そら、普通はそうでしょ」

羽曳野市駒ヶ谷の『きさらぎ霊園』に敏恵は眠っている。耕造が墓地を買い、墓石に、自分の名を赤字で刻んでいるのだ。「あの霊園は浄土真宗系?」

「仏教やったら、なんでも受け付けるんとちがうの」

「納骨はどうするのよ」

「霊園のお寺さんに頼んだらいいねん」

尚子は盆を引き寄せて湯飲み茶碗に急須の茶を注ぐ。

「姉さんて、要領がいいのかわるいのか、分からへんわ」

「わたし、ずっとお利口さんにしてきたから」

「どういう意味よ」

「柳に風。嫌なことや考えたくないことは頭を低くしてやりすごすねん」

尚子はお茶を朋美の膝前に置いた。「──もっちゃん、仕事は」

「日曜日まで空けてきた」

「わたし、家に帰って着替えたいんやけど」

「ついでに電話しといて。わたしはここにいるから」線香が短くなっている。

「分かった。十時ごろ、また来るわ」

「冷蔵庫のビール、四、五本、持ってきて。チーズとか、ナッツも」

「そうする」

尚子は茶をひとすすりして立ちあがった。

※　※

小夜子から電話がかかった。ひどく怒っている。

──あんた、阪南祭典とどんな話したん。葬式代、百二十万やんか。

──おれは百万以内に収めようとした。けど、祭壇やらなんやら、派手に見せよう思たら金が要る。坊主も三人頼んだしな。

──勝手に決めんとって欲しいわ。葬式代、うちが出すんやで。

──うちやないやろ。爺の金やないか。

──あんたに渡した借用証、破ってよ。

──あほぬかせ。

──うちは返さへんからね、二百万。

──それはちがうやろ、筋が。二百万ぐらい香典で集めんかい。

——集まるわけないやろ。四、五十万もあったら御の字や。

——そこまでいうんやったら、借用証は破ったろ。その代わり、こないだの話はほかにまわすからな。

——なによ、こないだの話て。

——不動産屋の隠居や。齢は七十三。瓢簞山に千二百坪の土地とマンション二棟。

——待ってや、あんた。あれはわたしが行くて決めたやんか。せやから、無理して爺さんを仕上げたんやで。

——おれはそういう〝無理〟を頼んだわけやない。

——隠居の名前は。

——二百万、返すんか、返さんのか。

——返すわいな。

——舟山喜春《ふなやまよしはる》。けっこう見てくれのええ爺や。

七十三にしては髪が多く（染めてはいるが）長身で、仕立てのいいスーツを着ていた。若いころは相当に遊んだのだろう、外に認知した子がふたりいるのも、なるほどと思った。

——いつ会えるの。その爺さんと。

——そう急《せ》くな。舟山は入会したばっかりや。来週あたり、あんたの写真を見せたる。

——月曜か火曜日、事務所へ行くわ。

——金、忘れんなよ。

——しつこいな、あんた。

電話は切れた。そら恐しい女だ。ひとを手にかけたという意識はかけらもなく、葬式も終わらないうちから次の獲物を狙っている。小夜子の背中には、いったい何人の霊が取り憑いているのだろう。

柏木は携帯と葉巻を持って所長室を出た。薗井が電話をしている。ちょっと出るわ――眼でいって、事務所を出た。

横断歩道を渡り、筋向かいのビルの地階に降りた。『パオ』のガラスドアを押す。客は学生風の一組だけだ。店長の渡辺がそばに来た。

「いらっしゃい。チップは」

「とりあえず、二万にしとこか」

札入れから金を出した。四十枚のチップが入った籠を受けとって卓に座る。店員がふたり来て場決めをし、柏木の荘家で配牌をとった。ドラの🀖と🀃が二枚ずつある。理牌《リーパイ》してみると、七対子《チートイツ》の一向聴《イーシャンテン》だった。

今日は勝てそうや――。柏木は🀘から切り出した。

7

八月十九日、日曜――。朋美と尚子は小夜子に呼ばれて藤井寺のマンションに行った。リビングに通され、小夜子が差し出した阪南祭典の請求書を見る。《¥三、八〇〇、〇〇〇――。中瀬耕造様　葬儀一式》とあり、細々とした明細が添付されていた。

「お金、持ってきてくれました？」

「はい」尚子がバッグから帯封の現金を出す。

朋美は明細を見た。《お布施　¥九〇〇、〇〇〇》が気に入らない。

「お寺さんに九十万円て、払いすぎとちがいます?」

「値切れというんですか」

小夜子は不服そうに、「お坊さんが三人。お通夜と初七日の読経もしてもろたんです」

「それにしても、常識外れやわ」

「お布施に常識とか相場があるんですか。高いと思うんやったら、満願寺に掛け合ったらどうです。こんなお金は払えません、て」

「小夜子さんがいったらいいやないですか。喪主なんやから」

「わたしは別に、高いとは思てません」

小夜子は退《ひ》かない。「なにかというたら突っかかるけど、そんなにわたしのすることが気に入らんのですか」

「そうはいってないでしょ。わたしはお布施が高いといってるだけです」

小夜子の人格すべてが嫌いなのだ。虫酸が走る。

ほかにもいいたいことはいっぱいある。耕造の通夜と葬儀はどう考えても盛大ではなかった。祭壇こそ大きくて花も多かったが、親戚を除いて参列者は三十人に満たず、通夜の料理も出来合いの弁当と吸い物だけの簡単なものだった。あれで三百八十万円というのは、阪南祭典がよほど悪質な業者なのか、それとも小夜子が裏でなにか操作をしたのかもしれない。朋美は建築で業者の見積明細をチェックするから、おかしな金額は感覚的に分かる。

──とは思いつつ、通夜も葬儀も終わったのだ。耕造の骨も翠が丘の家に帰っている。

朋美はバッグから百万円を出した。五万円を抜いてテーブルに置く。

「姉さんとわたしで百九十万円。三百八十万円の半額です」

いって、尚子の札束の帯封を破った。五枚の一万円札をとって尚子に渡す。小夜子は黙って、それを見ていた。

「お父さん、株を持ってたはずやけど、どうなってます」訊いた。

「わたし、聞いてませんよ」

「それ、おかしいな。バブルのころ、阿倍野の証券会社で取引してたんやけど」

「とにかく、わたしは知りません」小夜子の表情は変わらない。

「お父さんの金庫、あるでしょ」

「ええ……」小夜子はうなずいたが、間があった。

「お父さんがこのマンションに引っ越すとき、翠が丘の家から運んでいったんです。冷蔵庫みたいな大きな金庫。あの中に株券とか入ってるはずです。まとまった額の預金もあると、お父さんから聞いてます。……ここでこんなこといいたくないけど、遺産は遺族で分けるのが筋でしょ」

朋美は尚子を見た。尚子はうなずく。

「耕造さんの遺産は、わたしが相続します」

小夜子はいった。「金庫の中は見たことないけど、みんな、わたしが相続します」

「それって、どういう意味ですか。相続を放棄しろってことですか」

「朋美さん、聞いてないんですか」

「なにを……」

「耕造さんの遺言状」

「まさか……」

ハッとした。耕造が遺言状を書いた可能性もなくはないと、薄々は考えていた。

小夜子は立って、サイドボードの抽斗から茶封筒を出した。

「公正証書です」と、テーブルに置く。

朋美は封筒から紙片を抜いて広げた。グレーの罫線のあるA４の用紙に縦書きで、

《本公証人は、遺言者中瀬耕造の嘱託により、証人柏木亨、証人瀬川頼子の立ち会いのもとに、遺言の口述を筆記してこの証書を作成する――》とあった。

朋美は尚子とふたりで読み進めた。

《――第壱条　遺言者は、遺言者の有する財産のうち、羽曳野市翠が丘３丁目８番９号の土地及び家屋を除く他の財産の全部を、遺言者の内縁の妻武内小夜子……に包括して遺贈する。》

《――この証書は、平成22年12月３日　本職役場において……。堺市堺区中瓦町７丁目12番５号大阪法務局所属　公証人　山本喬司　印》

そうか、こういうことか――。作成日の平成二十二年十二月は、小夜子がこのマンションに通い妻をはじめたころだった。小夜子はなにもかも計算ずくで耕造に近づき、公正証書遺言状を作成したのだ。

「この〝内縁の妻武内小夜子〟というのは、籍を入れてなかったんですか」

「そうよ」

小夜子はわるびれるふうもなく、「耕造さんがそうしてくれというたから」

「わたし、お父さんと小夜子さんは結婚したとばっかり思てた……」

「わたしはちゃんと結婚いう形をとりたかった。入籍をしない代わりに遺言状を書くというたんは、耕造さんのほうなんよ」

死人に口なし――。耕造が自分から公正証書など作成するわけがない。

「証人の柏木亨、瀬川頼子《よりこ》って、誰です」

「わたしの遠縁にあたるひと。無理いうて引き受けてもらった」

小夜子はソファに浅く座り直した。尚子と朋美を交互に見て、「ふたりに相談なんやけど、翠が丘の家、売らへん？」

「売る？　理由は」

「売って、お金を分けるんよ。三分の一ずつ」

「なにをいうてんの。冗談やないわ」つい、声を荒らげた。

「あかん？」

「あかんに決まってるでしょ。どこに翠が丘の家土地まで遺贈すると書いてあるのよ」

「決裂か……」小夜子は薄ら笑いを浮かべる。

「金庫、どこにあるの」

「どこでもいいやんか」

小夜子は公正証書に眼をやる。「朋美さんに金庫を見る権利はないんやで」

「本性、顕《あらわ》したね」

「そうかな」

小夜子はテーブルの百九十万円をとって、ソファの脇に置く。

「姉さん、帰ろ」

腰を浮かせた。尚子はあっけにとられたように立ちあがる。

「わたし、しかるべき措置をとる。このままでは済まへんと思といてね」

朋美はいって、リビングを出た。小夜子のせせら笑いが背中に聞こえた。


「どうする、姉さん」

エレベーターに乗った。

「もっちゃん、わたし、眩暈《めまい》がする」

「そんな場合やないでしょ。お父さんの全財産、騙しとられるんやで」

「あのひと、詐欺師？」

「詐欺師より質《たち》わるいわ。公正証書まで作って」

公正証書の効力は知っている。以前、クライアントが宝塚の所有地にテラスハウスを新築しようとして借地人に退去を要求したが拒否された。クライアントは弁護士に依頼して提訴しようとしたが、借地人が公正証書を提示したため、提訴を諦めた――。

「公正証書は法的にすごい強力やねん。武内小夜子の相続放棄を裁判に持ち込んでも、負けるかもしれん」

「けど、向こうは詐欺師やんか。老人の遺産を狙う結婚詐欺師」

「日本の法律はね、被害者の保護なんか二の次なんや。騙されたほうがわるいねん」

一階に降りた。ロビーを出て藤井寺駅へ歩く。尚子はときどき立ちどまって首筋の汗を拭いた。

「姉さん、顔色わるいわ。ちょっと休も」

ハンバーガーショップに入り、尚子を窓際の席に座らせた。朋美はアイスコーヒーをふたつ買って席にもどる。

「もっちゃん、籍を入れてない同居人が相続できるの」

「できるんやろね。公正証書に〝内縁の妻武内小夜子〟って書いてたやんか」

「内縁の妻て、法的に認められてるの」

「そんなん、分からへん。プロやないんやから」

「弁護士に相談したほうがいいよね」

「うん……」いわれるまでもなく、さっきから考えていた。誰に相談しようかと。

朋美は司郎に電話をした。今日は日曜だが、司郎は事務所に出ている。

――はい。どうした。

――わたしのアドレス帳見てくれる。デスクの抽斗、右のいちばん上。

――ああ、待ってくれ。

司郎は朋美の部屋に行ったようだ。朋美はバッグから手帳とボールペンを出す。

――それで。

――『モ』を開いて。守屋《もりや》法律事務所。携帯の番号も書いてるはず。

――090・4648・41××。

番号を書きとった。

――いま、どこや。

――藤井寺。姉さんといっしょ。

――法律事務所になんの用や。

――相談するねん。遺産相続のこと。

――小夜子がなんか、いうてるんか。

――ちょっとトラブル。あとで報告するわ。

電話を切った。守屋の携帯にかける。五回のコールでつながった。

――お休みの日に電話してごめんなさい。中瀬です。中瀬朋美。

――あ、どうも。番号見て、誰かと思た。

――いま、いいですか。

――かまへんよ。ヤンキース、五点リードしてるし。

守屋はメジャーの野球中継を見ているらしい。

――先週、わたしの父親が亡くなったんです。それでさっき、父親の後妻と遺産相続の話をしたんやけど、公正証書遺言状を見せられたんです。

かいつまんで事情を話した。守屋はときおり質問を挟みながら聞く。

――こんなこと、黙って要求どおりにしててもいいんやろか。

――そらあかん。あんたのいうとおりなら、違法性大や。

――裁判、したほうがいい？

――それは即答できん。その武内いう内妻の周辺を調べる必要がある。

明日、午後二時、事務所に来てくれ、と守屋はいった。

――ありがとう。なにか用意していくものは。

――特にないけど、できたらお姉さんと来てくれるかな。

――分かりました。よろしくお願いします。

電話を切った。誰？　と尚子が訊く。

「弁護士の守屋くん。高校のクラスメート。現役で阪大の法学部に行った子。司法試験に受かるのは四年もかかったけど」

小肥りで色黒、坊ちゃん刈り。成績は学年のトップクラスだったがガリ勉タイプではなく、よく喋って愛敬があった。五年に一度の同窓会のとき、守屋は三次会、四次会までつきあって、つぶれた連中を送っていく。面倒見のいい好人物だ。

「明日、姉さんも来てって」

「わたし、弁護士なんて初めてやわ」

「なにごとにも、初めてはあります」

アイスコーヒーを飲んだ。煙草を吸いたいが、喫煙スペースがない。

「葬式代、払わんとったらよかったね」尚子もコーヒーを飲む。

「ほんまや。もったいないことした」

「悔しいわ。百九十万円も詐欺師に渡して」

「あの請求書、小夜子が細工したにちがいないわ」

「それも調べてもらお。守屋さんに」

「姉さん、戦いやで。これから」

「なんか、やる気になってきた」

「そう、その意気や」

コーヒーの氷を噛みくだいた。


八月二十日午後二時、朋美と尚子は西天満《にしてんま》の守屋法律事務所を訪れた。ふたりは応接室に通され、詳しい事情を守屋に話した――。

「後妻業やね」

守屋はいった。「最近、事例が増えてきた」

「ゴサイギョウ?」と、朋美。

「資産を持ってる老人を狙うて後妻に入る。その老人が死んだら遺産を相続できるやろ」

「そんな事件ありましたよね。東京で」尚子がいった。

「〝婚活連続殺人〟でしょ。あれは似てるけど、ちがいますわ。女詐欺師が結婚を餌に男から金とって、口封じに殺したんです」

東京の事件は練炭火鉢による一酸化炭素中毒死や火災による死亡だったため、個々の警察署は不審死――事故として処理した。そのために発覚が遅れ、三人の犠牲者が出てしまったと守屋はいう。「生命保険がからんでたら、警察も殺人を視野に入れて捜査するはずなんですけどね。まさか、あんなデブでブサイクな女が何千万もの金を男に貢がせてたとは、誰も思わんでしょ」

守屋は笑うが、尚子は黙っている。朋美も笑わない。デブでブサイクという言葉が気に入らなかった。

「いや、失礼。話が逸れました」

守屋はひとつ間をおいて、「後妻業の必須三条件はご存じですか」

「いえ……」尚子は首を振る。

「住民票、家具持ち込み、顔出し、この三つです」

守屋は指を立てて、「まず、後妻は入籍前に住民票を移して、狙った相手と同居しているという形を作ります。次に、ドレッサー、ベッド、洋服ダンスを家に持ち込みます。そうして、地域の老人会などに顔を出して、中瀬の妻です、とアピールします」

「それ、みんな当たってます」

尚子はいう。「小夜子は父のマンションに住民票を移してます。ドレッサーとベッドも部屋に入れました。マンションの自治会やグランドゴルフの会にも顔を出してます」

「なるほど。これはまちがいなく、後妻業です」

守屋はうなずいた。「いま確認した二つの事実、結婚相談所を経由したこと、公正証書遺言をしてることで、武内小夜子はプロであると認識してください。一から十まで計画した上での犯行です」

「犯行というのは、犯罪ということですか」尚子が訊いた。

「それは、ま、言葉のアヤです。武内小夜子には明確な犯意があると、ぼくは思います」

守屋は膝の上で手を組んだ。「ネックは公正証書遺言です。これを覆《くつがえ》すのはむずかしい。まず、おふたりの遺留分減殺請求権を行使して、武内小夜子と交渉しましょう」

「ごめんなさい。その、遺留分なんとか請求権というのは」

「遺留分はご存じですか」

「聞いたことはありますけど……」

「例えば、故人が全財産を慈善団体や宗教団体に寄付すると遺言状に残した場合、遺族は困惑しますよね。……そういうとき、法定相続人は本来相続できる額の二分の一を遺留分として請求できます。つまり、故人の一方的な遺言によって侵害された相続権の半分を補塡《ほてん》せよと要求するのが、遺留分減殺請求です」

嚙んで含めるように守屋は話す。「民法による遺産の法定相続人は、被相続人の配偶者、子、子が死亡したときは孫ですから、中瀬さんの場合、子供である尚子さんと朋美さんが法定相続人となりますが、今回の事例は中瀬耕造さんの遺言により、羽曳野の家を除く他の遺産を武内小夜子が遺贈を受けることになってます。……その遺産額はお分かりですか」

「それが、もうひとつはっきりしないんです。父はなにもいいませんでしたから」

「だいたいの目安でけっこうです」

「藤井寺のマンションが三千万円。株券と銀行預金が同じくらいはあると思います」

「じゃ、六千万円と考えましょ。法定相続人のおふたりは遺留分として二分の一の三千万円。千五百万円ずつを相続できます」

「あんなわるいやつに三千万円もとられるの」

朋美はいった。「わたし、納得できへんわ」

「腹は立つやろけど、それが法的な解釈なんや」

守屋はいう。「けど、今回の事例は交渉の余地がある。九十一歳の独居老人に公正証書遺言を書かせたこと。週三回の通い妻で、実質的には内縁関係になかったこと。結婚相談所に紹介されてまもなく住民票を移したこと。入籍はしてなかったのに、周囲には結婚したと装ったこと。……公序良俗に反する違法性が認められる」

「公正証書には〝内縁の妻武内小夜子〟と書いてたけど、内縁の妻にも相続権があるの？」

「いや、内妻にはまったく権利がない」

守屋はかぶりを振る。「武内小夜子が赤の他人でもかまわんけど、内妻としたほうが公正証書に整合性が増す。判例では、住民票を入れて一日でも同居したら、〝内縁の妻〟と認めたりするんや」

「小夜子がもし籍を入れてたら、取り分は」

「配偶者は二分の一や。あとの二分の一を子供の人数で分ける」

「後妻業て、結婚相談所もグルなん？」

「それはどうや分からん。武内小夜子みたいなワルの後妻は元ヘルパーが多いと聞くけどな」

「守屋くん、詳しいんやね、後妻業」

「このごろ多いんや。遺産相続調停なんかで、ときどき話を聞く。知り合いの弁護士も何人か調停や裁判をしてる。それにしても、中瀬家の事例はかなり悪質やな」

「わたし、疑問やねん。小夜子はなんで籍を入れんかったん？　籍を入れてたら、お父さんの配偶者として全財産の半分を相続できるやんか。公正証書遺言とか、ややこしいことせんでも」

「そう、そこや。おれも不思議なんや。こいつは裏になにかあるな」

「小夜子は結婚という形をとりたかったけど、お父さんがウンといわんかったんやて。その代わりに公正証書を作ったとかいうてた」

「そいつは妙や。ますますおかしい」

ふいに、尚子が笑い声をあげた。

「なんやの、姉さん。なに笑ってんの」

「だって、ふたりの会話、高校生みたいやもん」

「そらクラスメートなんやから、しかたないやんか」

「すみません、守屋さん」

尚子は小さく頭をさげた。「こういう子なんです」

「そんな、気を使わんとってください。ぼくも、先生、先生、いわれるのは嫌ですねん」

「これからどうするの。守屋くんの作戦は」朋美は訊いた。

「相手は海千山千や。家裁の調停では埒《らち》あかんやろな」

地裁への提訴を前提に、この相続の違法性を問う、と守屋はいう。「結婚相談所の実態と武内小夜子の履歴を知りたい。あんたも疑ってるんやろ」

「そう。口から出任せばっかりいうてると思う」

「なんか、いうことが大きいんです」

尚子がいった。「看護師免許を持ってるとか、息子は大学の講師をしてるとか、娘は結婚して帝塚山《てづかやま》に住んでるとか……。わたし、その帝塚山の娘に会ったことがあります」

「ほう、それは」

「いま思ったら翠が丘の家を見るためやったんかもしれませんけど、小夜子が娘を連れてきたことがあるんです。近くに来たんでついでに寄った、とかいって」

「いつのことですか」

「藤井寺のマンションに家具を入れたころでしたね」

「どんな娘でした」

「上品で、おとなしかったです。齢は四十すぎで、母親とは似てませんでした」

小夜子と娘はコーヒーを飲み、二十分ほどで帰ったという。

「車で来たんですか」

「そうです。娘の運転で」

「車の車種とかは」

「大きな黒い車でした。クラウンやったと思います」

「嘘かほんとか、武内小夜子には息子と娘がおる……」

独りごちるように守屋はいい、「身辺を調査するのに興信所に依頼してもいいですか」

「はい、けっこうです」尚子はうなずく。

「興信所って、高いの？」朋美は訊いた。

「一日六、七万で一週間。五十万まではみてもらいたい」

「分かった。それくらいやったらいいわ」

朋美はいって、「着手金、いくらかな」

「それは考えさして。無理はいわんし」

「裁判したら勝てる？」

「どうやろな。こっちの言い分を通して、どこまで向こうを退《ひ》かすかの勝負や」

「やっぱり弁護士やわ。守屋くん、頼りになりそう」

「なりそう、やない。なる、や」

守屋は笑い、半白の髪を撫でた。

※　　※

八月二十一日、火曜日——。

携帯に電話がかかり、本多《ほんだ》は深町《ふかまち》に呼ばれた。フィットを運転して南森町へ行く。ナカムラビルの地下パーキングに車を駐め、五階にあがった。《南栄《なんえい》総合興信所》のドアをノックし、中に入ると、事務員の今井《いまい》は天井を向いて目薬を差していた。

「なんや、白内障かいな」

「そんなわけないでしょ。ドライアイ。パソコンの見すぎです」

今井は赤いセルフレームの眼鏡をかけた。コンタクトにすれば、けっこう美人なのに。

「所長は」

「待ってます」

今井は奥のドアを見やった。

本多は所長室に入った。深町はデスクの書類から顔をあげて、

「後妻業や。調査対象は武内小夜子、六十九歳。藤井寺の中瀬耕造いう九十一歳の爺さんの内妻や」

先週の八月十五日、中瀬耕造は富田林の薫英会病院で脳梗塞後の心停止により死亡したという。

「葬式は十七日に済んだ。昨日、弁護士の守屋先生から依頼があって、あんたに電話した」

「武内とかいう女の住所は」

訊くと、深町は抽斗から紙片を出した。ファクスをコピーしたものだろう、《武内小夜子　藤井寺市春日町5—6—1エンブル藤井寺518　大阪市西区北堀江2—32—3プリムローズ堀江2207　本籍・兵庫県西宮市甲陽園南目神山町3—26—78》とあった。

「その、堀江のほうは前の住所や。武内は一昨年の十一月、藤井寺に住民票を移してる」

深町は司法書士の資格を持っている。昨日、今井を藤井寺市役所にやって武内小夜子の住民票を士業請求し、その本籍と前住所を知ったという。

「武内の戸籍謄本と附票は西宮市役所に請求した。あんたは堀江に行って、武内の周辺をあたってくれ」

武内小夜子には大学講師の息子と帝塚山に住む娘がいるらしい、と深町はいい、「武内と中瀬

は江坂の『ブライダル微祥』いう結婚相談所に登録してた。そこも調べてくれるか」

「ブライダル微祥……」

「知ってるんか」

「いや、前に東大阪の『ブライダル天祥』とかいう相談所に行ったことがある」

そこも遺産相続にまつわるトラブルだった。経営者に会った憶えがあるから、名刺が残っているかもしれない。

本多は八年前、警察を辞めた。今里署の暴対係で街金《まちきん》業者に犯歴データを流していたのがばれ、府警本部の監察から依願退職を迫られたのだ。辞表を出さなければ懲戒免職だから、否も応もない。暴対係長も副署長も知らん顔だった。本多はバッジを返上し、警察学校の同期の紹介で損保会社の契約調査員になったが、年収三百万ではどうにもならず、前々から折り合いのわるかった妻は小学生の息子を連れて出ていった。本多はつきあっていたミナミのホステスのマンションにころがり込み、ツテをたどって南栄総合興信所の探偵になった。損保調査員も探偵も調査書や報告書を出していくらの収入だから、いまの年収は四百万にとどかない。警察の退職金はとっくのむかしに食いつぶした――。

「調査日数は一週間。それで仕上げてくれるか」

「分かった」

うなずいた。本多の日当は三万六千円だから、二十五万円にはなる。深町は座っているだけで、同じくらいの稼ぎだろう。

「これ、経費」

深町は封筒を出した。本多は受けとり、紙片といっしょにポケットに入れる。所長室を出ると、今井は立ってカーディガンをはおっていた。

「昼飯？」

「そうです」

「いつも、どこで食べてるんや」

「いろいろです。近所の喫茶店とか、蕎麦屋さんとか」

「ごちそうしよか、鰻でも」

「いいです」

今井は横を向いた。愛想のない女だ。

本多は廊下に出て封筒を見た。中には一万円札が七枚。札は財布に入れ、封筒は破ってエレベーター前の鉢植に捨てた。


フィットのエンジンをかけると、エンプティーランプが点いた。梅田新道《うめだしんみち》のガソリンスタンドで給油する。

深町にもらった紙片を広げて、橋口《はしぐち》の携帯に電話をした。

――おれ。本多。

――おう、なんや。

――データ、とってくれんかな、一件。

――ちょっと待ってくれ。

橋口はメモの用意をしているようだ。

――よっしゃ。名前は。

——武内小夜子。六十九歳。武士の武、内外の内、小さい夜の子。本籍は西宮市甲陽園南目神《みなみめがみ》山町《やまちょう》三の二十六の七十八。

——何者《なにもん》や、こいつは。

——結婚詐欺師かな。

——六十九で結婚詐欺かい。

——後妻業や。

——なんや、それ。

——資産家の爺の後妻に入って遺産を掠《かす》めとるんや。

——いろいろ、あるんやの。

——データ、すぐとれるか。

——すぐは無理や。一、二日、待ってくれ。

本多が今里署にいたころ、データは取り放題だったが、個人プライバシーが云々されるようになって、府警本部のデータ照会センターにアクセスするには上司の許可が要るようになった。橋口はほかの照会にまぎらせて武内のデータをとるのだ。

——ほな、とれたら電話してくれ。

携帯を閉じた。橋口にはデータ一件あたり五万円を払っているが、深町にいえば経費と別に決済できる。橋口は今里署暴対係の同僚で、いまは中央署の暴対にいる。

給油が終わった。スタンドを出て、梅田新道から御堂筋を南へ走る。長堀通を右折して北堀江へ。『プリムローズ堀江』は堀江小学校の東向かいにあった。

本多はコインパーキングに車を駐めた。プリムローズは高層マンションだが、敷地はそう広くない。一階から三階までは煉瓦タイル張りで、四階から上は白っぽい吹きつけタイルだ。玄関前に車寄せはなく、風除室のガラスドアはオートロックでロビーには入れなかった。

１１０１――。オートロックのボタンを適当に押した。

――はい。

スピーカーから声が聞こえた。

――アスカ急便です。田中さんという方からお届け物です。

――田中さん？

――開けてもらえますか。

――あ、はい……。

ロックを解除する電子音が聞こえた。本多はガラスドアの前に立つ。ドアは開いた。

メールボックスはエレベーターホールの手前にあった。《２２０７》には《武内》というプレートが入っている。ボックスはナンバー錠がついていて開けられない。

本多は二十二階にあがった。廊下の両側にモスグリーンのドアが五つずつ。ワンフロア十室か。左隣の２２０６号室のインターホンを押した。返答なし。２２０８号室も留守だった。向かいの２２０２号室にはひとがいた。

――すみません。わたし、共和銀行の調査員で佐藤と申しますが、ちょっと、お話を伺えないでしょうか。

インターホンのレンズに向かって名刺をかざした。会社名のちがう名刺は何種類か持っている。

――どんなことですか。

――お向かいの武内さん、ご存じですか。

――会ったら、挨拶くらいはしますけど。

――些少ですが、調査料をお支払いできます。もう少し詳しい話をお願いできませんか。

――お待ちください。

ほどなくしてドアが開いた。ドアチェーン越しに、茶髪の女が顔をのぞかせる。腫れぼったい眠そうな顔は、水商売だろうか。

「このマンション、分譲ですよね」

「そうです」

「武内さんはいつから住んでます」

「三年前の春です」

「それは……」

「新築分譲を買ったんです。武内さんもわたしも、そのときに越して来ました」

女はいって、「武内さん、ローンが払えないんですか」

「ま、そんなとこです」話を合わせた。

「あのひと、スナックとかラウンジとかやってはるんですか」

「というのは……」

「服が派手やし、お化粧もきついから」

エレベーターでいっしょになったりしたときは、いつも高そうな指輪をし、ブランドもののバッグを持っているという。「――でも、お店をつづけるって、大変なんですよね」

「武内さんの部屋に誰か訪ねてくることはないですか」

「二、三回、見ました。男のひとです」

女は独りうなずいた。「足の不自由なお年寄りです。背は武内さんと同じくらいで、頭の髪が薄くて、齢は七十をすぎてるみたいでした」

「足が不自由というのは、杖かなにかを」

「そんなんやないけど、ちょっと引きずってました」

「その、足のわるい老人を見たんは、いつのことですか」

「一昨年やったと思います。去年は見てません」

中瀬耕造ではないようだ。九十の爺さんと七十の爺さんでは見た目がちがう。

「ほかに、武内さんのことで知ってはることないですか」

「ないですね」女は小さく首を振る。

おい、いつまで喋ってんや——。ドアの奥から男の声がした。

「ごめんなさい。これで」

女はいった。本多は財布を出し、

「ありがとうございました。調査料です」

三千円を渡すと、女は受けとってドアを閉めた。

本多はロビーに降り、深町に電話をした。

——中瀬耕造は足が不自由やったか。

——いや、それは聞いてないな。

——背が低うて、禿《は》げてたか。

——分からん。守屋先生に訊いてみる。

——いま、堀江のマンションにおるんや。これから法務局へ行って、登記簿をとる。

電話を切り、ロビーを出た。暑い。八月の陽射しが真上から照りつける。マンション前のラーメン屋に入って冷し中華を注文した。

8

本多は西天満の大阪法務局北出張所へ行った。《プリムローズ堀江2207号室》の登記簿謄本を請求し、受けとる。

近くの喫茶店に入り、アイスコーヒーを飲みながら謄本を見た。

《所在——大阪市西区北堀江弐丁目参弐番地参号二二〇七
居宅——構造　鉄筋鉄骨造。床面積　七七・弐五㎡
原因及びその日付——平成弐壱年参月拾日新築
登記の日付——平成弐壱年四月壱六日
抵当権設定——平成弐壱年四月壱六日　保証委託契約に基づく求償債権
債権額——金弐千万円
損害金——年壱四％
債務者——兵庫県西宮市甲陽園南目神山町参丁目弐六番七八号　武内宗治郎《そうじろう》
抵当権者——千代田区大手町壱丁目参番壱号　三協信用保証株式会社
抵当権抹消——平成弐壱年九月弐七日　金弐千万円返済》

《所有権移転――平成弐弐年拾月壱九日受付　第弐参887号
原因――平成弐弐年九月八日　相続》

三年前、プリムローズ2207号室を買ったのは、西宮市甲陽園の武内宗治郎《そうじろう》という人物だった。武内宗治郎と武内小夜子はおそらく夫婦であり、宗治郎はマンション購入時に二千万円を三協銀行から借りたが、五カ月後に一括返済している。プリムローズは立地のいい高層マンションだから、新築の七十七平米だと、分譲価格は四千五百万円前後だったろう。宗治郎は小夜子のためにマンションを買ったが、一昨年の九月に死亡し、妻の小夜子がこれを相続したと推測できる。武内宗治郎もまた、後妻業の被害者にちがいない。

本多は煙草を吸いつけた。これからどうするか――。

ブライダル微祥という結婚相談所はあとにして、西宮へ行こうと思った。武内宗治郎の遺族に話を聞けば、小夜子が武内の籍を抜いていない理由が分かる。

こいつは金の生る木かもしれんぞ――。武内小夜子の尻尾をつかんで脅すのだ。後妻業のベースは結婚相談所だから、両方を脅すのもいい。いずれにせよ、小夜子とブライダル微祥はグルだろう。

本多はほくそえんだ。久々に金の匂いを嗅ぎつけたのだ。

※　※

小夜子が事務所に来た。葬式代の精算をするという。
「どういう風の吹きまわしや」

この女が呼びもしないのに来るのは珍しい。

「わたし、阪南祭典に百二十万払うた」

「ああ、それで」

「あんたに二百万借りたから、八十万返すわ」

「待てや。中瀬の娘ふたりから半額とったはずやぞ。三百八十万の半額や」

「百九十万かいな」

「それも、おれと折れやないか」

「あんた、まだ金とるつもり？」

「そういう契約やろ」

「契約が聞いて呆れるわ」

「ちゃんと最初から計算せいや。あんたは中瀬の娘から百九十万とって、葬式代の百二十万を払うたから、稼ぎは七十万や。おれの取り分はその半分、三十五万やろ」

互助会に預けていた五十万があるはずだが、そこまではいわなかった。

「ほな、あげるわ。八十万と三十五万で百十五万」

「あほぬかせ。〝時そば〟やないんやぞ。まず二百万、耳そろえて返さんかい。それと、取り分の三十五万や」

香典も寄越せといいたかったが、この女が払うわけはない。

「しっかりしてるな、あんた」

小夜子はにやりとして、「借用証、返してや」

「先に、金出せ」

小夜子はさもうっとうしそうにケリーバッグから札束を出した。指に唾をつけて二百二十枚を数え、テーブルに放る。

「おい、十五万足らんぞ」

「ケチくさいこといいな。経費や。あんたは阪南祭典と話しただけやろ」

この婆ぁ——。カッとしたが、抑えた。

「株はどうなってるんや、二千五十万円の株は。清和証券に特定口座を替えるというたんか」

「阿倍野支店に電話した。『相続上場株式等移管依頼書』とかいうのを、死亡届出書やわたしの住民票といっしょに出してくれって」

「その書類は」

「郵送や。まだとどいてへん」

「移管する口座は新しいのを作れ。おれがつきおうたる」

通帳は小夜子、届出印は柏木が持つのだ。でないと、小夜子が勝手に引き出してしまう。

「ほな、いまから行こか。銀行に」

江坂の駅近くに近畿中央銀行がある。

「本人確認書類が要るやろ」

「ほら、ここにあるわ」

小夜子は二つ折りの紙片を出して広げた。住民票の写しだった。

「えらい用意がええな」

「どうせ、いわれると思たんや。口座を開け、て」

小夜子は住民票をひらひらさせる。「あんたとわたしは同類や」

「へっ、いうとけ」

柏木は立って、上着をとった。

※　※

阪急甲陽園――。駅前に車を停めて駅員に〝南目神山町三丁目〟を訊くと、道順を教えてくれた。バス通りを南へ走り、郵便ポストの角を右に折れて《十九番坂》から《二十三番坂》という急勾配の坂道を上がる。豪壮な邸宅の建ち並ぶ住宅地が南目神山町三丁目だった。

本多は車を降り、表札を見て歩いた。築地塀《ついじべい》をめぐらせた冠木門《かぶきもん》の邸が『武内』だった。欅《けやき》の大木が燻《いぶ》し瓦の屋根に影を落としている。

本多はインターホンのボタンを押した。返答がない。

くそっ、留守か――。郵便受けに名刺を入れようとしたとき、声が聞こえた。

――はい、武内です。

――興信所の調査員で、本多と申します。

――あ、はい……。

――武内宗治郎さんが所有されていた西区北堀江の『プリムローズ堀江』について、ちょっと、お話を伺えませんか。

――どういうことでしょう。

――相続関係です。武内小夜子さんの相続について調査してます。

――あのことはもういいんです。そっとしておいてください。

そっとする、という言葉がひっかかった。やはり、トラブルがあったのだ。

——武内小夜子さんは宗治郎さんの死後、ある資産家の内妻になって、北堀江から藤井寺に住民票を移しました。そのことについて心あたりがおありやないですか。

——あのひと、またなにかしたんですか。

——この案件は弁護士事務所からの依頼です。決して怪しい調査やないです。

——そうですか……。

——お時間はとらせません。玄関口まで出ていただけませんか。

額の汗を拭きながら、インターホンのレンズに向けて頭をさげた。

——分かりました。お待ちください。

ほどなくして、足音が近づいてきた。錠が外れて扉が開く。金縁眼鏡の五十がらみの女が顔をのぞかせた。

本多は名刺を差し出した。女は受けとって、

「南栄総合興信所、調査部主任……。大阪から来られたんですか」

「個人調査、企業調査、人捜し、法律に則ってやってます」

大阪府警の警察官から転身したといった。興信所は胡散臭いところが多いから、込み入った話をするときは先に明かすことにしている。「失礼ですが、宗治郎さんの娘さんですか」

「宗治郎は舅《しゅうと》です」長男の嫁だという。

「お名前は」

「香代《かよ》です」

武内香代は足もとに眼をやり、「もうわたしは触れたくないんです。あのことには」

「しかし、羽曳野でまた被害者が出てます。武内小夜子は同じ犯行を繰り返してるんです。なん

とか協力願えませんか」

「でも、それは……」

香代はまだためらっている。身内の恥はさらしたくないが、聞いて欲しいという思いもある――、被害者はみんなそうなのだ。

「ここでお聞きしたことは、絶対に悪用しませんし、外にも出しません。弁護士事務所に報告するだけです」

依頼者は西天満の守屋法律事務所――。それも明かした。

香代は少し間をおいて、口を開いた。

「さっきおっしゃった、資産家というのは……」

「羽曳野市の資産家です。享年九十一。武内小夜子は遺産を相続しようとしてます」

「いつ、亡くなられたんですか。その方は」

「この十五日です」

「ずいぶん早くに弁護士さんが入られたんですね」

「そのあたりの事情は知らんのです。うちは頼まれて調査するだけですから」

「あのひとは怖いです。相続に関する法律的知識は半端じゃない。とても太刀打ちできません」

「北堀江のマンション、騙しとられたんですね」

「この家の土地もです」

「なんと……」

「義父《ちち》が死んでから知ったんです。再婚していたことを」

「どういうことです」

「一昨年の九月八日でした。義父は徳島で死んだんです。九月十二日のお通夜のとき、武内小夜子という女性が現れて、もうほんとにびっくりしました」

「初めて会うたんが、通夜の席ですか」

「寝耳に水って、あんなことをいうんでしょうか……」

独りごちるように香代はいい、すぐに首を振って、「いいえ、もっとひどい。いきなり見も知らないひとが来て、宗治郎の妻です、といったんです」

啞然とする親戚一同を前にして小夜子はわるびれるふうもなく、翌日の告別式には喪主の隣に座らせてくれといった——。「主人とわたしが別室で話をしたんです。そうしたら、小夜子はこれを見て欲しいと、遺言状を出しました」

「公正証書遺言ですね」

「よくご存じですね」

「それが手口です。後妻業の」

「後妻業って、そんな呼び方があるんですか」

「文字どおり〝業〟です。生業《なりわい》ですわ」

「ほかにも同じようなことがあるんですか？」

「あります。摂津《せっつ》、東成《ひがしなり》、羽曳野……。ここ二、三年、ぼくが知るかぎり、おたくさんが四件目の事例です」

話が逸れた。「その公正証書には、なんて書いてました」

「武内宗治郎の所有する甲陽園の土地と北堀江のマンション、ゆうちょ銀行の預金と年金の遺族受給権を武内小夜子が相続する……そう書かれてました」

「腰を抜かすような話ですね」

「ほんと、血がひきました。わるい夢を見ているようで」

公正証書はコピーだった。香代の夫――武内慎一《しんいち》は証書を受けとり、その夜は小夜子を帰した。小夜子は翌日も葬儀会場にやってきて弔問客に挨拶をし、告別式では親族席に座った。火葬場にも行って火葬に立ち会い、今後の法事にも出席すると言い置いて立ち去ったという。「――誰になんといわれようと素知らぬ顔で、親族に囲まれても平然としてました。異様な雰囲気の葬式でした」

葬儀のあと、慎一夫婦と次男夫婦はこの事態にどう対処するか話し合った。次男は強硬に小夜子を排除しろといい、慎一は弁護士に相談するといった。

「弁護士はどういうたんですか」

「正式に入籍した妻と公正証書遺言には対抗しようがないと、初めから諦めたような感じでした」空を見あげて香代はいった。

「遺留分は」

「もちろん、その説明はありました」

「小夜子の入籍はいつでしたか」

「平成二十一年の六月でした」

『プリムローズ堀江』の登記は四月だった。小夜子は宗治郎にマンションを買わせてから婚姻届を出したのだ。

「入籍前の小夜子の名前は」

「津村《つむら》です。津村小夜子」

「津村小夜子が北堀江に住民票を移すまでは、どこに住んでました」

「大阪の大正区だったように思います。住所は知りません」

「相続のとき、小夜子のほうも弁護士を？」

「弁護士ではなくて、司法書士がアドバイスしていたようです」

大阪の司法書士事務所から遺留分相続放棄の書類がとどいたりした、と香代はいう。さすがに、後妻業の側に立つ弁護士はいなかったのだ。

「その事務所を教えてもらえませんか」

「花の名前でした。……そう、ダリア司法書士事務所です」

メモ帳に書きとった。武内慎一、武内香代、津村小夜子の名も。「――後妻業は結婚相談所が絡んでるはずですけど、知ってはりますか」

「義父が入会していたのは『ブライダル微祥』という相談所でした」

宗治郎の遺品を整理して会員証を見つけたという。

「羽曳野の資産家も江坂の『ブライダル微祥』に登録してたんです」

「ほんとですか」香代は驚いたようだ。

「武内小夜子のベースは微祥です。微祥でターゲットを物色してるんです」

「ひどい……」

「ぼくは微祥を叩きたい。でないと、今後も被害者が出ます」

「そうしてください。お願いします」強く香代はいった。

「あといくつかお訊きしたいんですが、宗治郎さんが北堀江にマンションを買うてたことは、まったく気がつかんかったんですか」

「そうです。公正証書を見て、初めて知りました」

香代はうなずいて、「でも、あとから考えれば、そうだったと思います」

宗治郎は気管支喘息の持病があり、十年ほど前から大阪市中央区のクリニックに通院していた。週に一回、専用の器具でステロイド系の薬を吸入するのだが、その治療が一時間近くかかるため、帰りにホテルをとって夜まで休むことがあった。また、月に一回くらいは泊まりがけで喘息に効用があるという温泉に行く――。「まさか、マンションを買ってやって、そこに泊まってたなんて、考えもつきませんでした」

「宗治郎さんは同居されてたんですか」

「はい、この家は二世帯住宅です。一階を義父が、二階をわたしたちが使ってました」

六年前に義母が亡くなったあと、宗治郎は毎日の食事、洗濯、掃除などは通いのヘルパーを頼み、不自由なく暮らしていたという。「手のかからないひとでした。でも、寂しかったんですね。わたしが気づくべきでした」

「宗治郎さんは足がわるかったと聞いたんですが」

「左の膝です。関節リウマチで。喘息もリウマチも免疫疾患ですよね」

「車の運転は」

「してました。普通に」クリニックに車で行くこともあったという。

「ご主人はお勤めですか」

「はい、そうです」

「よかったら、会社名を教えていただけませんか」

「電通です」

「それはええとこにお勤めですね」

中小企業なら答えなかっただろう。「宗治郎さんも会社員でしたか」

「放送局です。義父は近畿テレビの役員でした」

親子そろてエリートサラリーマンやないか――。いい気はしなかった。テレビ局の役員なら年収三千万円はあっただろう。

「あと、差し支えなかったら、武内宗治郎さんの遺産額を教えていただけませんか。概算でけっこうです」

「現金と有価証券が数千万円ありました」

「それは小夜子も知ってたんですか」

「知らなかったはずです。通帳類はみんな、義父が管理してましたから」

それでも弁護士と相談して、宗治郎の年金が振り込まれていたゆうちょ銀行の通帳を小夜子に渡した、と香代はいった。「弁護士さんが交渉して、遺留分をとってくれました。ゆうちょ銀行の残高は一千万円に満たなかったと思います」

「北堀江のマンションのほかに、不動産はこの家だけですか」

「はい、そうです」

「名義は」

「建物は主人の名義です。敷地は小夜子が四分の三、長男の主人と義弟《おとうと》が四分の一です」

「宗治郎さん名義の土地に、ご主人が費用を負担して二世帯住宅を建てたんですね」

「おっしゃるとおりです」

家を売って換金しない限り、小夜子の相続分と息子ふたりの遺留分を分けることはできないという。「だから、小夜子が死ぬまで、わたしたち一家はこの家に住みつづけます」

「立ち退き請求とか売却請求はないんですか。小夜子から」

「ありました。小夜子は提訴するといいましたが、それっきりです」

これで分かった。小夜子が武内の籍を抜かず、中瀬の内妻に甘んじた理由が。小夜子は武内宗治郎の遺族年金——中瀬耕造のそれよりは高額だろう——を受けとりつつ、この甲陽園の土地を狙っているのだ。

「宗治郎さんは一昨年の九月に亡くなられて、相続手続きも終わった。……小夜子は持ち分の相続税を納めたんですよね」

「小夜子のことは知りません。ゆうちょ銀行のお金で納めたんじゃないですか」

「この家の敷地は何坪ですか」

「百五十坪です」

甲陽園の宅地の路線価は坪四十万円をくだらないだろうから、百五十坪で六千万円。実勢価格は八千万円になるだろう。武内小夜子が諦めるはずはない。

「しつこいようですけど、あとひとつだけ。……宗治郎さんが徳島で亡くなられたのは、どういうわけですか」

「事故です。交通事故でした」

「交通事故……」

「一宇峡《いちうきよう》って、ご存じですか」

「聞いたことないですね。温泉ですか」

「剣山から北へ行った景勝地です。義父は一宇峡の近くで崖から落ちたんです。車ごと」

「宗治郎さんが運転して?」

「県道のガードレールの切れ間から転落したんです。五十メートルくらい下の川原まで」

車は大破。宗治郎は車外に投げ出された状態で発見されたという。「全身打撲でした」

「なんでまた、そんな山奥に」

「分からないんです。どうして行ったのか」

「徳島県警が捜査したんですよね」所轄署の交通捜査係だろう。

「いろいろ調べてくれました。義父は一宇峡から国道438号を北上して、徳島自動車道の美馬インターに向かってたんじゃないかって」鳴門から淡路島に渡り、西宮に帰るつもりだったのではないかという。

「転落したんは夜ですか、昼ですか」

「発見されたのは朝です。地元のひとがガードレールが歪んでいるのに気づいて、義父の車を見つけたんです」

「死亡推定時刻は」

「午後九時です」

九月八日の午後九時すぎなら、あたりは真っ暗だったろう。

「死因に不審な点はなかったんですね」

「はい……」

香代は小さくうなずいた。「車の中に喘息の薬があった、と説明がありました」

「宗治郎さんは運転中に喘息発作を起こして崖下に転落したという見立てですか」

「だと思います」

「葬式のあと、県警に事情を話したんですか。武内小夜子という後妻が出てきた、と」

「それはいいました。刑事さんに」

「刑事は？」

「生命保険を調べたようです」

「宗治郎さんは保険契約をしてたんですか。武内小夜子が受取人の」

「いえ、してませんでした」

「それやったら、警察は犯罪性が薄いと見ますね」

「でも、義父はなぜ、一宇峡に行ったんでしょう。それがいちばんの疑問でした」

「徳島に行くとは聞いてなかったんですね」

「義父は旅行が好きでした。ひとりでふらっと出かけることはあったんですが……」

小夜子が誘ったのではないか――。香代はそういいたいのだ。

「小夜子のアリバイとか、刑事は調べたんですか」

「分かりません」

香代はかぶりを振った。「いいたくはないんですが、あまり熱心な刑事さんじゃなかったです」

「刑事の名前は」

「遠井《とおい》さんでした。弓馬《ゆま》署の」

弓馬署、遠井――。メモをした。

「それと、宗治郎さんの本籍は甲陽園でしたか」

「はい、そうです」

「あと、ひとつだけ。武内小夜子が提示した公正証書遺言がありましたら、見せていただけないでしょうか」

「コピーでいいんですか」

「要点だけメモさせてください」

「じゃ、持ってきます」

武内香代は邸内に入っていった。初対面の興信所調査員に協力的なのは、いまも宗治郎の事故死と弓馬署の捜査に不審の念をもっているからだろう。

本多は煙草を吸いつけた。武内宗治郎は九月八日に死亡し、九月十二日に通夜が行われたが、その間に四日も経っているのは司法解剖されたためだった。

携帯を開いて深町に電話をした。

――おれ、本多。甲陽園で武内の遺族に話を聞いてるんやけど、宗治郎は車の自損事故で亡くなってる。場所は徳島の一宇峡。県道から崖下に転落した。

――ほう、そうか。

――それで、神戸法務局に宗治郎の死亡届記載事項証明書を請求して欲しいんや。

死亡届記載事項証明書は死亡診断書＝死体検案書の内容が含まれるから、死亡日時、死亡場所、死亡原因、届出者の住所氏名など、武内宗治郎の死の詳細が分かる。

――車に同乗者はおらんかったんか。

――ひとりで運転してたみたいやな、所轄署の捜査では。

――しかし、事故死というのは都合がええな、武内小夜子に。

――おれ、徳島に行きたいんやけどな。

――やめとけ。うちが請けたんは中瀬の調査や。

そこまでサービスすることはない、と深町はいう。

——それと、さっき守屋さんから電話があった。中瀬の葬式をした阪南祭典いう葬儀屋に行ってくれるか。

——どういうことや。

——葬儀費用が三百八十万。喪主は武内小夜子。ちょっと、おかしい。

——そら無茶苦茶な値段やな。

——阪南祭典は羽曳野の古市四丁目や。

——分かった。調べてみる。深入りするつもりはないけど、さっきいうた武内宗治郎の死亡届はとってくれるか。

——ああ、そうする。ご苦労さん。

電話は切れた。

目端の利かん爺やで——。深町は金の生る木をみすみす見逃している。武内小夜子に食いつけば数百万、いや一千万単位の金を絞りとれるものを。

香代がもどってきた。本多は公正証書遺言のコピーを見る。

《本職は、遺言者武内宗治郎の嘱託により、証人新井欽司、証人柏木亨の立ち会いをもって、次の遺言の趣旨の口述を筆記し、当証書を作成する。
一、遺言者は、遺言者の妻武内小夜子（昭和一八年一月一五日生）に対し、遺言者の有する以下の遺産を相続させる。
（一）所在　西宮市甲陽園南目神山町三丁目

地番　二六番七八号
地目　宅地
地積　五〇一・四五㎡
（二）所在　大阪市西区北堀江二丁目
地番　三二番地三号二二〇七
居宅　七七・二五㎡
構造　鉄筋鉄骨造
（三）ゆうちょ銀行預金及び国民年金、厚生年金、企業年金の遺族受給権
二、遺言者は、以上を除く残余の財産全てを長男武内慎一（昭和三三年一〇月二八日生）及び次男武内克彦（昭和三五年一二月五日生）にそれぞれ相続させる。
三、遺言者は、先祖の祭祀を主宰すべきものとして、長男武内慎一を指定する。
四、遺言者は、この遺言の執行者として、次の者を指定する。
住所　吹田市江坂中九丁目一一番八号
職業　司法書士
氏名　新井欽司

本旨外要件
西宮市甲陽園南目神山町三丁目二六番七八号
遺言者　武内宗治郎
昭和七年五月八日生

上記は、印鑑証明書の提出により人違いでないことを証明させた。
住所　吹田市江坂中九丁目一一番八号
職業　司法書士
証人　新井欽司（昭和四〇年六月一七日生）
住所　吹田市江坂八丁目五番三号ビスタ旭一二一二号室
職業　人材紹介業
証人　柏木亨（昭和四四年六月三〇日生）

上記、遺言者及び証人に読み聞かせたところ、各自その記載の正確なことを承認し、次にそれぞれ署名押印する。
遺言者　武内宗治郎　印
証人　新井欽司　印
証人　柏木亨　印

この証書は、平成21年7月21日　本職役場において、民法九六九条第一号ないし第四号に定める方式によって作成し、同条第五号に基づき、本職次に署名押印する。
神戸市中央区明石町九五番地　神戸会館七〇一
神戸法務局所属
公証人　佐川一志　印》

本多は遺言執行者や証人の氏名、生年月日など、要点を書きとった。注意をひいたのは証人の柏木亨だが、香代はこの人物を知らないといった。

「いや、あれこれ立ち入ったことをお聞きしまして申しわけなかったです。ありがとうございました。羽曳野の調査で武内さんに関連することが判明しましたら、改めてご報告します」

礼をいい、コピーを返して武内邸をあとにした。

本多は車に乗り、来た道をもどった。踏切を渡り、線路沿いの道を南へ走る。

柏木亨、人材紹介業──。どこかで聞いた憶えがある。

人材紹介業──。人材派遣業と、どうちがうのか。

「そうか……」思わず、声が出た。

以前、調査で行った東大阪のブライダル天祥だ。あの経営者は確か、柏木といったような気がする。

一〇四で『ブライダル天祥』の番号を訊き、かけた。

──お電話ありがとうございます。パートナーシップのブライダル天祥です。

──柏木さん、いらっしゃいますか。田中といいます。

──あいにく、所長は本部におります。

──本部は江坂の『微祥』ですよね。

──はい。電話番号を申しましょうか。

──いや、番号は知ってます。

通話ボタンを押した。柏木亨は『ブライダル微祥』の経営者だった。

本多は43号線から阪神高速道路に入った。

9

近畿中央銀行に小夜子の清和証券の特定口座を作り、事務所にもどったところへ来客があった。薗井が〝ホンダさん〟といったから、出会いのパーティーを任せている『晋山閣《じんざんかく》』の本田だと思ったが、所長室に現れたのは短髪のがっしりした男だった。

「南栄総合興信所の本多といいます」

男は名刺を差し出した。柏木は受けとって、

「柏木です」

この男には見覚えがある。そう、四、五年前の夏、天祥に来た。あのときも、この男はポロシャツに安っぽい生成りのジャケットを着ていた。どこか横柄なものいいと筋者のような目付きが、いかにも興信所の探偵らしく胡散臭い。「――以前、お会いしましたね」

「『天祥』でね」

本多は勧めもしないのにソファに座った。柏木も腰をおろす。

「えらい手広うにやってますやないか。『微祥』グループは何店あるんです」

「ここと『天祥』と『樹祥』の三つですわ」

「江坂の一等地に事務所を構えて、青年実業家ですな」

「イメージ産業ですからね。結婚相談所は」

テーブルのヒュミドールから葉巻をとり、カッターで吸い口を切った。「本多さんは長いんですか、調査員」

「まだ駆け出しですわ。探偵になって間なしに、天祥で柏木さんに会うたんです」

「その前は、ほかの仕事を？」

「身上調査ですか」

「そういうわけでもないけど……」

「大阪府警のマル暴担当でね、自分も極道に染まらんうちに辞めましたんや」

こともなげに本多はいう。この男はやはり、ヤクザの身近にいたのだ。業界にもいろいろツテがあるにちがいない。

「で、今日は」

「武内小夜子。おたくの会員ですな」

「それは名簿を見んと分からんですね。微祥グループは男女合わせて千六百人の会員さんを抱えてますから」

「弁護士事務所から来た武内小夜子の公正証書遺言を見たんですわ。柏木さん、証人ですな」

「誰の遺言です」

「羽曳野の中瀬耕造。こないだ死んだばっかりです」

「公正証書遺言の証人になることは、けっこうあります。会員さんに頼まれてね」

「しかし、証人は遺言者の身内とか知り合いがなるもんやないんですか」

「遺言の内容を身内には知って欲しくないんですよ。公正証書を作るような遺言者はね」

「へーえ、そういうもんですか」

嘲《あざけ》るように本多はいう。「作成の立ち会いで、いちいち公証人役場に行くのはめんどいでしょ」

「それも仕事のうちですよ。結婚相談所の経営者としての」

「証人になったら、謝礼をもらえるんですか」

「本多さん、失礼なことを訊きますな」カッとした。

「そら申しわけない。……けど、これが探偵の仕事ですねん」本多は平然としている。

「交通費くらいはもらいます。請求はしませんがね」

怒りを抑えた。感情的になると余計なことまで喋ってしまう。

「中瀬耕造といっしょに堺の公証人役場に行きながら、武内小夜子の名前を知らんというのは妙ですな」

「とぼけてるわけやない。知らんもんは知らんのです」

いうと、本多はにやりとした。眼は笑っていない。

「もうひとり、証人の瀬川頼子いうのは誰です」

「知りませんね」

葉巻をくわえ、カルティエで火をつけた。

「瀬川頼子も同席してたやないですか。公証人役場で」

「いっぺん会うたきりの人間を憶えてるほど暇やないんですわ」

瀬川は中瀬耕造の知人だろう、と柏木はいった。

「さすがに結婚相談所のオーナーは忙しい。この不景気なご時世に羨ましいですな」

「嫌味ですか、それは」

「思たことをいうただけですわ」

「なんで警察を辞めたんです。警察手帳があったら怖いもんはないでしょ」

「怖いのは性格が歪むことですわ」

「探偵のほうが歪みそうですがね」

本多に向かって葉巻のけむりを吐いてやった。本多は素知らぬ顔で、

「武内小夜子はいつからの会員です」

「さぁね……」

「名簿を見てもらえんですか」

「警察官でもないあんたに、会員のプライバシーは開示できません」

「なるほどね。探偵は不自由や」

「もう、よろしいか」

「そうですな」

「お帰りください。ひとに話を訊くときは、菓子折りのひとつも持ってくるようにね」

「すんませんでしたな」

本多はのっそりと腰をあげ、所長室を出ていった。

※　※

食えない男だ。頭は切れる。挑発にも乗ってこなかった——。

本多は受付の女に声をかけた。

「ぼく、バツイチですねん。入会したら結婚できますか」

「わたしどもは出会いのお手伝いをします。結婚は縁ですし、相性ですから」

愛想よく、女はいった。

「入会金は」

「ご希望によって、プランがいくつかございます」

カウンセリングの回数、紹介する人数、パーティーやレクリエーションなど、コースによって料金はちがうといい、女はパンフレットを揃える。

「だいたいの目安でいいんですわ。費用を教えてください」

「入会料は十万円から、年会費は十五万円からです」

「紹介者がいたら安うなりますか」パンフレットを受けとった。

「はい。会員の方なら」

「瀬川頼子さんです。豊中《とよなか》の」

「瀬川さん……」

「こちらさんの会員ですわ。名簿、見てくれますか」

女はパソコンのキーを叩いた。

「いらっしゃいますね。瀬川頼子さん」

当たりだ。瀬川は微祥の会員だった。

「ブライダル微祥に入会したら、といわれたんです。瀬川さん、世話好きでね」

「勧めてくださる会員さんはたくさんいらっしゃいます」

「武内小夜子さんは知ってはりますか」

「はい……」女は名簿も見ずにうなずいた。

「よう来はるんですか。ここに」

「あの、武内さんとお知り合いですか」女は怪訝《けげん》な顔をした。

「武内さんは特別会員ですか」

女は答えなかった。本多の質問がおかしいと気づいたのだ。

「おたくさん、お名前は」

女は答えなかった。

「また来ますわ。気が向いたら」

パンフレットを持って事務所を出た。


ダリア司法書士事務所は、ブライダル微祥の斜向《はす》かいのビルの二階にあった。玄関ロビーの掲示板に《借金の解決方法は「自己破産」だけではありません。「過払い請求」「個人再生」「任意整理」はダリア司法書士事務所にお任せください》と、ポスターが貼られている。そのポスターを見ただけで儲け主義の胡散臭い事務所だと分かった。

本多は二階にあがり、事務所のドアを引いた。いらっしゃいませ——と、カウンターの向こうから制服の女が来た。微祥の受付の女と同じ年格好だが、こちらのほうが地味でまじめそうだ。

「過払いのご相談ですか」

「いや、相続です」

「どうぞ、どうぞ。お入りください」

女はにこやかにいい、本多は応接室に通された。布張りのソファに腰をおろす。飲み物を訊かれたので、アイスコーヒーを頼んだ。

女と入れ替わるように、男が部屋に入ってきた。

「司法書士の新井《あらい》と申します」

男は一礼し、名刺を出した。本多は出さない。本多です――、名前だけをいった。

「それで、どういった相続でしょうか」新井は座った。

「結婚相談所ですわ」

「はい……？」

「ブライダル微祥。柏木さんにいわれて来たんです。相続のことなら新井先生に任せなさい、と」

「そうでしたか。柏木所長にはお世話になってます」

新井は追従で笑う。昭和四十年生まれだから五十が近いのに、ずいぶん若く見える。本多より年下といっても、とおるかもしれない。

「柏木さんとは長いんですか」

「そうですね、もう十年あまりのつきあいでしょうか」

「柏木さんにクライアントを紹介してもらうことが多いんですか」

「彼は顔が広いですからね」

新井はいって、「本多さんの相続は、ご親族の遺産を？」

「いや、親族やないんですわ」

「とおっしゃるのは……」

「ちょっと込み入ってますねん。聞いてくれますか」

「はい、どうぞ」

「新井先生は、後妻業て知ってますか」

切り出した。「武内小夜子、もしくは津村小夜子。いつからの知り合いです?」

武内の名を出した途端、新井の表情が一変した。

「武内宗治郎の公正証書遺言。先生は証人やけど、どういう理由で立ち会いしたんです」

新井はなにもいわない。さっきまでのにやけた顔も消えた。

「条件はなんです。分け前ですか。まさか、司法書士の正規の手数料やないですわな」

「君はなんだ。なにしに来た」低く、新井はいった。

「興信所の探偵ですわ。弁護士からの依頼で、武内小夜子を調べてますねん」

「くだらん……」

「なにがくだらんのです」

「…………」新井は上を向く。

「結婚相談所と司法書士。後妻業で稼ぐには都合がよろしいな」

「…………」新井は脚を組み、ソファにもたれかかった。

「どうしました。無視ですか」

そこへノック。さっきの女がトレイにアイスコーヒーとミルクを載せて入ってきた。新井は黙って首を振る。

「すんませんな。帰りますわ」

新井はもう喋らない。柏木と新井が結託している心証は得た。「南栄総合興信所。多重債務者から相続まで、知りたいことがあったら相談にのります」

本多は腰をあげた。アイスコーヒーは飲めなかった。

古市。阪南祭典――。本多は営業担当の安城という男に会った。安城は、中瀬耕造の葬儀費用は百二十万円だったといった。

「まちがいないです。請求書も領収書も百二十万円でお出ししました」

「打ち合わせは、喪主の武内小夜子としたんですね」

「いえ、税理士さんです。武内家の」

「税理士……。名前は」

「確か、柏木さんとおっしゃいました」

「柏木は値切ったんですか」

「予算は百万円といわれましたが、二十万円、追加させてもらいました」

読経は三人、祭壇はBランクだったという。

「百二十万円は現金で？」

「振り込みでした」

「武内小夜子から？」

「はい、そうです」

これでまたひとつ、小夜子と柏木の尻尾をつかんだ。ふたりは共犯関係にあり、小夜子はおそらく柏木の指示で動いている。

「いや、どうも。お忙しいとこ、ありがとうございました」

メモ帳をポケットに入れ、丁寧に礼をいった。

本多は車に乗り、柏木の関与は伏せて葬式費用を深町に報告した。

※　※

携帯が鳴った。コーヒーを飲みほして、着信ボタンを押す。

——守屋です。

——はい、中瀬です。

——とりあえず報告。興信所から電話があった。お父さんの葬式は百二十万円や。

——えっ、ほんまに？

——ひどいな。二百六十万も抜かれてる。

——どうしよ。どうしたらいい？

——領収書なんかもろてへんわな、武内から。

——そんなん、もらえるわけないわ。

小夜子は阪南祭典の請求書を持っていた、といった。

——その請求書は。

——見ただけ。

——まずいな。物証がない。

——でも、姉さんとわたしが九十五万円ずつ払うたんやで。銀行の帯封を破って。

三協銀行の通帳には百万円をおろした記録が残っているといった。

——それやったら、ファクスしてくれるか。通帳をコピーして。

——残高が分かるし、嫌やわ。姉さんも嫌がると思う。

——ま、そうやな。しゃあない、ペンディングにしとこ。

――ほかには。

――興信所の報告書は来週や。武内小夜子の戸籍謄本と除籍謄本は、うちのスタッフに手配した。明日あたり揃うやろ。

――ありがとう。連絡してくれて。

――おれは弁護士で、あんたはクライアントや。

――守屋くんも着手金、請求して。

――さぁ、なんぼくらいもらおかな。考えとくわ。

笑い声で電話は切れた。

朋美はマグカップを持って部屋を出た。裕美と吉田が冊子を見ている。

「司郎さんは」

「出かけました。池島木工」

作りつけの家具工房だ。作業場は東大阪にある。

「それ、なに？」

「プロジェクタースクリーンのガイドブックです」

「友田《ともだ》さん家《ち》のリフォームやね」

友田は税理士で司郎の友人だ。地下室をシアタールームにしたいと依頼を請けている。

「何インチのスクリーン？」

「百インチか百二十五インチです」

「プロジェクターは」

「天井付けです」

スピーカーシステムを家具に組み込むか、床置きにするか、スクリーンの幅によって変わってくる、と裕美はいう。

「〝引き〟はどれくらいあるの」

「七メートル弱です。スペースはあるけど、二台のウーハーが大きいんです。幅九十センチ、奥行きが七十センチもあります」

「組み込みはしんどいか……。テレビとちがうんやから、スクリーンはできるだけ大きいほうがいいよね」

「だと思います」

「わたしの意見、いっていい？」

「はい、どうぞ」

「スクリーンは百二十五インチ。スピーカーはみんな床置き。スピーカーコードは煩わしいけど、スタジオみたいな雰囲気があると思う」

友田はオーディオマニアだから、スピーカーは見せたいだろう。「吉田くんはどうなん？」

「ぼくは組み込み派です。見た目すっきりやし」吉田は珍しく、自分の考えをいった。

「司郎さんはこの件で池島木工へ行ったんやね」

作りつけの家具は高価だ。スクリーンもプロジェクターも防音材も安くはないから、全体予算を考えないといけない。

あれこれいうのはふたりの邪魔になると思い、朋美はコーヒーを淹れて部屋にもどった。椅子にもたれて煙草を吸う。

ふと外を見ると、スズメが三羽、室外機にとまっていた。

ごめんね。忘れてた——。朋美は小鳥の餌を持ってバルコニーに出た。

※　　※

家に帰ると、冴子《さえこ》は台所にいた。ザク切りにしたキャベツとレタス、ニンジンとピーマンを皿に盛っている。

「それ、サラダか」

「付け合わせ。焼肉の」

深皿の中に肉があった。

本多はダイニングテーブルにカセットコンロを置き、鉄板をセットした。冷蔵庫から缶ビールを出してテーブルの前に腰を据える。

「今日は休みか」

「うん。休んだ」

冴子はラウンジのホステスとしては口数が少なく、酒もそう強くない。ただおとなしく客の隣に座っているだけだから、経営者も毎日出勤しろとはいわないようだ。冴子も本多と同じバツイチだが、子供はいない。

「わたし、明日、実家に帰る」

「そうか……」ビールを飲んだ。

「父さん、入院するんよ」

冴子の父親は糖尿病だ。合併症の血行障害で、去年の秋、右足の指を切断した。

「また切るんか、足」

「今度は眼。網膜の手術」

「怖いな。糖尿は」

「五、六日、向こうにいるから、自分で食べてね」

「おれのことはええ。お父さんのそばにいたれ」

冴子の実家は岐阜市内だ。県立高校を出て大阪のデザイン専門学校に入学した。ミナミのスナックでバイトをしていて常連客の鳶《とび》職人と知り合い、専門学校をやめて結婚した。鳶職人は酒乱で生活費を入れず、外に女もいた。冴子は流産し、鳶職人と別れた。

本多が冴子を知ったのは今里署の先輩に連れて行かれた笠屋町《かさやまち》のラウンジだった。暴対の刑事はいくら飲んでも三千円の定額料金だったから頻繁に通ううちに、冴子からストーカーにつきまとわれているという相談を受けた。以前つきあっていた千年町《せんねんちょう》のバーテンダーが毎晩のようにアパートに来て部屋を見あげている。警察に相談したが、とりあってくれない。具体的な被害がないと警察は動かない、と冴子はいった。

本多は夜、島之内のアパートに行った。男に近づくと、痩せぎすで顔が生白い。警察手帳を呈示し、職務質問した。刃物や薬物は所持していなかったが、覚醒剤常用者によくある甘ったるい匂いがした。本多は男の氏名と運転免許証の本籍と住所を控えて、今度このアパートのそばで見つけたら覚醒剤取締法違反容疑で検挙する、と脅した。男は素直にうなずいて立ち去った。

翌週、本多は島之内へ行き、冴子に会った。バーテンダーの姿は見ないという。その夜、本多は冴子と寝た。一月後、冴子は浪速区幸町にマンションを借り、本多は引っ越しを手伝った——。

肉が焼けた。冴子もビールが飲みたいという。冷蔵庫から缶ビールを出してやった。

「手術はいつや」

「土曜の昼一」

「お見舞いせんとあかんな」

札入れから三万円を出した。「これ、おれから」

「そんなの、いいよ」

「金は邪魔にならへん。なにかと物入りやろ」

「ありがとう」

冴子は笑った。笑うとえくぼができる。

本多は肉を食った。大して旨くないが、旨い、といった。

※　※

久々にサンマーで大勝ちした。博打のあとは女だ。繭美の携帯に電話したが、出なかった。

『与志乃』も休みをとっていた。

くそっ、また浮気しとるな——。繭美を抱くとき、ほかの男を感じることがある。繭美は柏木に惚れてはいない。おねだりに応えてくれる柏木と、シャブをきめたセックスが好きなのだ。

思いついて、カードケースを開いた。このあいだもらった理紗の名刺だ。裏に携帯の番号が書いてある。電話はすぐにつながった。

——理紗ちゃん、柏木です。憶えてるかな。

——はい、よく憶えてます。繭美さんの友だちですよね。

——いま、どこなんや。

——心斎橋です。地下鉄の駅です。

そういえば、理紗は大丸の化粧品売り場で契約販売員をしていると聞いた。まだ水商売には染まっていない。

――今日、仕事が早よう終わったんやけど、飯食わへんか。

理紗は結婚相談所に興味をもっていた。誘えば、いけるはずだ。

――でも、繭美さんに叱られます。ふたりで食事したら。

――内緒にしてたらええんや。飯食うぐらい。

――でも、わたし……。

――ごめんな。おれは理紗ちゃんに会いたいんや。

――じゃ、いいです。内緒にしてくださいね。

――どこで会う。

――柏木さんに合わせます。

――ミナミにしよ。日航ホテルの喫茶室。三十分で行くわ。

電話を切った。理紗は案外に軽いのかもしれない。

柏木は車道に出てタクシーをとめた。

10

八月二十二日――。冴子を大阪駅まで送り、豊中へ行った。西桜塚六丁目一番地十九号の家は棟割長屋の一軒だった。狭い前庭に鉢植を並べている。水をやって間がないのだろう、鉢植の土は湿っていた。

《瀬川》の表札を確かめて、門柱のボタンを押した。チャイムが鳴る。はい、と返事があってドアが開いた。赤シャツにジーンズの初老の女だ。

「なんですか」嗄《か》れた声で訊く。

「おはようございます。瀬川さんですね」

「セールスと宗教はお断りです」

「興信所の調査員ですねん」

「なんの調査ですか」

瀬川は外に出てきた。本多は名刺を差し出す。瀬川は受けとって、じっと見つめる。小さい字は読みにくいようだ。

「羽曳野の中瀬耕造さんの相続調査です。瀬川さん、公正証書遺言の証人ですよね」

「羽曳野……。中瀬さん……」

瀬川は顔をあげた。「それがどうかしたんですか。遺言で揉めてるんですか」

「中瀬さん、亡くなったんです。先週の十五日。聞いてませんか」

「そんなん、知ってるわけないでしょ。わたし、頼まれて証人になっただけやのに」

「武内小夜子さんに頼まれたんですか」

「えっ……」

「それとも、『微祥』の柏木さんに頼まれたんですか」

「おたく、失礼やね。訊いたらなんでも答えると思てんの」

瀬川は口を尖らせた。顔が大きく背が低い。若いころも見栄えはしなかっただろう。

「昨日、江坂の微祥に行ったんですわ。柏木さんに瀬川さんの住所を聞いてきたんです。瀬川さんは堺の公証人役場に行ったそうやないですか」

「おたく、公正証書を見たん?」

「いや、見てません」

「わたしもなにが書いてあったか知らんのよ。いわれるままに判子ついただけやし」

瀬川はとぼける。証人が遺言の内容を知らないはずはない。この女も共犯だと思った。

「興信所の調査員が来るって、調停か裁判になるわけ?」

「そこは分かりません。ぼくは関係者に話を聞いて報告書をあげるのが仕事です」

あとは弁護士と武内小夜子のやりとりになる、といった。

「それやったら、書いといてよ。瀬川さんは判子ついただけです、と」

「そういわれるんやったら、そう書きますけど、瀬川さんと武内さんの関係ぐらいは書かんと上司に怒られますねん。なんで瀬川さんが武内さんの証人になったんか」

本多は下手に出る。こんな古狸には少し鈍い調査員と思わせるほうがいい。

「武内さんとは知り合いよ。『微祥』のパーティーでなんべんか話をして、携帯の番号を交換したくらいの仲。……あのときは電話かかってきて、証人になってと頼まれたから」

「謝礼とか、もらいましたか」

「そら、もらうでしょ。忙しいのに堺まで行って、判子ついたんやもん」

謝礼は一万円だったと思う——。瀬川はそういった。

「武内小夜子さんにはお子さんがいてますか」

「聞いたことないね」

「大学講師の息子さんと、帝塚山に住んでる娘さんですわ」

「知らんわ。聞いたことないて、いうてるやろ」

「瀬川さんはお独りですよね。『微祥』の会員やし」

「あたりまえやんか。旦那がおったら、結婚相談所なんか行くかいな」

「お仕事は」

「お仕事があったら、平日に家にいるわけないやろ」

「ずっと独身ですか」

「おたく、なにいうてんのよ」

瀬川は鼻白んだ。「ちゃんと結婚したし、子供もいるわ」

「何回、結婚しはったんです」

「あほらし。帰って」

瀬川は怒った。名刺を破り捨てて、家に入っていった。

あの女は使える――。本多はせせら笑った。脇が甘いし、頭もわるい。脅しつければなんでも喋る。

ただの探偵やと思たら大まちがいやで――。鉢植のキンカンを摘みとって口に入れた。

※　※

昼前に守屋から電話があった。武内小夜子の戸籍謄本と除籍謄本を入手したという。

――事務所に来てくれるか。説明する。

――うん、行くわ。もうすぐ、お昼やし。

電話を切り、司郎に、守屋の事務所へ行くといって外に出た。暑い。じりじりと刺すような陽射しが照りつける。西天満までは歩いて十五分だが、タクシーをとめた。

西天満、守屋法律事務所――。守屋はひとりで待っていた。スタッフはみんな食事に出たらしい。朋美は別室に通された。

「なにか飲むか」

「麦茶」

「麦茶やったら、おれでも出せる」

守屋が運んできたのはペットボトルの麦茶と切子のグラスだった。トレイとファイルをテーブルに置いて朋美の前に腰かける。ファイルを開いて、四枚の紙片を取り出した。

「西宮市役所、大正区役所、門真《かどま》市役所、箕面市役所……。昨日、スタッフが一日がかりでとってきた。小夜子は入籍、転籍を繰り返してる」

「他人の戸籍謄本や除籍謄本とか、簡単にとれるの」

「士業請求や。弁護士会の統一請求用紙がある。もちろん、ぼくの委任状は要るけど」

守屋は四通の謄本を朋美の前に広げた。「ま、見て」

《本籍　大阪府箕面市小野原参丁目千弐百拾弐番地五
氏名　名城小夜子
昭和拾八年壱月拾五日大阪府北河内郡門真町で出生同年壱月弐拾壱日父届出
父　黒澤匡春
母　てる
長女

平成拾五年七月拾八日名城善彦と婚姻届出枚方市青葉園九丁目参番地弐拾壱号から入籍
平成拾六年四月参日和歌山県西牟婁郡で夫死亡親族名城治郎届出》

《本籍　大阪府門真市大和田八丁目弐番地拾参号
氏名　黒澤小夜子
昭和拾八年壱月拾五日大阪府北河内郡門真町で出生同年壱月弐拾壱日父届出
父　黒澤匡春
母　てる
長女
平成拾六年六月参拾日箕面市小野原参丁目千弐百拾弐番地五から転籍届出》

《本籍　大阪市大正区東恩加島弐丁目参番地九
氏名　津村小夜子
昭和拾八年壱月拾五日大阪府北河内郡門真町で出生同年壱月弐拾壱日父届出
父　黒澤匡春
母　てる
長女
平成拾九年拾弐月拾日津村泰治と婚姻届出門真市大和田八丁目弐番地拾参号から入籍
平成弐拾年八月弐拾八日大阪市大正区で夫死亡親族津村彰届出》

《本籍　兵庫県西宮市甲陽園南目神山町参丁目弐拾六番七拾八号
氏名　武内小夜子
昭和拾八年壱月拾五日大阪府北河内郡門真町で出生同年壱月弐拾壱日父届出
父　黒澤匡春
母　てる
長女
平成弐拾壱年六月拾壱日武内宗治郎と婚姻届出大阪市大正区東恩加島弐丁目参番地九から入籍
平成弐拾弐年九月八日徳島県美馬郡で夫死亡親族武内慎一届出》

「どうや。分かるか」

「小夜子のほんとの名前は黒澤《くろさわ》なんや」

「小夜子は門真で生まれた。名城善彦《なしろよしひと》の死亡後、いったん門真に転籍してる。どうやら門真がルーツやな」

「武内宗治郎さんが死んだのに、籍を抜いてないのは」

「遺族年金と甲陽園の土地が狙いなんやろ。武内宗治郎は近畿テレビの役員やった」

興信所から経過報告があったという。

「小夜子は武内さんから北堀江のマンションのほかに、なにを相続したん？」

「甲陽園の土地を相続したけど、家は長男名義や。長男夫婦が住んでる」

「甲陽園て、高級住宅地でしょ」

「大きな二世帯住宅らしい」

「武内さんの遺族は小夜子のこと、どう思てるの」

「そら、悔しい思いしてるやろ。中瀬家と同じ後妻業の被害者や」

「弁護士に相談したんやろか。わたしみたいに」

「そこは分からん。相続にはいろんな事情がある。外に認知した子供がいるような相続は、世間体を考えて内々で処理することも多いからな」

「平成十五年七月に名城善彦と婚姻入籍。十六年四月に夫死亡。平成十九年十二月に津村泰治《つむらやすはる》と婚姻入籍。二十年八月に夫死亡。平成二十一年六月に武内宗治郎と婚姻入籍。二十二年九月に夫死亡……。結婚して二年以内に夫が死んでるのは、単なる偶然？」

「偶然なわけないわな」

「殺されたということ？」

「おれはそう思う」

こともなげに守屋はいう。「武内宗治郎は徳島の一宇峡で崖から落ちて死んだ。車の転落事故や。津村泰治は大正区で死んでるから、たぶん地元の病院に入院してたんやろけど、名城善彦が西牟婁郡《にしむろぐん》で死んだんは不自然や。白浜あたりで、なにか事故に遭うたんかもしれんな」

「わたし、怖いわ。どきどきする」

朋美は麦茶を飲んだ。頭の芯が熱い。「――うちの父親も殺されたん？」

耕造も小夜子と知り合って一年半で死んだ。

「あんたのお父さんは九十一で亡くなったんやろ。病院で」

「でも、お父さんの具合がわるなったんは、いつも小夜子が見舞いに来たあとやった。誤嚥性肺炎が二回、点滴チューブが抜けてたこともあった」

「それをいうてもしかたない。小夜子がやったという映像記録でもない限りはな」

「警察はなにしてるのよ。殺人犯を野放しにしてるわけ」

「事件性のない死亡を、警察が捜査することはない」

警察は事件発生地主義であり、他府県警察と連繋する例は少ないという。

「でも、この謄本を見たら分かるやんか。誰が見てもおかしいわ」

「そら、おかしいと思う。……しかし、戸籍は転籍するたびに、それ以前の結婚についての記載は抹消される。こうして、いちいち本籍地の役所から謄本や抄本をとって履歴を辿らんことには、小夜子が何回、入籍、転籍したか分からんのや」

「小夜子は平成十五年以前も結婚、離婚をしてるよね」

「それはまちがいない。小夜子は後妻業で食うてるんやからな」

「守屋くん、警察に知り合いはいてないの」

「検事ならおらんこともない」神戸地検に司法修習生時代の同期がいるという。

「そのひとに教えてよ。この十年で四人も死んでるんやで」

四人どころではないような気がする。小夜子は六十九歳だから、平成十五年当時は六十歳だ。もっと多くの被害者がいるにちがいない。

「もうちょっと小夜子の履歴を辿ってみる。警察云々はそのあとの判断にしよ」

興信所に四通の謄本をファクスした、と守屋はいった。「向こうは調査のプロや。もっと詳細に調べるやろ」

「小夜子はお金がある。服もネックレスも指輪も時計も、とにかく派手やねん」

「興信所にいうて、小夜子の写真を撮らせよ」

「色が黒くて、ちんちくりんで、すごい厚化粧。あれで何人もの男を誑《たぶら》かして、公正証書に判子押させて、用済みになったら殺したんやわ」

「お姉さんには、まだいわんほうがええやろな」

「そう。腰抜かすもん」

「この謄本、コピーするか」

「要らんわ。気持ちわるい」

まさか、自分の足もとにこんな凶悪犯罪が口をあけていたとは想像もしていなかった。

胸の動悸はおさまった。朋美は椅子にもたれて長い息をついた。

※　　※

門真市大和田――。入り組んだ一方通行路を行きつもどりつして、ようやく黒澤小夜子の本籍地――おそらく出生地もこの近くだろう――を探しあてた。〝八丁目二番地十三号〟には『メゾン・とくやま』というプレハブのテラスハウスが建っていた。

本多は車を降り、テラスハウスに入った。階段裏の壁面にメールボックス。《１０１》から《２０５》まで十室があり、〝黒澤〟や〝津村〟のプレートはなかった。プレートのない部屋も四室ある。

本籍地は便宜的なものであり、日本国内ならどこにでも登録できるし、そこに住んでいる必要もない。小夜子が大阪城の住所を本籍にしようと、富士山の頂上を本籍にしようと、日本国籍を有する人間の自由なのだ。

がしかし、出生地とか、以前住んでいた住所とか、なにかしら関係のあるところを本籍にするのが普通だ。小夜子は大和田に痕跡を残しているにちがいない。

　本多は壁にもたれて、出入りする住人を待った。待つことは馴れている。マル暴担当のころ、指名手配中の組幹部を逮捕しようと、三日三晩、車の中で遠張りしたこともある。それを考えると探偵は楽だ。警察手帳がないから訊込みは手間だが、朝、家を出て夜には帰れる。しばらく待つうちに、日傘を差した女が階段を降りてきた。

「ちょっと、すみません」

　呼びとめた。「ここ、黒澤さんか津村さんという部屋はないですか」

　女は振り返った。ない、という。

「大家さんは」

「徳山《とくやま》さん。この先の食品工場です」

　日傘をたたんで、場所を教えてくれた――。

『徳山食品』はカレーの匂いがした。スレート葺きの工場の一角が事務所になっている。デスクの前で伝票を繰っている作業服の男が徳山だった。

　本多は名刺を差し出して、黒澤小夜子か津村小夜子という人物が『メゾン・とくやま』に居住していなかったか、と訊いた。徳山はかぶりを振って、

「あのテラスハウスは十年前に建てたんですわ。黒澤も津村も入居してませんな」

「名札のない部屋が四室あったんは、空き部屋ですか」

「この不景気でね。家賃は安いんやけど」

　門真市はパナソニックの企業城下町で、ひと昔前は大和田近辺に住む従業員が千人はいただろうという。

「小夜子という名前に心あたりは？　齢は六十代後半です」

「そんな年寄りはいてませんわ」

「テラスハウスを建てるまでは、なんやったんですか」

「文化住宅ですわ。建物は寿命がきてたけど、土地が七十坪ほどあったし、買い取って建て替えましたんや」

文化住宅の居住者はひとりも知らないという。「そういうのは速水《はやみ》さんに訊いたらどうですか。なにせ、昔のことはよう憶えてはる。あの地区の自治会長ですわ」

「速水さんのお宅は」

「テラスハウスの裏手ですわ。古い門構えの家やし、すぐに分かりますやろ」

「どうも、ありがとうございました」

礼をいい、徳山食品を出た。


『メゾン・とくやま』にもどった。その一角を迂回して北側の道にまわる。板塀に見越しの松、聞いたとおりの古い門構えの家があった。《速水》の表札だけが新しい。

車を降りてインターホンのボタンを押すと、男の声で返事があった。

——興信所の調査員で本多といいます。徳山食品の徳山さんに聞いて来ました。この地域のことは自治会長の速水さんがお詳しいと……。

——そら、わしは長いさかい、知り合いもぎょうさんいてますわ。

——お話をうかがいたいんですけど、よろしいですか。

——はい、はい。出ますわ。

格子戸の隙間から玄関の戸が開くのが見えた。小柄な白髪の男が近づいてくる。半袖の白いシャツに薄茶色のショートパンツ、八十はとうに超えていそうな老人だ。

「おたく、探偵さん？」格子戸越しに、速水は訊いた。

「そうです」探偵と呼ばれることはめったにない。

「それ、おたくの車？」

速水はフィットに眼をやった。本多はうなずく。

「よう走りますんか」

「小まわりが利きますわ。高速は音がうるさいけど」

「うちの車も買い換えたいんやけど、免許を返上せいといいますねん。婆さんが」

「速水さん、おいくつですか」

「八十三。来年は年男ですがな」

「そのお齢で車を運転しはるんは立派なもんですわ」

「病院行くのに、車が要りまっさかいな」

見ず知らずの本多に対して警戒する素振りがまったくない。

「申し遅れました。わたし、南栄総合興信所の本多です」

また名前をいい、格子戸のあいだから名刺を渡した。速水は見もせずにシャツの胸ポケットに入れる。

「ほいで、おたく、なにを調べてはりますねん」

「小夜子という人物を捜してます。昭和十八年生まれで、本籍が『メゾン・とくやま』の住所なんです」

やっと本題に入った。「いまは武内小夜子ですけど、前は津村小夜子。その前は黒澤小夜子で、その前は名城小夜子でした」

「なんで、そんなに変わりますねん。名字が」

「なんべんも離婚したり結婚したりしてるんです」

「借金で逃げてますんか」

「かもしれません」

「あのアパートが建つ前は『豊楽荘』いう文化住宅でしたわ。木造のモルタルで、軒が傾いてましたな。昭和三十年ごろに建ったんとちがうやろか」

「豊楽荘に黒澤という一家は」

昭和三十年なら、小夜子は十二歳。小学校の六年生だ。

「アパートや府営住宅にいてはったひとはねえ……」

速水は遠い眼をした。「あのころはほんま、筍《たけのこ》みたいに家が建ちましたんや。畑や田圃《たんぼ》をつぶして、溜池を埋めて」

「当時の住宅地図は、お持ちやないですか」

「古いもんはなんでも捨てますねん。婆さんが」

速水は笑って、「図書館、行きはったらどないです。昔の地図がありますやろ」

「はい、ありがとうございます」

いわれなくても図書館には行く。当時の電話帳もあるはずだ。

「この暑いのに大変ですな、探偵さんは」

「仕事ですから」

「給料、ええんですか」

「そこそこです」

よほど暇なのだろう、速水の話につきあった。訊込みとはこういうものだ。知りたいことがすぐに分かるほど甘くはない。『豊楽荘』という文化住宅は分かった。


本多は新橋町の門真市立図書館に行き、司書に昭和三十年、三十五年、四十年、四十五年、五十年の大和田地区の住宅地図を出してもらった。昭和三十年の地図に『豊楽荘』はなく、三十五年の地図にはあったが、住人の氏名までは記載されていなかった。

本多は昭和三十五年以降の電話番号簿をひいた。年々、加入者が増えて厚くなる。そうして、昭和四十三年の番号簿に〝黒澤匡春《くにはる》〟を見つけた。〝黒澤匡春〟は昭和五十一年の番号簿まで記載されていた。

黒澤小夜子は長女だから、父親とふたまわり齢が離れていると仮定すると、昭和四十三年当時、小夜子は二十五歳で、匡春は四十九歳だ。小夜子はおそらく家を出ていただろう。

本多は深町に電話をかけた。

――おれ、本多。除籍謄本をとってくれるか。

――ああ、待て。メモする。

――黒澤匡春。本籍は門真やと思う。

――武内小夜子の父親やな。

――黒澤匡春は大和田八丁目の『豊楽荘』いう文化住宅に住んでた。昭和四十三年から五十一年までの電話帳に名前が載ってる。五十一年か五十二年に引っ越したんやろ。

──了解。除籍謄本をとる。

──それと、箕面市の名城善彦と大正区の津村泰治も、除籍謄本と死亡届記載事項証明書をとってくれ。名城と津村の死亡原因が知りたい。

──深入りせんほうがええぞ。金にはならん。

──深入りするつもりはない。小夜子の背景を知っときたいんや。

──了解。とる。

──すまんな。

電話を切り、地図と電話帳を司書に返却した。

※　　※

ノック──。薗井が顔をのぞかせた。

「瀬川さんが来てます」

「瀬川？　なんの用や」

「所長に会うて話したいそうです」

「電話もせずに来たんか」

舌打ちした。「通してくれ」

薗井と入れ替わるように瀬川が現れた。ベージュのサマーセーターに黒のスカート、この女はいつも貧乏臭くて垢抜けない。外に出るんなら、化粧くらいしろ。

「暑いですね」

「夏は暑い」

瀬川は汗みずくだ。

「座ってもいい？」

「ああ……」

瀬川はソファに腰かけた。暑いといいながらストッキングを穿いている。それも、膝までの。瀬川は小夜子と同じく〝チーム〟のメンバーだが、成績がわるい。一見まじめそうで口も達者なのだが、ここ一番の押しが弱い。去年、奈良の土地持ちの爺を紹介したが、公正証書をまく寸前で逃げられた。そのくせ、しょっちゅう電話をかけてきて金持ちを紹介しろという。瀬川は貧乏が顔に出ていることに気づいていないのだ。

「それで？」柏木はパイプに葉を詰める。

「興信所の調査員が来たんです」

「本多か」

「知ってますんか」

「ここにも来た。昨日」

「不細工なやつでしょ。偉そうにずけずけとものをいう」

「あれは元大阪府警のマル暴担当や。舐めたらあかんぞ」

いうと、瀬川はびくっとした。「――あんた、なにを訊かれたんや」

「武内さんの相続調査をしてる、なんで証人になったんか、て。……武内さんは知り合いやし、頼まれたから公証人役場に行っただけ、て答えました」

「おれにいわれて証人になったとは、いうてないんやな」

「そんなん、いうてません。なんか、ごちゃごちゃ訊かれたけど、追い返したりました」

「また本多が来ても、相手にするな。痛くもない肚《はら》を探られる」

「武内さん、揉めてるんですか」

「どうってことない。蛙の面にションベンや」パイプに火を入れた。

「来たついででもないんやけど、ちょっとお願いできませんかね。叔母の法事がありますねん」

「あんた、法事が多いんやな」

うっとうしい婆だ。来るたびに金を無心する。「こないだ飯食うた尼崎《アマ》の爺はどうなんや。きっちりつきおうてんのか」

「来月、会います。七日の金曜日」

「押し倒して、しゃぶったれ。入れさしたら勝ちや」

尼崎の爺は七十二だ。まだ勃つだろう。大した資産はないが。

「次はそうします。ちゃんとやります」

「頼むで、瀬川さん。慈善事業やないんやからな」

札入れから三万円を出して渡した。瀬川はさっとバッグにしまい込む。

死んだ組長の父親がいっていた。若いやつらは鵜飼の鵜や。どいつもこいつも薄らボケの甲斐性なしやけど、たまには魚をとってきよる。組を持つのは、そういうことや——。

柏木はパイプのけむりを眼で追った。瀬川は黙って出ていった。

※　※

163号線沿いのラーメン屋で定食を食っているところへ電話がかかった。

——はい、本多。

——わしや。橋口。

——おう、すまんな。

——武内小夜子のデータをとった。こいつはなんや、どえらいワルやぞ。

——詐欺師やというたやろ。後妻業。

——データにあるだけで五回、名字が変わってる。

——やっぱりな。

——ひとつずつ、いおか。

——ああ、頼む。

箸を置き、メモ帳とボールペンを出した。

——初犯は昭和四十八年や。名前は星野小夜子。占脱。

占脱とは占有離脱物横領。つまり、遺失物横領をいい、その多くはネコババだ。本多は橋口のいうとおり書いていった。

〝住居　大阪市淀川区北中島2—19—3
氏名　星野小夜子（昭和18年1月15日生）
犯歴　昭和48年4月30日　占脱（北淀警察署）
和歌山市釘貫丁5—3—16—B604　黒澤小夜子
昭和48年12月10日　轢《ひ》き逃げ（和歌山南署）　免許取消し

和歌山県有田市新江1—4—18—407　岸上小夜子
昭和49年9月19日　窃盗（海南署）

大阪府門真市大和田8—2—13　黒澤小夜子
昭和50年11月28日　自転車盗　覚醒剤取締法違反（曾根崎署）

奈良県北葛城郡河合町川坊167—10　西山小夜子
昭和62年2月9日　詐欺　有印私文書偽造（上牧《かんまき》署）

大阪市旭区共立通6—8—1—908　中尾小夜子
平成3年5月11日　有印私文書偽造（茨《まっ》田署）〟

橋口のデータはそこで終わった。

——すまんな。金は振り込んどくわ。

——おふくろの口座にな。

——分かってる。近いうちに飲も。

電話を切り、メモを見た。下手な字だ。自分で書いておきながら読めないときもある。

小夜子の初婚の相手は星野という男だったのだろう。小夜子は三十歳のとき、占脱で北淀署に検挙された。星野と離婚して黒澤姓にもどり、和歌山市に転居。そこで轢き逃げをした。その後、岸上と再婚して有田市に住み、窃盗で逮捕。また黒澤姓にもどり、キタで逮捕。盗んだ自転車に乗っているところを職務質問され、シャブが検出されたのだろう。これは三年ほどの実刑判決を受けたはずだ。出所後、西山と結婚して河合町に居住。昭和六十二年、詐欺、有印私文書偽造で逮捕。このころから後妻業に手を染めたのかもしれない。出所後、中尾と結婚し、平成三年に逮捕。それ以降の犯歴がないのは、警察の検挙、逮捕歴がないということだが、後妻業をやめたのではない。小夜子は離婚、結婚、同棲を繰り返し、平成十五年に名城善彦と結婚したのちの履歴は弁護士がとった謄本で判明している。

とんでもない婆やで――。

本多はまた、ラーメンに箸をつけた。麺が伸びていた。

11

八月二十五日、土曜日――。武内宗治郎の死亡届記載事項証明書が神戸法務局からとどいた。本多は深町から連絡を受け、南森町の南栄総合興信所へ行った。

「これや」

深町はクリアファイルをデスクに置いた。本多は証明書を出して広げる。紙面の左側が死亡届で、右側が死体検案書だ。死亡届が受理されたのは一昨年の九月十一日、届出人は武内慎一となっていた。

本多は死体検案書を見た。

《氏名――武内宗治郎（男）

生年月日――昭和７年５月８日
死亡年月日時分――平成22年９月８日午後９時０分推定
死亡の場所――徳島県美馬郡つるぎ町滝見１３４２番地
死亡の原因――脳挫傷
死因の種類――外因死
受傷から死亡までの期間――急死
傷害発生年月日時分――平成22年９月８日午後９時０分推定
状況――自家用車を運転中、県道２６１号より一宇川川原に転落、車外に投げ出された。頭蓋骨折、頸椎骨折、右鎖骨骨折、右第１、第２、第３肋骨及び右上腕骨骨折、腰椎骨折。肺損傷、肝臓損傷。

上記の通り検案する。
平成22年９月９日　徳島医科薬科大学附属病院　医師柳田敦郎》

「こらひどいな。ほとんどボロ雑巾やで」

「県道から川原まで高低差があったんやろ」

「名城善彦と津村泰治の除籍謄本と死亡届記載事項証明書はまだか」

「月曜にはとどくはずや。黒澤匡春の除籍謄本もな」

「ほな、報告書は月曜か火曜やな」

「月曜中に書いてくれ。守屋先生に急《せ》かされてる」

「守屋いうのはまともな弁護士か」

弁護士もさまざまだ。クライアントに取り入って金を毟《むし》るのもいれば、手弁当で懸命に働くのもいる。新地のクラブを飲み歩いているような弁護士は大企業の顧問を幾つも掛け持ちしていることが多い。

「あの先生はまじめや。それに、この依頼人……中瀬朋美は先生の高校の同級生らしい」

「どこの高校や」

「天王寺高校やろ」

「そうかい」

学区の一番校だ。本多の出た三番校とは頭の出来がちがう。

「そろそろ昼やな」

深町は時計を見た。「飯、食うか」

「いや、ちょいと用事がある」

どうせ、近くのうどん屋で定食でも食うのだろう。

「この証明書、コピーするか」

「ああ、頼むわ」

いうと、深町は立ってコピー機のところへ行った。

※　　※

ツモリ三暗刻《アンコ》の手でリーチをかけたとき、携帯が鳴った。薗井からだった。

──なんや。

──所長、どこですか。

——『パオ』や。

——お客さんが待ってはるんです。

——客？　名前は。

——黒澤さん。所長にいうたら分かるって……。

——目つきのわるい六十すぎの爺か。

——そうです。

——分かった。待たしとけ。

——帰ってくるんですよね。

——帰るというたら帰る。

電話でアヤがついたのか、三暗刻はツモれず、追っかけリーチに放銃《ホーチャン》してしまった。荘家《オヤ》のハネ満で一万八千点。箱割れで終わった。

負け分を払って『パオ』を出た。事務所にもどる。薗井は柏木を見て顔をしかめた。

「なんか、怖そうなひとですよ。お申込みですか、といったら睨まれました」

黒澤は応接室にいるという。

「あの爺は誰にでも横柄なんや」

ノックをして応接室に入った。黒澤はソファにふんぞり返っている。挨拶もしない。黒のオープンシャツに黒のズボン、黒のビジネスシューズ。金色のロレックスは偽物だ。

「いつ、出所した」

「八月の八日や。八並びは、めでたいやろ」

「そういうのを、めでたいというんか」

ソファに腰をおろした。煙草をくれ、と黒澤はいう。パッケージごとやって、柏木は葉巻をくわえた。

「どこにおったんや」吸い口を切り、火をつける。

「鳥取や。鳥取刑務所」黒澤も煙草を吸いつける。

「何年、務めた」

「四年と六カ月。満額もろて満期で出た」

満額とは求刑どおりの判決をいう。黒澤はヤクザだから仮出所もない。罪名は確か、恐喝と傷害だった。

「たった四万ほどの賞与金もろて出たけど、行くとこがない。帰る組もないしな」

「それで、どうしたんや」

「姫路の連れのアパートにころがり込んだ。……連れは派遣で道路工事のガードマンをしてる。わしも紹介してくれというたら、年寄りには口がないんやと。にっちもさっちもいかんようになって、あんたに会いにきた」

「おれを頼られても困るな。職探しは自分でせいや」

「職を探すにも金が要る。ヤサも要るがな」

「おれは他人やぞ。小夜子にいえや」

「あいつのヤサが分かってたら、とっくに行ってるわい」

黒澤は吐き捨てて、「どこや、あいつは」

「北堀江や。『プリムローズ堀江』の２２０７号室」

「携帯は」

「待て」

携帯のアドレス帳を出した。「090・1894・55××」

「口でいうても憶えられん。メモしてくれや」

くそうっとうしい男だ。名刺の裏に番号を書いて渡してやった。

「あいつは金まわりがええんか」

「分からん。本人に訊けや」

「あんたの仕事を請けてるんやないけ。分からん、はないやろ」

「なぁ、黒澤さんよ」

上体を寄せた。「おれは小夜子のヤサも携帯も、あんたに教えた。自分の頭の蠅は自分で追えや」

「ほう、そうかい」

黒澤は口端を歪めた。「一人前の口を利くようになったのう。講釈はそれだけか」

「これが講釈か。どんな耳しとんのや」

黒澤を睨《ね》めつけた。ここで甘い顔をしたら、どこまでもつけあがる。黒澤はにやりとして、

「金、貸せや。当座の食い扶持《ぶち》や」

「ものには言い方があるやろ、え」

「金、貸してくれるか」

「はじめから、そういえや」

札入れから金を抜いた。十枚を数えてテーブルに放ったが、黒澤は手を出さない。

このボケ――。また十枚を数えてテーブルに放ると、黒澤はさも面倒そうにズボンのポケットに入れて、

「すまんな」と、腰を浮かした。

「小夜子のとこ、行くんか」

「行く。面会にも来んかった礼をせんとな」

「小夜子は今日、デートや。邪魔するな」

夕方、小夜子は東大阪の不動産屋の隠居と飯を食う。隠居は瓢箪山に千二百坪の土地と賃貸マンションを二棟所有する、久々の上客だ。

「さっきから、小夜子、小夜子と呼び捨てにすんなよ、おい」

黒澤は振り返って凄んでみせた。「あんなワルでも、わしの身内や」

「そうか、それはわるかった」

柏木は笑った。「小夜子さんは、しょっちゅう名字が変わるからな」

「おう、忘れてた。いまの名字は？」

「武内。武内小夜子」

「わしが知ってんのは津村やったわ」

黒澤は肩を揺すりながら応接室を出ていった。

※　　　※

本多は車で徳島に向かった。阪神高速道路、第二神明道路を西へ走り、垂水《たるみ》インターから神戸淡路《あわじ》鳴門《なると》自動車道に入って明石《あかし》海峡大橋を渡る。淡路島を縦断し、大鳴門橋を渡って徳島県に入るまで休憩はとらず、高松自動車道の板野インターを出たのは、ちょうど三時だった。県道1号沿いのドライブインで炒飯《チヤーハン》定食を食いながら、冴子に電話をする。

――はい、わたし。

――お父さん、どうなんや。

――さっき、手術が終わった。父さん、寝てる。

――うまいことといったんか、手術。

――眼帯を外すまで結果は分からんけど、お医者さんは、大丈夫やて。

――そらよかった。おれも安心や。

――芳《よ》っちゃん、ちゃんと食べてる？

――要らん心配せんでも食うてる。いま、徳島や。

――徳島？　四国にいてるの。

――仕事や。遊びで来たんやない。

遠井という弓馬署交通捜査係の刑事には大阪を出るときに電話をして面会の約束をとりつけている。

――じゃ、今日は帰らへんの。

――さぁな。訊込みが手間どるようやったら、こっちに泊まる。

――着替えは。

――おれは子供やないんやで。

――だって、気になるから。

――切るぞ。なんかあったら電話してくれ。

電話を切った。スープを飲む。インスタントのコンソメ味だった。

藍住《あいずみ》インターから徳島自動車道に入り、美馬《みま》インターで降りた。ナビのルート案内で南へ走り、吉野川を越えると、県道沿いに弓馬署が見えた。駐車場に車を駐め、署に入る。免許更新のカウンターにいる制服警官に、

「本多といいます。交通捜査係の遠井さん、お願いします」

「お約束ですか」

「はい。大阪から来ました」

「お待ちください」

警官は電話をとり、少し話して、「——遠井が来ます」

「すんませんな」いって、壁際の椅子に腰かけた。

しばらく待って、奥の階段室から男が現れた。本多をみとめてそばに来る。

「本多さん？」

「あ、どうも。南栄総合興信所の本多です」

名刺を差し出した。遠井も出す。《徳島県警弓馬署　交通課交通捜査係　巡査部長　遠井滋昭》とあった。ワイシャツに紺のネクタイ、グレーのズボン、黒いスポーツシューズを履いている。齢は本多と同じくらいか。

「立ち話もなんやし、食堂に行きますか」

遠井について階段を降りた。食堂は狭い。遠井は自販機の缶コーヒーをふたつ買い、長テーブルに置いた。

「ま、どうぞ」

「ありがとうございます」

本多はパイプ椅子に座った。遠井も座る。

「署員は何人ですか、弓馬署の」

「百三十人です」

やはり、少なかった。大阪なら北摂、泉州あたりの小さい署でも百五十人はいるだろう。

「わたし、八年前に大阪府警を辞めました。今里署の暴対ですわ」

監察に切られた、とはいわない。「処理済みの事故のことを訊かれるのは嫌やと思いますけど、同じ警察の飯を食うた人間として、教えてください」頭をさげた。

「いやいや、ぼくに分かることなら遠慮なしに訊いてもらってけっこうです」

遠井は口早にいい、缶コーヒーのプルタブを引いた。

「ほな、お言葉に甘えて」

本多は居ずまいをただした。「武内宗治郎の事故に不審な点はなかったですか。たとえば、道路のスリップ痕とか、ガードレールの損傷とか……」

「スリップ痕はなかったですね。ガードレールは端の部分が歪んで、転落した車のペイントがついてました。それと、周辺にヘッドランプの破片が散乱してました」

車種はプリウス、色は白、五十メートル下の一宇川の川原で発見されたという。

「県道は直線でしたか」

「いや、緩いカーブです」

遠井は指でテーブルにラインを描く。「ちょうど左カーブに差しかかったところを、武内さんは西から東へまっすぐ突っ込んだようです」

「現場はガードレールの切れ間ですか」

「そう。七メーターの間隔があります」

「なんで、七メートルも……」

「開口部は林業道路の降り口になってるんです」

林業道路の幅は約三メートル、県道と並行して下に降り、山の斜面に沿って川原までつづいているという。「プリウスは開口部を突っ切って林業道路にバウンドし、そのまま崖下まで転落しました。……だから、ガードレールの切れ間とプリウスの発見場所は、県道から見ると二十メーターほど東にズレてました」

「県道は261号線ですよね。武内さんが西から東へ向かってたということは、どこから来たんですか」

「たぶん、祖谷渓《いやだに》のほうから来たんじゃないですかね。かずら橋から国道439号を東へ走って、菅生《すげおい》から県道261号に入った」

国道439号と国道438号をショートカットするのが県道261号だと遠井はいい、「武内さんは438号を北上して、美馬インターから徳島自動車道に入るつもりだったと思います」

「つまり、武内さんが261号線で転落事故を起こしたことに疑問はないんですね」

「少なくとも、ルートに関しては不自然な点はなかったです」

「何車線ですか、261号線は」

「一車線です」対向車とすれちがう道路幅はあるという。

「現場の交通量は」

「少ないです。特に夜間は」

「照明もない？」

「真っ暗です。付近に人家もない」

「武内さんは車外で発見されたんですよね」

「プリウスは大破。遺体は少し離れた岩に抱きつくような形で、全身が血塗《ちまみ》れで……。一目で即死だと思いました」遠井は缶コーヒーに口をつけた。

「死亡届記載事項証明書を見たんです。」死因は脳挫傷ですね」

「脳挫傷というよりは全身打撲でしょう」

プリウスの左右フロントドアは破損し、右のドアは外れかけていた。武内は車外に投げ出され、岩に叩きつけられたのだろうという。

「シートベルトはしてなかったんですか」

「それは不明です。エアバッグは開いてました」

「ドアロックは」

「解除状態でしたね」

「車内に喘息の薬があったんですよね」

「何種類かありました。ステロイド系の吸入薬とか、発作どめの吸入薬とか」

「剖検《ぼうけん》のとき、血液中から薬の成分は検出されたんですか」

「薬物やアルコールは検出されてません」

「武内さんは県道のカーブに差しかかったところで喘息発作を起こした。咳き込んでブレーキを踏む間もなく、ガードレールの切れ間から林業道路に突っ込んで崖下に転落したという見立てですか」

「ええ。そのとおりです」

「なるほど……」

コーヒーを飲んだ。やたら甘い。煙草を吸いたいが、灰皿は見あたらない。

「これは仮定の話ですが、武内さんの自損事故ではなく、他殺の可能性を考えられたことはないですか」

「他殺……？」

遠井はひとつ間をおいて、「それはないですよ。ぼくを含めて、交通捜査係でそんな意見が出たことはありません」

「武内さんの遺族……武内香代さんから、後妻の話は聞かれませんでしたか」

「その話は聞きました」

遠井はうなずいた。「いちおう、生命保険の加入状況を調べました。契約は一社で、受取人は武内さんの長男でした」死亡時補償額は七百万円だったという。

「犯罪性はないという結論ですね」

「それが当然でしょう」

熱のこもらぬふうに遠井はいい、「武内さんの遺族は相続で揉めてるんですか」

「後妻が強欲でね」

「本多さんに調査を依頼したのは」

「弁護士ですわ。提訴準備で」

話を合わせた。提訴を考えているのは武内宗治郎の遺族ではなく、中瀬耕造の遺族だが。

「探偵稼業はどうですか。刑事と較べて」

「ストレスがなくなりましたね。上意下達の人間関係がなくなったし、嫌なやつには関わらんでもええ。……その代わり、収入は激減しましたわ」

「すまじきものは宮仕えですか」

「正直なとこ、後悔するときもありますわ。なんで安定した職を捨てたんかとね」

「ま、がんばってください」

「いや、どうもすんませんでした。済んだことを蒸し返しまして」

頭をさげた。「現場を見てから帰りたいんですけど、どう行ったらいいですか」

「438号線を南へ行ってください。明谷《みようだに》の交差点を右折すると県道に入ります。二キロほど走ると大きな右カーブになりますから、そこが滝見の現場です」

「分かりました。行ってみます」

本多は飲みさしの缶コーヒーを持って立ちあがった。

「滝見の林業道路はね、閉鎖したいんですよ」

「えっ……」振り返った。

「十年以上前、同じ現場で転落事故があったんです。だから、ガードレールで塞ぎたいんですが、林業組合がウンといわないんです」

「それは死亡事故ですか」

「大阪のひとでした。ひとりで車を運転していて」

「大阪……。齢は」

「六十代やなかったかな。わたしはそのころ、吉野署にいたから、詳しい状況は知りませんが」

「やっぱり、ガードレールの切れ間から川原まで落ちたんですか」

「だと思います」

「そのひとの名前、教えてもらえませんか」

「すぐには分かりません。記録を見てみないと」

「それ、あとで電話してもいいですか」

「ええ。いいですよ」遠井はうなずく。

「ありがとうございました。お忙しいのに」

あらためて礼をいい、食堂を出た。


弓馬署から国道438号を南下し、明谷から県道261号に入った。ナビを見ながら、ゆっくり走る。遠井から聞いたとおり、緩やかな右カーブに差しかかったところに、ガードレールの切れ間があった。

本多は車を停めて降りた。ガードレールの切れ間は約七メートル。そこから急勾配の林業道路が右下に延びていた。

ガードレールの先端は両方とも補修されていた。塗装が新しいから、レールごと交換したのかもしれない。アスファルト舗装の林業道路の路肩には削れたような傷があり、それがプリウスのバウンドした痕だろうか。崖下を覗くと、かなり遠くに蛇行した川がある。川原にはごつごつした大岩がいくつも見えた。

小夜子はどうやって武内宗治郎を殺した――。

男の共犯者がいたことはまちがいない。男は武内を殴りつけて昏倒させ、プリウスを運転して現場へ来た。意識のない武内を運転席に座らせ、左右のフロントドアを開けてセレクターレバーをドライブに入れる。車はクリーピングで前進する。男は後ろから車体を押す。プリウスは林業道路をよぎって底を打ち、五十メートル下の川原に落下した。

共犯者はひとりか――。

ひとりだと、プリウスを落下させたあと、現場を離れる足がない。歩いて国道に向かえば、いくら県道の通行車が少ないといっても目撃される恐れがある。

共犯者は複数か――。

犯行にかかわる人間はできるだけ少ないほうがいい。七十八歳の武内宗治郎を殴りつけて昏倒させるのに複数の男は必要ない。

共犯者がひとりなら――。

小夜子が現場にいたにちがいない。小夜子は車を運転してプリウスを追走したのだ。そうして共犯者がプリウスを落下させたあと、共犯者を車に乗せた。

そう、小夜子は車の運転ができる。昭和四十八年に和歌山で轢き逃げをし、運転免許を取り消されたが、プリウスのあとをついて行くくらいはできたはずだ。

一昨年の九月八日、小夜子は武内宗治郎をドライブに誘ったのだ。武内のプリウスに同乗して大阪から徳島へ行き、大歩危《おおぼけ》、小歩危《こぼけ》、祖谷渓などを見物し、夜になって一宇峡へ向かった。武内は一宇峡か美馬市の旅館に泊まるつもりだったのかもしれない。

共犯者は小夜子たちより先に車で祖谷渓に行き、武内を待ち伏せした。人目のないところで武内を襲い、昏倒させてプリウスに乗る。小夜子は共犯者の車を運転してプリウスを追走した。共犯者はNシステムに捕捉されるのを恐れてレンタカーを使ったのかもしれない。

共犯者は誰か――。

柏木の顔が思い浮かぶ。しかし、あのにやついた男が殺人に手を染めるだろうか。

武内を殺した実行犯は柏木ではないのか――。

柏木が小夜子の糸をひいていることはまちがいない。だとすると、共犯者は柏木が雇った誰かだろうか。

分からない。いまはまだ分からないが、武内宗治郎は事故死ではなく、殺されたことは確かだ。

耳もとで蚊の羽音がした。本多は車にもどり、携帯を開いて弓馬署に電話をかけた。

――徳島県警弓馬署です。

――本多といいます。交通捜査係の遠井さんをお願いします。

――お待ちください。

電話が切り替わった。

――はい、遠井です。

――お世話になりました。南栄総合興信所の本多です。

――現場に行かれましたか。

――いま、いてます。想像以上に険しい崖ですね。

――そのあたりの海抜は三百メートルを超えてます。

――さっきの件、教えてもらえますか。

メモ帳とボールペンを用意した。

――堺市桃山台七丁目十三番の六、元木日出夫《もときひでお》さん、六十八歳。事故発生日時は平成十三年十月九日午後十一時です。

遠井は名前から住所まで教えてくれた。

――元木さんは飲酒運転でした。血中アルコール濃度は一・〇ミリグラム。

――それは、かなり酔うてる状態ですか。

――いわゆる酒酔い状態ですね。

呼気検査だと〇・五ミリグラムに相当する、と遠井はいう。

――車はなんでした。

――ローレルです。

――大破ですか。

――大破です。

元木は車内で発見された。死因は脳挫傷。ローレルにエアバッグは装着されていなかったという。

本多はメモに書きとった。

――ほんと、ありがとうございました。もし大阪に来られるようなことがありましたら連絡してください。キタやミナミを案内しますわ。

――ま、そのときはお願いします。

電話は切れた。遠井は親切な男だが、守秘義務云々は頭にないらしい。

本多は車を切り返してUターンし、国道４３８号に向かった。

※　※

日曜日――。小夜子から携帯に電話がかかった。

――あんた、博司《ひろし》にいうたやろ。うちの住所を。

――いうた。携帯の番号もいうた。それがどうかしたんか。

話しながらベッドを出た。裸のままリビングへ行く。
――博司は泊まったんやで、うちのマンションに。
――ええやないか。弟の面倒ぐらい見たれや。
――あほらしい。なにが悲しいて、あんなやつの世話せないかんのよ。
――大声出すな。聞こえるぞ、博司に。
――パチンコしてるわ。甲斐性もないくせに。
――なにがいいたいんや、おれに。
――博司にアパート借りたって。どこでもええから。
――あんたが借りんかい。博司に出ていって欲しいのはあんたやろ。
――アパートはタダで借りられへんのやで。
――おれは二十万やった。充分や。
――博司は十万しかもろてないていうてたわ。
――そうかい。今度から借用証とろ。
――百万くらいくれてやらんかいな。そしたら、うちに来《け》えへんのに。
――難癖はあとにせい。東大阪の隠居はどうやったんや。
――昨日、寝たわ。
――そら速攻やな。どこで寝た。
――ミナミのラブホテル。二回もしたわ。
――おれも二回や。
――なに、それ。どういうこと？

――爺はちゃんとできたんか。
――すごいねん。あんなによかったたん、久しぶりや。
――おいおい、惚れんなよ。
――バカにしなや。うちを惚れさす男なんか、いてるわけないやろ。
――次はいつ会うんや。
――明後日《あさって》、宗右衛門町《そえもんちょう》で鱧《はも》食べる。
――爺はどうなんや。いけそうか。
――籍の話はまだしてへん。
――籍はいつでもええから、マンションでも買わせて、公正証書まけ。
――いちいちいわれんでも分かってるわ。黙って見とき。
――そら余計なことやったな。
――アパート借りてや。博司の。絶対やで。
――分かった、分かった。探しとく。
電話を切り、寝室にもどった。誰？　と理紗が訊く。
「なんでもない。仕事の話や」ベッドに腰かける。
「ね、来てよ」
理紗はこちらを向いた。柏木の股間に手が伸びる。
柏木は仰向きになった。理紗は俯いてペニスを口に含む。温かい。
理紗を跨《また》がらせて指を入れた。理紗は呻《うめ》く。
「このまま、いかしてくれ」

理紗の舌遣いが速くなった。

12

八月二十七日、月曜——。昼すぎに深町から連絡があった。黒澤匡春の除籍全部事項証明書、名城善彦と津村泰治の死亡届記載事項証明書がとどいたという。

——来るか。事務所に。

——飯食うてから行く。経費の精算も頼むわ。

煙草を一本吸ってからマンションを出た。『湖《こ》庵《あん》』でざる蕎麦を食い、隣の月極駐車場に駐めているフィットに乗る。車内はサウナのようだ。灼《や》けたステアリングにタオルを巻いて南森町に向かった。

事務所には今井がいた。パソコンを睨んでいるので仕事かと思ったら、ネットのオークションを眺めていた。

「こんちは。お買い物?」

後ろから声をかけた。今井は黙ってうなずく。画面に並んでいるのはネックレスや指輪だが、わるびれるふうもない。

「なにが欲しいんや。おじさんがプレゼントしよか」

「要りません。見てるだけです」いつもながらに愛想がない。

奥の所長室へ行こうとしたら、とめられた。

「いま、来客中です」

「依頼者か」

「浮気調査。旦那の」

「そらアウトやな」

妻が夫の浮気を疑うときは、ほぼまちがいなく女がいる。妻は夫の携帯やメールをチェックし、クレジットカードの請求や飲食店の領収書、夫の仕事のスケジュールを逐一調べた上で興信所に来るのだ。本多は浮気調査の担当ではないが、応援要員として何度か張込みをしたことがある。女は強い。妻が夫の浮気の確証をつかんだときは十中八九、離婚に至るが、その逆の場合は夫が折れる。半数近くが妻の不貞に眼をつぶって元の鞘に納まるだろう。

「今井さんはカレがおるんかいな」

「微妙ですね」

「微妙、いうのは」

「それって、セクハラですよ」

「あ、そう……」

煙草をくわえたら、禁煙です、といわれた。

奥のドアが開き、四十がらみの女が出てきた。袖にレースをあしらった白いカットソーにクラッシュジーンズ、小顔でスタイルがいい。女はバーキンを肩にかけ、今井と本多に一礼して事務所を出ていった。

本多は所長室に入った。深町はソファにもたれている。

「あんなええ女に限って浮気されるんやな」本多は座った。

「いつでも家にあるもんは、きれいに見えへんのや」

「おれが請けよか、この調査」

「あかん、あかん。元マル暴担に浮気調査はもったいない」

「書類、見せてもらおか」

「ああ……」

深町はデスクの抽斗から三枚の証明書を出した。

《除籍全部事項証明書　除籍
本籍―大阪府門真市大和田8丁目2番13号
氏名―黒澤匡春
生年月日―大正7年12月6日
父―黒澤為吉
母―かた
続柄―三男
身分事項　出生
出生日―大正7年12月6日
出生地―大分県別府市
届出日―大正7年12月15日
届出人―父
婚姻
婚姻日―昭和16年6月11日

配偶者氏名―伊藤てる
従前戸籍―大分県別府市下須賀北町28組　黒澤為吉
死亡
死亡日―昭和63年5月9日
死亡時分―午後11時30分
死亡地―大阪府門真市
届出日―昭和63年5月10日
届出人―親族　黒澤博司
戸籍に記載されている者
名―博司
生年月日―昭和21年9月27日
父―黒澤匡春
母―黒澤てる
続柄―長男
出生地―大阪府門真市》

黒澤匡春には博司という長男がいた。博司は小夜子の三つちがいの弟だ。博司に会って話ができれば、小夜子がどんな人生を歩んできたか、より詳しいことが分かるかもしれない。

《死亡届記載事項証明書　死亡届
氏名―津村泰治（男）

生年月日—昭和2年3月2日
本籍—大阪市大正区東恩加島2丁目3番地9
住所—大阪市港区夕凪5丁目6番地2
死亡日—平成20年8月28日
死亡地—大阪市大正区鶴町8丁目14番地
職業・産業—無職
配偶者—いる　満65歳
届出人—津村小夜子》

《死亡診断書（死体検案書）
氏名—津村泰治（男）
死亡日及び時分—平成20年8月28日午前5時20分
死亡場所及びその種別—大阪市大正区鶴町8丁目14番地　特別養護老人ホーム・悠生会ひまわりの家
死亡原因—肺炎
死因種類—病死（手術・解剖なし）
上記の通り診断する—平成20年8月28日　大阪市大正区鶴町8丁目1番地　悠生会大正病院医師・石川正》

津村泰治の死亡に不審な点はないように思えた。津村は自宅近くの特養で病死。昭和二年は一九二七年だから、八十一歳で死んだことになる。津村は資産があったにちがいない。

《死亡届記載事項証明書　死亡届
氏名―名城善彦（男）
生年月日―昭和8年8月1日
死亡したとき―平成16年4月3日午後10時40分
死亡したところ―和歌山県西牟婁郡白浜町真砂3番地
住所―大阪市中央区龍造寺町4丁目23番地8号607
本籍―大阪府箕面市小野原3丁目1212番地5
死亡した人の夫または妻―いる　満61歳
死亡した人の職業―無職
届出人―住所・大阪市中央区龍造寺町4丁目23番地8号607
　本籍・大阪府箕面市小野原3丁目1212番地5　名城小夜子》

《死亡診断書（死体検案書）
氏名―名城善彦（男）
生年月日―昭和8年8月1日
死亡したとき―平成16年4月3日午後10時40分
死亡したところ―和歌山県西牟婁郡白浜町真砂3番地
死亡の原因―溺水

死因の種類―外因死
死亡の状況―白浜町真砂海岸を散策中、突堤より転落。死亡者は飲酒していた。
上記のとおり検案する　平成16年4月3日　新和医科大学　医師・佐々木康弘》

「白浜で溺死か。思てたとおりやで」

深町にいった。「解剖所見が欲しいな」

「やめとけ。これ以上、深入りするな」

「刑事の本能かもしれんな。深入りするつもりはないけど」

「材料はそろたやろ。報告書、書いてくれ」

「今晩書く。この証明書、コピーしてくれるか」

いって、これまでに使った経費の領収書を出した。徳島に行ったことは伏せているから、高速道路のレシートは抜いてある。

「全部でいくらや」

「さぁな。前にもろた七万よりは多いやろ」

調査中の飲み食いの金も経費だ。「それと、ネタ元から武内小夜子のデータをとった。五万円や」

深町に橋口の名はいっていない。深町も訊きはしない。

深町は三枚の証明書と領収書の束を持って所長室を出ていった。経費は今井に計算させるのだろう。

暑い。本多はエアコンのコントローラーを手にとった。室温は二十八度になっている。設定温度を十八度にし、急冷ボタンを押した。

経費とデータ料の六万三千円を受けとり、三枚のコピーをメモ帳に挟んで事務所を出た。一階に降り、黒澤匡春の除籍全部事項証明書を開いて、橋口の携帯に電話をする。

――おれ。本多。またデータをとってくれんかな。

――ちょっと待て。……よっしゃ、いうてくれ。

――黒澤博司。澤は旧字。博愛の〝博〟に〝司〟や。生年月日は昭和二十一年九月二十七日。本籍は門真市大和田八の二の十三やと思う。

――こいつは、こないだの詐欺師の兄弟か。旧姓、黒澤小夜子。

――弟やろ。小夜子は昭和十八年生まれやから。

――了解。データをとる。

――橋やん、今晩、出て来ぇへんか。こないだの礼金も渡したいんや。

――ああ。どこで会う。

――そうやな……。宗右衛門町の『喜楽《きらく》』にしよか。

――分かった。八時には行けるやろ。

幸町の家にもどって夕方まで報告書を書き、八時前に『喜楽』へ行った。橋口は付け台の端に座って刺身を肴にビールを飲んでいた。

「早かったな」橋口が約束の時間前に来るのは珍しい。

「たまには定時に帰ってもええやろ」

橋口はビールを飲みほして、「なに、飲む」

「おまえは」

「冷酒やな」

「ほな、冷酒二本や」

吟醸酒を注文し、橋口の隣に腰かけた。「——忙しいんか」

「いま、島之内のホステスマンションを内偵してる。白燿会《はくようかい》の枝の大栖会《たいせいかい》いうのが、フィリピンから女を入国させてマンションに囲うてるんや」

入管法違反と不法斡旋、管理売春容疑、と橋口はいう。「二十人以上の女を五部屋に入れとる。それも1DKや。窒息するぞ」

「運《い》びはさせてへんのか」

「その線もある」

先々月、観光ビザで入国した女がMDMA二千錠を隠し持っているのを関空の取締官が摘発した。女は携帯番号をメモした紙片を所持していたが、その番号は大栖会に出入りしている芸能プロダクションマネージャーのものだったという。「マネージャーを引いたけど、のらりくらりとして口を割らん。大栖会の舎弟頭とつるんでブツを卸してるのは分かってるんやけど、今年の春に来《い》たこれが慎重で、なかなかゴーサインを出しよらん」

橋口は親指を立てる。「わしはさっさとカチ込みして舎弟頭の身柄《ガラ》をとったら、マネージャーも落ちるというてるんやけどな」

「カチ込みしてなにも出んかったら笑いもんや。上もリスクは負いとうないわな」

「減点怖い。手柄は二の次か」

「タマなしのほうが出世するんや。警察いうとこはな」

本多は仕事ができた。その自負はある。だが、警察一家の閉鎖体質と減点主義で退職させられたのだ。

冷酒二本と本多の突出しが来た。鯨の煮こごりだという。鯨は嫌いだが、箸をつけた。醬油出汁の味がするだけだ。口直しに冷酒を注いで飲み、

「酔わんうちに渡しとこ。こないだの礼や」

五万円の入った封筒を付け台に置いた。橋口は中を確かめもせず、二つ折りにしてワイシャツのポケットに入れる。

「わしもデータをとった。黒澤博司や」

「そいつはありがたい。博司のデータ料は、またでええか」

五万円は払えるが、飲み代がなくなる。

「いや、あとは要らん。データは簡単にとれた」

「すまんな」

「黒澤博司は極道や」

橋口はメモ帳を出した。本多も出す。所轄署から府警データ照会センターに照会依頼をするとパソコンにデータが送られてくるが、プリントしたものを本多が受けとると、漏洩した人物が判ってしまう。だから、データはいつもメモに書き写すのだ。

橋口はメモを読み、本多は書く——。

〝黒澤博司（昭和21年9月27日生）／犯歴

昭和39年6月3日　萱島警察署　窃盗（空巣狙い）審判不開始
昭和40年4月14日　大和田警察署　傷害　観護措置
昭和41年7月10日　三島警察署　傷害
昭和43年11月8日　花園警察署　強盗致傷
昭和46年9月29日　堺中警察署　恐喝（賠償）威力業務妨害（神戸川坂会・至誠連合・安田組）
昭和57年2月6日　堺中警察署　恐喝　銃刀法違反（神戸川坂会・至誠連合・安田組・柏木組）
昭和63年12月13日　久米田警察署　犯人蔵匿　公務執行妨害（神戸川坂会・至誠連合・要人会）
平成10年3月30日　東百舌鳥警察署　詐欺　不動産侵奪（神戸川坂会・至誠連合・要人会）
平成20年2月2日　富南警察署　恐喝　傷害（要人会より除籍）〟

「こいつはなんや、娑婆《しゃば》におるより懲役暮らしのほうが長いのとちがうか」

「それも粗暴犯が多い。頭わるいぞ」

「この〝賠償〟いうのは、当たり屋か」

故意に車に接触し、治療代等を騙しとる手口がある。

「ラーメン屋で鉢にゴキブリの足でも入れたんやろ。それで恐喝罪や」嘲《あざけ》るように橋口はいう。

「至誠連合に安田組いうのがあるんか」

「ある。三次団体としては、けっこう大きな組や。事務所は堺東やったかな」

黒澤博司は安田組の組員だったが、柏木という兄貴分が組持ちになり、盃を直して柏木組の組員になったのだろう、と橋口はいう。「その柏木組が解散したかして、黒澤は要《かなめ》人会に拾われた。要人会は安田組の兄弟分の組や」

「で、平成二十年に要人会を除籍か」

破門ではなく、絶縁処分だろう。「――黒澤は娑婆におるんかな」

「恐喝、傷害やったら、出所したんとちがうか」

「住所が知りたいな」

「なんで知りたいんや」

「黒澤小夜子の履歴を訊きたい。弟やったら分かるやろ」

「姉は詐欺師で弟は極道か。ろくでもない姉弟やの」

橋口は笑って、「黒澤博司が出所したかどうか調べてみるけど、満期で出てたら身元引受人は要らん。たぶん、住所不定やで」

そう、シノギのないヤクザを拾う組はない。もともと勤労意欲もないから、黒澤は堅気《かたぎ》にもなれないのだ。

「極道は野垂れ死んだらええ。社会のためや」

橋口はひらめの刺身を口に入れた。本多はメモ帳をしまい、品書きを見ながらにぎりを頼む。とろ、うに、こはだ、さより、煮はま――。まとめて注文し、冷酒のグラスを手にとったとき、

「待て……」つぶやいた。

「どうした」

「いや、思い出したんや」

また、メモ帳を出して広げた。〝柏木組〟を指でさす。「黒澤小夜子と組んでる結婚相談所のオーナーが柏木というんや。柏木亨。確か、昭和四十四年生まれやった。こいつが柏木組と関係あったら、パズルのピースが嵌《は》まるんや」

「どういうことや」

「柏木組の組長は柏木亭の親父か親戚筋。黒澤博司は柏木組の組員……。接点がある」

「接点な……」

「柏木いうのは、そう多い名字やない。柏木組の組長の名前、教えてくれへんか」

「ま、極道を調べるのは易いこっちゃ」

「その組長に亨いう息子がおったら、おもしろいんやけどな」

「呆れたな」

橋口は本多を見た。「おまえ、現役のころとまるで変わってへん。暴対の刑事《デカ》や」

「すまん。思いついたらとまらんのや」

「府警も惜しいことしたで。こんなイケイケの刑事を放り出したんやからな」

「イケイケは褒め言葉かい」

「さぁ、どっちやろな」

橋口は小さく、ため息をついた。

※　※

八月二十八日、火曜——。朋美は守屋から連絡を受けて西天満の事務所へ行った。守屋は南栄総合興信所から報告書をもらったといい、朋美に提示した。武内小夜子は平成十五年以降、名城小夜子、黒澤小夜子、津村小夜子、武内小夜子と名字が変わったが、夫であった名城善彦は和歌山の白浜海岸で突堤から転落して溺死、津村泰治は大阪市大正区の特別養護老人ホームで病死、武内宗治郎は徳島のつるぎ町で事故死（車で転落）していた。

。


「武内宗治郎の相続関係については、このあいだ説明したよな」

守屋は朋美にいう。「名城と津村のそれは調査してないけど、興信所に依頼したら、また調査費が発生する。おれとしては、このあたりでやめたほうがええと思うんや」

「調べても無駄ということ？」

「そら、怪しい点は出てくるやろけど、それを突くためには、名城善彦と武内宗治郎が小夜子に殺されたという証明を、警察でもない我々がせないかん。つまりは、不可能や」

「じゃ、どうしたらいいの？　守屋くんの考えは」

「まず、大前提として、武内小夜子には公正証書遺言があるということや。この効力は絶大で、法的にひっくり返すことは百パーセント無理やと認識しておいて欲しい」

「分かった。認識する」

「その上で、こっちの作戦としては、中瀬とおれが武内小夜子に会う。訴訟を前提に交渉する。名城と津村、武内の名を出して、そのうちのふたりが事故死してますね、とプレッシャーをかける。それでも向こうが横向くようやったら、名城以前の結婚、離婚と夫の死因を調査して、すべての資料を公判廷で開示すると攻めるわけや」

「それって、効果ある？」

「なくはない。犯罪者である小夜子はことが大きくなるのを恐れるし、もし裁判になったら、おれは武内、津村、名城の遺族や、ブライダル微祥の柏木の証人尋問要請をする。闇に紛れてた犯罪が公判廷で表に出るわけや。当然、裁判は長びくし、裁判長がどんな判決を出すか、それも向こうは不安やろ。……小夜子には新井という司法書士がついてるし、新井は裁判だけは避けるべきやと、小夜子にサジェスチョンするはずや」

「裁判長は和解勧告を出したりする？」

「普通は出す。しかし、公正証書の内容を変えるような勧告は滅多にない」

「じゃ、やっぱり、訴訟はせずに、訴訟を前提にして攻めるのがベストなんやね」

「こないだ、聞いたよな。藤井寺のマンションが三千万円、株券と銀行預金が同じくらいあると」

「うん、そのはずやけど……」

トータルすると六千万円だが、実際のところは分からない。耕造は年金をゆうちょ銀行で受けとっていたし、銀行の通帳も複数持っていた。株券の銘柄と総額は、小夜子に取り込まれたいまとなっては見当もつかない。

「おれは中瀬とお姉さんの遺留分のほかに、少なくとも二千万円は取りもどしたい。それでかまわんか」

「わたしと姉さんの遺留分が三千万円。その上に、二千万円やね」

「そう。五千万円や」

「充分やわ。そんなにもどるんやったら」

ほんとうに五千万円もとれるのだろうか、あの小夜子から。

「小夜子に会うのは、いつにする」守屋は訊く。

「わたしはいつでもいい」

「ほな、小夜子に連絡とってくれへんか。嫌やろけど」

「今週？　来週？」

「金曜日あたりはどうや。三十一日」

「分かった。小夜子に電話するわ」

朋美はうなずいた。「それと、着手金、教えて」

「ああ、着手金な……」

守屋はひとつ間をおいて、「弁護士会の報酬規程があるし、七十万円でどうやろ」

「うん、いいよ。振り込むわ」

「いや、振り込みは契約書を作ってからにしてくれるか」

守屋は話しにくそうに、「成功報酬規程もあるんや」

「あ、そうか……」

「遺留分を含めて武内小夜子から取りもどした額の五パーセント。もし五千万円やったら……」

「二百五十万円やね」

「そういうことや」

「ありがとう。契約書、作って」

着手金と成功報酬で三百二十万円というのは安いような気がする。『佐藤・中瀬建築設計事務所』の設計料は監理費込みで建築費の十三パーセントだ。

「それと、話は別なんやけどな、おれの大学の恩師が伏見に住んでる。築六十年の家を建て替えて鉄骨か鉄筋コンクリートの家にしたいんやけど、いっぺん会うてみいへんか」

「そんな話、大歓迎やわ。敷地は何坪？」

「百坪はない。九十か八十坪や」

家は木造二階建、延建は五十坪ほどだという。「ただし、恩師はほかにも声かけてる」

「建築家が競合するのは当然です」

「恩師はシンプルモダンな家が好きらしい」

「おいくつ？　そのひと」

「六十八。今年、ロースクールの教授を辞めた」

「本に埋もれてはるよね」

「床が抜けそうやから建て替えたいんや」

「まず、書庫から提案する」

コンペに勝ちそうな気がした。

※　※

朝、本多は箕面へ行った。国道171号の小野原交差点から一筋南に入った〝三丁目一二一二番地〟。名城という家はすぐに見つかった。鉄筋コンクリート打ち放し、陸屋根《ろくやね》の瀟洒《しょうしゃ》な建物だ。玄関前に車を駐め、インターホンのボタンを押した。

──はい。名城です。

──南栄総合興信所の本多と申します。保険関係の調査をしておりまして、亡くなられた名城善彦さんの件で、少し、お時間をいただけませんでしょうか。

インターホンのレンズに向かって低頭した。

──ずいぶん前に保険金は受けとりましたけど、どういうことですか。

──名城小夜子さん、ご存じですよね。

──あのひととは縁が切れました。

──もちろん、籍を抜かれたんは知ってます。いまは武内小夜子という名前で、調査対象になってるんです。……ほんの五、六分でけっこうです。ご協力願えませんか。

――分かりました。そういうことなら。

ほどなくして玄関ドアが開き、初老の女が出てきた。本多はまた、門扉越しに頭をさげる。女は名城家の嫁だろうか。

「いきなり、ご自宅まで来まして申しわけありません」

名刺を差し出した。女は丁寧に両手で受けとって、

「小夜子さんは、武内さんという方と結婚されたんですか」

「名城さんのあとは津村、そのあとが武内です」

「二回も結婚を?」

「財産狙いやと思います」

「そうですか……」

女は小さくうなずいた。目鼻だちがすっきりしていて、若いころは美人だったろう。

「生命保険の受取人は名城小夜子でしたか」

「いえ。主人です」

「全額がご主人に?」

「はい」女はうなずく。

受取額を訊きたかったが、やめた。知りたいのは、小夜子が相続した資産と柏木の関与だ。

「名城小夜子は公正証書遺言状を作ってましたか」

「はい、作ってました。義父が死んでから分かったんです」

「善彦さんの遺産をすべて相続するという内容でしたか」

「はい、預金の全額です」

「すると、このお宅は」

「主人の名義です。義父が亡くなる前から」

「善彦さんは大阪市内のマンションに住んでられたんですよね」

死亡届記載事項証明書の住所は〝中央区龍造寺町〟だった。

「あのマンションは賃貸でした。……お義父さんはマンションを買うといったんですが、主人が反対したんです。小夜子という再婚相手は金が目当てだって」

「しかし、善彦さんは小夜子を籍に入れた……」

「お義父さんが結婚相談所に登録していたことは知ってたんです。話し相手が欲しいって。でも、まさか、ほんとに結婚するとは思ってませんでした」

「その相談所は『ブライダル微祥』ですか」

「あ、そうです」

「差し支えなかったら、名城小夜子の相続した遺産総額を教えていただけませんか」

「正確には分からないんです。通帳類は義父が持ってましたから」

「だいたいの額でけっこうですが」

「たぶん、千五百万円から二千万円くらいだったと思います」

「公正証書はお持ちですか」

「捨てました。縁起でもないし」

いって、女は玄関のほうを振り返る。もう帰ってくれという仕種だ。

「あとひとつだけ、お願いします。……名城善彦さんは白浜で亡くなられたようですが、小夜子がいっしょやなかったですか」

「はい、いっしょでした」

名城善彦と小夜子は白浜一泊の〝南紀巡り〟ツアーに参加したという。

「ということは、バスで白浜に行かれたんですね」

「そうです」

「何人のツアーでしたか」

「十五、六人でした」

「ほかのひとたちとは、お知り合いではなかった？」

「はい。旅行会社の募集でしたから」

女はいって、「あの、この話は保険会社のひとに何度も説明しましたけど」

「すみません。わたしは保険会社やなくて、興信所の調査員なんです」

「じゃ、ほかのひとも？」

「そう。津村さんと武内さんの調査もします」

「なにか問題があるんですか」

「いや、武内小夜子は短期間に入籍、離籍を繰り返してますから」

「お義父さんが泊まったのは『はまゆり荘』という観光旅館でした」

思いなおしたように女はつづける。「宴会のあと、みなさん部屋にもどったんですけど、十二時すぎに小夜子さんが添乗員に、お義父さんが散歩に出たきり帰ってこない、といったんです」

連絡を受けて、添乗員は真砂《まさご》海岸を探したが、見つからない。小夜子は善彦が酔っていたという。添乗員は一時に一一〇番通報した。地元警察が出動し、善彦の遺体が発見されたのは午前二時すぎだったという。「お義父さんは突堤から五百メートルくらい南へ行った消波ブロックのあいだに沈んでました」

「無粋なことを訊くようですが、小夜子にアリバイはあったんですか」

「アリバイ？」

「いや、わたしは元刑事ですねん。大阪府警の」

「あら、刑事さんですか」

「いまは興信所の探偵ですけどね」笑ってみせた。

「宴会が終わったのは十時ごろでした。ツアーのひとたちは、お義父さんがひとりで旅館を出るのを見てます」

「小夜子は部屋にもどったんですか」

「ツアーの女のひとたちと、お風呂に行ったそうです」

「入浴時間は」

「一時間くらいです」

「なるほどね……」

不完全だが、小夜子にアリバイはあった。名城善彦を殺したのは共犯者だ。

「もういいですか」

女は腕の時計に眼をやった。「出かける用事があるんです」

「ありがとうございました。またなにかありましたら、ご報告します」

「報告なんかけっこうです。小夜子さんのこと、思い出しますから」

女は背を向けて、足早に離れていった。

本多は国道171号から新御堂筋に入った。梅田で降り、御堂筋を南へ走る。朝の渋滞時間をすぎて、車の流れはスムーズだ。

千日前通を右折したところで携帯が鳴った。

——はい。本多。

——わしや。橋口。

——おう、昨日はすまなんだな。遅うまで連れまわして。

『喜楽』を出たあと、笠屋町、玉屋町界隈のスナックを三軒もハシゴした。家に帰っても、冴子がいないから。

——柏木組の組長は柏木亮一や。子供は三人。次男の名前が柏木亨や。

——そうか。ビンゴか。

——柏木亮一は一九三四年生まれ。七五年に柏木組を旗揚げした。

——ちょっと待ってくれ。いま、車なんや。メモができん。

ウインカーを点滅させて左に寄った。車を停めてメモ帳とボールペンを出す。

——よっしゃ、いうてくれ。

——柏木亮一は三四年生まれ。七五年に組を持った。最盛期は十人以上の兵隊がおったけど、八八年に解散。九〇年に病死した。

——柏木亨は六九年生まれやから、親父が死んだときは二十一歳やな。

——近畿商科大除籍や。九三年の五月にシャブで引かれてる。南署の生安にな。

——前科持ちかい。

だから、橋口は柏木亨の犯歴データもとれたのだ。

——懲役二年に執行猶予四年。犯罪歴はそれだけや。

——ほな、結婚相談所をはじめた時期は分からんのやな。

——なにからなにまでデータに載ってるわけやない。

柏木はシャブをやめたのか……。そうは思えない。覚醒剤常習者の再犯率は六、七割だと聞く。

——亭の母親は死んでないよな。

——生きてるやろ。三七年生まれやから、七十五歳や。

柏木幸枝《ゆきえ》。住所は分からないという。

——亭の兄弟の名前は。

——長女が優美《ゆみ》。長男が勲《いさお》。

ヤクザの父親など持つものではない。家族の名前までデータに載る。

——分かった。それと、もうひとつ……。

——黒澤博司やろ。今年の八月八日に出所してる。

——二十日《はつか》前か……。

——住所は不明や。

——すまんかったな。この礼はする。黒澤の分も合わせてな。

——わるいな。いつも。

橋口は振り込みを断らなかった。

車を停めたところが、ちょうど大同銀行の前だった。本多は車を降りてATMコーナーに入り、橋口の母親名義の口座に五万円を送金した。

13

八月三十一日——。朝、朋美は香芝《かしば》市関屋の新築現場へ行った。鉄筋コンクリート造りの戸建住宅。敷地は百四十坪と広いが、建延は四十坪に少し欠ける。昨日、工務店がコンクリートの型枠を外したので、現場監理者の朋美が躯体《くたい》チェックをする。

平面詳細図、立面詳細図、矩計図《かなばかりず》を手に躯体を調べていった。垂直、水平、壁芯と壁芯の距離をレーザー墨出器とレーザー距離計で確認し、コンクリート打ち放しの内装壁面は仕上げを丹念に見る。

一階は問題なし。二階にあがってダイニングの梁に眼をやると、心なしか弧状になっているような気がした。墨出器のレーザーをあてると、中央部が二十ミリほど上方に反っている。梁の長さ五千四百ミリに対して二十ミリのズレを指摘するのもどうかと思うが、ダイニングの天井梁は露わしだから、このままにはしておけない。

「気がついてました？」

現場監督の前田《まえだ》にいった。前田は素直にうなずく。

「どうしたもんやろね」

コンクリート打ちをやりなおすことなどできない。かといって梁を削《はっ》ることもできないし、反った部分にモルタルを塗れば経年変化で浮いてくる。

朋美は考えた。現場監理にこういったトラブルはつきものだが……。

「リビングの天井は木質スパンドレルの化粧張りやったよね」

「そうです。ＡＬＣに発泡ウレタンを吹きつけたあと、スパンドレルを張って、シーリングライトを十基組み込みます」

「じゃ、ダイニングにもスパンドレルを張ろうか。追加工事費なしで」梁高は少し低くなるが、統一感は出る。

「ありがとうございます。さすが、中瀬先生です」前田はよろこんだ。

「わたしね、先生やないの。中瀬さんでけっこうです」

朋美は窓の位置と大きさを確認した。これは図面どおり。

バルコニーに出た。眼下に緑の多い住宅地が広がっている。ゴルフ練習場の向こうに見えるのは近鉄の関屋駅だ。

「この施主さん、料理人やと聞きましたけど、どこでやってはるんですか」前田が訊く。

「ミナミの東清水町。大丸の通りを東に行った『呉旬《ごしゅん》』いう料亭」

老舗の主人だけに建築を見る眼がある。外装、内装ともにいくつものラフスケッチを描いて検討し、かなり思い切った洋風住宅の最終案を提示した。主人は鷹揚に「お任せします」といい、あとはいっさい口を出さない。施主に信頼された現場は建築家にとっても気持ちのいいものだ。

「完工したら、前田くんも『呉旬』に招待してくれるでしょ」

「懐石料理ですか」

「ミシュランで星をもらった懐石料理。とても美味しかった」

司郎といっしょに一度だけ食べに行った。数寄屋風の内装、掛軸は『桔梗』、鉢や皿は古色のついた伊万里だった。

バルコニーからリビングにもどったとき、メールの着信音が鳴った。携帯を見る。

《拝復　ＯＫです。18：30　日航ホテル喫茶室で。守屋》とあった。

昨日の夜、守屋にメールを送ったのだ。小夜子に会うのは午後七時だが、その前に守屋は打ち合わせをしたいようだ。

朋美は携帯をバッグにしまった。

「躯体検査完了。天井工事はいつ？」

「九月十一日です」前田は工程表を見る。

「ダイニングの天井の件、忘れずにね」

「了解です。助かりました」

前田はにっこりして頭をさげた。

※　　※

昼すぎ、本多はロビーに降りた。メールボックスの扉を開けて郵便物を取り出す。大阪法務局堺支局から封書がとどいていた。深町の司法書士会統一用紙を一枚無断借用して請求した元木日出夫の死亡届記載事項証明書だ。

本多は封書を持って部屋にもどった。

「なにか来てた？」冴子が訊く。

「おれ宛ての手紙が一通だけや」

「そう……」

冴子はそうめんを笊《ざる》にすくって流水で洗う。「ね、今日、映画行こうか」

「映画な……。見たい映画があるんか」本多は生姜《しょうが》をおろす。

「別に、ないけど。芳《よ》っちゃんと長いこと出かけてないから」

「ほな、ミナミでも出よか。映画見て、飯食お」

「うれしい。デートや」

冴子はそうめんを皿に盛った。付け合わせは水茄子の浅漬けだ。

本多は小鉢につゆと生姜を入れて、そうめんに箸をつけた。冴子の作ったつゆは、いりこ出汁に椎茸の香りが利いている。

「旨いな。こんな旨い自家製のつゆはほかにないで」

「芳っちゃんだけやわ。褒めてくれるの」

「ほんまに旨いからや」水茄子もサクッとして旨い。

皿いっぱいのそうめんがあっというまになくなった。本多は麦茶のグラスを持って自室に入る。茶封筒から書類を出して広げた。

《死亡届記載事項証明書　死亡届
氏名―元木日出夫（男）
生年月日―昭和8年5月22日
本籍―大阪府枚方市青葉園9丁目3番地21
住所―大阪府堺市桃山台7丁目13番地6
死亡日―平成13年10月9日
死亡地―徳島県美馬郡一宇村滝見1342番地
職業・産業―自営（食品卸）

配偶者―いる
届出人―元木小夜子》

元木小夜子――。当たった。やはり、そうだった。元木日出夫の妻は小夜子だろうと考えていたが、なにかしらん、頭の芯がすっと冷たくなる。名城小夜子の前の名は元木小夜子だったのだ。

《死亡診断書（死体検案書）
氏名―元木日出夫（男）
生年月日―昭和8年5月22日
死亡年月日時分―平成13年10月9日午後11時20分推定
死亡の場所―徳島県美馬郡一宇村滝見１３４２番地
死亡の原因―脳挫傷
死因の種類―外因死
受傷から死亡までの期間―急死
傷害発生年月日時分―平成13年10月9日午後11時20分推定
状況―自家用車を運転中、県道２６１号より一宇川川原に転落、車中にて発見された。頭蓋骨折、脳挫傷、左鎖骨骨折、左第３、第４肋骨骨折。肺損傷、脾臓損傷。
上記の通り検案する。
平成13年10月10日　徳島医科薬科大学附属病院　医師広畑良》

武内宗治郎の死体検案書とほとんど同じ内容だった。死亡日時、検案した医師の名を除いて。

元木日出夫も武内宗治郎と同じく、小夜子と共犯者の手によって滝見の林業道路から車ごと転落させられ、殺された。小夜子には滝見の土地勘があり、元木殺害から九年を経て、同じ現場で武内を殺したのだ。

もう、まちがいない——。本多は小夜子による連続殺人の尻尾をつかんだ。元木、名城、武内、少なくとも三人は事故を装って殺している。津村泰治と中瀬耕造も、自然死とはされているが、なんらかの方法で殺したのかもしれない。

がしかし、どう証明する。どうやって物証を得るのだ——。

元木、名城、武内を殺した小夜子の共犯者は柏木亨か。弟の黒澤博司か。それとも、別の誰か——。

手がかりはレンタカーだ。小夜子と共犯者は元木と武内を殺した際、滝見の現場を離れるためにレンタカーを使ったにちがいない。

レンタカー会社に記録が残っているだろうか。元木はともかく、武内が死んでからもほぼ二年が経っている。

徳島へ行き、レンタカー会社をしらみつぶしにあたるのだ。考えられる手立てはそれしかないが、本多は警察手帳を持っていない。

橋口の携帯に電話をかけた。

——はい、橋口。

——本多です。いま、ええか。

——ああ、なんや。

――土曜か日曜、空いてるか。

――空いてる。この日曜は非番や。

――頼みがある。いっしょに込《い》みをかけてくれへんか。

――込み？　なんの込みや。

――柏木亭がレンタカーを借りたかどうか調べたいんや。

小夜子は昭和四十八年に運転免許を取り消されているから免許証がない。弟の黒澤博司は服役中だった。レンタカーを借りるための免許証を所持しているのは柏木だけだ。

――芳《よし》やん、おまえはもう刑事やない。探偵事務所の調査員やろ。深入りすんな。

――それは分かってる。よう分かってるけど、納得できるまで調べたいんや。

――しかし、いつの記録を調べるんや。

――一昨年の九月八日や。小夜子の旦那の武内宗治郎がつるぎ町の滝見で転落事故を起こして死んでる。この日のレンタカー会社の記録が欲しいんや。

――その武内いうのは、レンタカーで事故ったんか。

――いや、県道から崖下に落ちたんは武内の車や。

――なんのこっちゃ分からんな。

――おれの見立てでは自損事故を偽装した殺しや。犯人《ホシ》が滝見の現場を離れるには車を使うしかない。

橋口は金だけで動く男ではないから、ある程度の情報は明かさないといけない。

――レンタカーを使うたとは限らんやろ。

――おれが犯人やったら自分の車は使わん。Nシステムにひっかかるからな。

Nシステムは年ごとに進化している。捜査員が照会センターに車のナンバーを伝えると、一時間もしないうちに走行した地点と日時が判明し、画像までが送られてくる。撮影されたデータは一定期間後に廃棄されるというが、警察庁はその期間を公表していない。

──日曜の朝、車で橋やんを迎えに行く。かまへんか。

──分かった。何時や。

──七時はどうや。

──まるでゴルフやのう。

──少ないけど、グリーンフィーは五万で堪忍してくれ。

──上等や。ええバイトになる。

五万円は本多の身銭だが、橋口は〝南栄〟から金が出ると思っている。

──ほな、頼むな。

電話を切った。麦茶を飲む。夕方まで昼寝するか──。

※　　※

小夜子が現れた。黒のパンタロンスーツに白のブラウス、真珠のネックレス、ヒールの高さが十センチもあるようなパンプスを履いている。

小夜子は日傘を脇に置いてソファに座り、エルメスのトートバッグから預金通帳を出した。このあいだ作った近畿中央銀行の通帳だ。

「金にしたんか。中瀬の爺の株」

「相場が下がってたけど、成り行きでみんな売った。今朝、金が振り込まれたんや」

「なんぼやった」

「手数料引いて、千九百六十万。おろしたいねん」

小夜子は一千万円、柏木には九百六十万円だという。

「いつでも、あんたのほうが多めやな、え」

「わるい？　当然やろ。うちが相続した遺産なんやで」

「ま、ええ。主役はあんたや」

デスクの抽斗から銀行の届出印を出した。「行こか、銀行」

「待ってよ。この暑いのに駅から歩いてきたんや。冷たいもん出さんかいな」

小夜子はこれ見よがしにハンカチで皺頸《しわくび》を拭く。

柏木は受話器をとり、内線ボタンを押した。

──アイスコーヒーふたつ。

──インスタントの？

──いや、出前いうてくれ。

受話器をおろした。

「博司のアパート、あった？」小夜子は脚を組む。

「あんたが探したれや。弟やろ」

「あれは嘘やったんかいな。アパート探しとく、いうたんは」

「嘘やない。方便や」

「博司はずっと、うちのマンションにいてるんやで。やれ腹減った、鮨とれ、煙草買うてこい、パチンコ行くから金くれと、好き放題してる。あんなやつ、どうしたらええのよ」

「睡眠薬を服《の》まして注射せいや。空気を一リットルほど」

「あほらし。博司が死んでも一銭にもならへんわ」

「一千万を持って帰るために、その大きなバッグを提げてきたんか」

「近畿中央銀行みたいな小さい銀行は信用できへん。いつ潰れるや分からんやろ」

「ペイオフがある。一千万までは大丈夫や」

「要らん心配せんとって。うちの金はうちの好きにするねん」

小夜子はソファにもたれかかった。脚が短いからパンプスの先が浮く。

「それで、舟山の爺はどうなんや」

東大阪の隠居だ。「公正証書、いけそうか」

「その話はまだや」

「おいおい、タダでやらせてばっかりやないやろな」

「すごいねん、あれが。ほんまに」

「どういう爺や。瓢箪山の地《じ》の人間か」

「出は京都の美山町や。高卒で大阪に来て、保険のセールスとか健康食品とか水商売とか、いろんな仕事したというてた。バブルのころはディベロッパーしてたみたいやね」

会社は息子があとを継ぎ、近鉄けいはんな線荒本駅近くに自社ビルがあるという。

「自社ビル？　舟山の資産届にそんなもんは書いてなかったぞ」

「だって、舟山さんの個人資産やないやんか」

小夜子は隠居を〝舟山さん〟と呼んだ。いつもなら〝爺さん〟の一言だが。

「まさか、惚れたんとちがうやろな」

「へっ、眠たいこといわんときや」

小夜子はせせら笑う。「セックスがええからセックスする。それだけやろ」

「舟山は〝ヤ印〟か」

ディベロッパーで財をなしたのは、まるっきりの堅気ではないような気がする。

「あほらし。〝ヤ印〟はあんたの親父やろ」

「もういっぺんいうてみいや、おい」睨《ね》めつけた。

「あら、怒った？　ごめんね」小夜子は横を向く。

「こないだはどこでしたんや」

「なにをよ」

「寝たんやろ。爺と」

「八尾のラブホテルや。車で行った」

「爺の車でか」

「そら、そうやんか」

「爺はなにに乗ってるんや」

「左ハンドルの大きな車や。砂漠でも走れる、いうてた」

エクスプローラーか。ハマーか。アメリカ仕様のレンジローバーかもしれない。

「洒落とるの。七十三の爺が四輪駆動車に乗るか」

柏木の父親は一時期、ランドクルーザーに乗っていた。柏木が買わせたのだ。

ノック――。薗井がトレイを持って入ってきた。テーブルと柏木のデスクにアイスコーヒーを置く。小夜子に一礼して出ていった。

「あの子、誰？」

「薗井や。ええ加減に名前ぐらい憶えたれ」

「いつ来ても、パンツの見えるスカート穿いてるやんか」

「あんたはどんなパンツを穿くんや。舟山と会うとき」

「なんや、見たいんかいな」

小夜子は腰を浮かす。「見せたろか」

「要らん、要らん。眼が腐る」

「それと、もうひとつ。今晩、中瀬の娘に会うねん」

アイスコーヒーに口をつけて、小夜子はいう。「七時。日航ホテルの喫茶室。弁護士も来るみたい」

「そういう大事な話はもっと早ようにいえや。聞いてなかったぞ」

「別に大事なことやないやんか。どうせ、相続を放棄せいとかいうに決まってるわ。うちが一歩でも退《ひ》くと思てんのかな」

「しかし、弁護士はうっとうしい。なんやかやと因縁つけてきよる」

「せやから、どんな因縁つけてくるか、うちが聞いて、あんたに報告したらええんやろ」

「ダリアの新井を同席させるか」

「あいつは嫌いや。ねちねちと蛇みたいな眼でうちを見る。大した頭でもないのに偉そうにするから虫酸が走るわ」

確かに、新井はもったいぶったものいいをする。金のためならマンホールの蓋にでも尻尾を振る男だから、柏木には卑屈だが、小夜子には横柄だ。それが見てとれる。

「ほんまにひとりでええんやな」

「うちはな、公正証書持ってるんやで。怖いもんはあらへんわ」

「弁護士がなにをいおうと黙っとけ。あれこれ言い逃れしたらボロが出る」

「あんた、うちを甘う見てへんか。言い逃れせなあかんようなことをした憶えはないで」

「分かった、分かった。そこまで自信があるんなら、ひとりで行けや」

柏木はアイスコーヒーを飲む。「ICレコーダーは」

「持ってる」

「向こうも隠し録《ど》りしてるやろから、要らんことは喋るなよ」

「いちいち細かいことをいうんやな。あんた、子《ね》か」

「酉《とり》や」

「それで、あちこちツツいてまわるんや」

「なぁ、武内小夜子さんよ、今度からおれに会うときは口にテープ貼って来いや」

怒りを抑えた。若いころなら殴りつけている。「ほら、コーヒー飲んだら出るぞ」

印鑑をティッシュにくるんでポケットに入れた。


近畿中央銀行で千九百六十万円を引き出し、小夜子は一千万円をトートバッグに入れて帰っていった。柏木は九百六十万円を三協銀行の自分の口座に振り込んで事務所にもどる。一階エントランスで携帯が鳴った。繭美だ。

——はい。なんや。

——なんや、はないやろ。電話ひとつかけてこんと。

——忙しいんや。飲みに出る暇もない。
——今日、来てよ。月末の金曜日やんか。
——同伴か。
——あかんねん。先約があるし。
——気が向いたら行く。
——あんた、このごろ変やわ。浮気してんのとちがうやろね。
——あほいえ。ほんまに忙しいんや。
——待ってるから。分かった？
——ああ、分かった。
電話を切った。くそ面倒な女だ。
理紗の携帯にかけた。つながらない。
三階にあがり、事務所に入ったところで携帯が鳴った。着信ボタンを押す。
——理紗です。電話もらいましたよね。
薗井がこちらを見ている。柏木は部屋に入った。
——ごめんな。仕事中に電話して。
——ううん。いまは休憩時間です。
理紗のものいいは丁寧だ。近くに誰かいるのかもしれない。
——今日は『杏』に出る日やな。
理紗は月水金が出勤日だが、同伴して繭美に見つからないとも限らない。
——店休んで、デートせえへんか。

――でも……。

――理紗に会いたいんや。リッツでフレンチかイタリアンでも食おうや。

――豪華ですね。

――理紗は贅沢が似合うから。

――分かりました。八時半には行けます。

――ほな、リッツのロビーラウンジ。待ってるわ。

パソコンを立ち上げて、リッツ・カールトンの予約サイトを検索した。

※　　※

六時半――。守屋は日航ホテルの喫茶室にいた。

「ごめんね。待った？」朋美はシートに腰をおろした。

「待ってへん。おれも来たばっかりや」

守屋は薄手のスーツの襟にバッジをつけている。

「それって、ひまわり？」

「そう。真ん中は秤や」裏面に弁護士登録番号が刻印されているという。

「検察官の〝秋霜烈日《しゅうそうれつじつ》〟って、どんなの？」

「旭日と菊の花弁と菊の葉を十字に象《かたど》ってる。最近は検察の権威も地に堕ちたけどな」

「いくらで買うの、バッジ」

「そんなこと訊くの中瀬だけやな」

守屋は笑って、バッジは日弁連からの貸与だといい、紛失した場合は、銀製なら一万円、金製なら六万四千円で購入するという。

「一万円やったら、買って悪用するひともいるでしょ」

「そら、中にはおるやろ。レプリカは二、三万や」

「ふーん、レプリカのほうが高いんや」

建築士にバッジはない。国家資格なのに。

ウェイトレスを呼んで朋美はコーヒー、守屋はアイスティーを頼んだ。

「わたし、ICレコーダー持ってきたけど、録音したほうがいいかな」

「隠し録りはやめよ。先方の了解があったら録ろ」

「弁護士の矜持《きょうじ》として？」

「それもあるけど、提訴した場合の証拠能力が低い。会話というやつはあやふやで、誘導尋問も可能やからな」要は裁判官に対する証明力だと守屋はいう。

「じゃ、訴訟にしなかったら必要ないわけ？」

「いや、ないことはない。録音があったら、あとあと双方の文言を確認できる」

「なんか、曖昧やね」録音はしないと決めた。

「相続をめぐる争いは白黒きっちりつけられへん。有罪無罪の刑事裁判やないんやから」

「弁護士は交渉力？」

「口の巧さや」

「で、作戦は」

「こないだ、いうたやろ。武内小夜子の犯罪性を攻めて、有利な条件を引き出す」

「わたしは黙ってたらいいの」

「中瀬に訊くことはないけど、質問したら答えてくれ。もちろん武内にはいっぱい訊く」

「わたし、ちょっと緊張してきた」

胸に手をやった。ブラジャーがきつい。昼食はざるそばだけだったのに。

そういえば、昨日の夜、風呂あがりに体重を計ったとき、いつもより一キロ増えていた。ビールの飲みすぎだ。毎日、二、三本は飲んでいる。

朋美は嗤《わら》った。こんなときになに考えてるんやろ――。

コーヒーとアイスティーが来た。朋美はブラックで飲む。

「守屋くん、裁判のとき、緊張する？」

「さぁ、どうやろな。日本の裁判は基本的に書面審理やし、証人尋問とかドラマチックな場面は少ない。人証《じんしょう》のときもなにをどう弁論するか頭がいっぱいで、緊張はしてるんやろけど感じる余裕がない」

守屋はアイスティーにミルクを落としながら、大きなあくびをした。

「眠たそうやね」

「失礼。今朝の三時に寝たんや」

「作戦、練ってたん？」

「いや、天神橋のスナックで碁打ってた」

囲碁将棋好きの客とプロ棋士が集まるスナックだという。

「お酒飲みながら考えられるの」

「ザル碁や。酔うても酔わんでもいっしょや」

「何段？　守屋くん」

「アマの初段ぐらいかな」

「すごい強そう」

司郎も囲碁をする。免状は初段だが、実力は二、三級らしい。「姉さんは囲碁できるよ。子供のころ、父親の相手をさせられてたから。まじめに正座して打つんやで」

「中瀬はどうなんや」

「わたしは途中でぐちゃぐちゃにするもん」

「釣りに行っても、タモでそのへんをかきまわすタイプやな」

「すごい迷惑な子供やってん」

入口のほうに眼をやると、小夜子がいた。連れはいない。

「来た」守屋にいった。

「そうか」守屋も見る。

小夜子はそばに来た。朋美と守屋は立つ。

「武内小夜子さん」

紹介した。「こちらは弁護士の守屋先生」

「よろしく」守屋は一礼して名刺を差し出した。

「武内です」

小夜子は受けとって座る。コーヒーとアイスティーをあごで指して、「打ち合わせしてたんですか」

「雑談ですわ。わたしと中瀬さんは高校の同級生です」

「いい友だちを持ってはるんやね」嫌味たらしく、朋美に向かって小夜子はいう。

「なにか飲みます」朋美は訊いた。

「ケーキセット。アイスコーヒーで」

小夜子はエルメスのトートバッグからシルバーのコンパクトのようなものを出して蓋を開けた。細身の煙草が並んでいる。シガレットケースだった。

「煙草、吸うんですか」知らなかった。

「あかんの？　ここ、禁煙やないでしょ」

小夜子はウェイトレスにケーキセットと灰皿を頼んだ。煙草をくわえ、ゴールドのカルティエで火をつける。「——で、話はなんですか」守屋のほうに向き直る。

「端的にいうと、相続要件の確認ですわ。西木尚子、中瀬朋美の代理人として、両人遺留分のほかに中瀬耕造さんの預貯金の半分と有価証券の半分を支払うよう要求します」

「そう。それだけ？　話は」

「ま、現時点では」守屋はうなずく。

「お断りします」

小夜子は守屋と朋美を見て、低くいった。「相続は公正証書の記載どおりすすめます」

「武内さん、遺留分は認めますよね」

「なんです、それ」

「遺留分をご存じないんですか。故人の一方的な遺言によって侵害された相続権の半分を補塡するよう要求するのが遺留分減殺請求です」

「そんな難しいことといわれても分かりませんわ。わたし、来年で七十ですよ」

「本来、故人にとって他人である武内さんに相続権は発生しませんが、公正証書遺言で、羽曳野市翠が丘の土地及び家屋を除く他の財産のすべてを包括して遺贈するとされてます。……つまり、武内さんは〝公正証書相続人〟であり、西木尚子さんと中瀬朋美さんは法定相続人であるという前提で、これからの話をします。よろしいですか」

守屋は言葉を切り、小夜子を見る。小夜子はさも嫌そうにうなずいた。

「だから、この遺留分によって、法定相続人の西木、中瀬姉妹は、中瀬耕造氏の遺産の半分を、公正証書相続人の武内さんに請求できる。……異論はないですね」守屋はつづけた。

「異論もなにも、法律でそう決まってるんでしょ」

「そこで、遺留分相続の対象ですが、故人所有の藤井寺のマンション『エンブル藤井寺』５１８号室の評価額と故人の預貯金、株式等有価証券の総額を、公正証書相続人と法定相続人の双方で確認する必要があります」

「あ、そう。確認してくれたんですか」

「わたしはそうはいってません。総額を確認するために、故人名義の銀行の通帳や株式の取引履歴を提示して欲しいんですわ」

「守屋さんは弁護士の先生でしょ。調べたらええやないですか。預金も株も」

「通帳類と有価証券はあなたが保管してます」

「耕造さんは株なんか持ってなかった。銀行の残高なんて、みんな足して一千万もなかったし、わたしは耕造さんの葬式代も半分、出したんです」

「中瀬さん、故人は株取引をしてましたか」朋美は訊かれた。

「はい。してました。株券を見たこともあります」答えた。

「あんたら、なんの芝居してんのよ」

小夜子が嚙みついた。「ほな、調べんかいな。大阪中の証券会社に電話して」

「それはもちろん調べます」

守屋がいった。「こちらの試算として、『エンブル藤井寺』の評価額が三千万円、預貯金と有価証券が少なく見積もって三千万円。計六千万円が遺留分の対象になると考えてます」

「根拠はなんですか、その根拠は。この〝法定相続人〟に訊いたんですか」

小夜子はふてくされたように朋美を見る。

「武内さん、法定相続人の西木、中瀬姉妹は、遺留分の権利を行使することを伝えましたから、あなたが、故人の預貯金をこれから勝手に引き出したり、株を換金して、法定相続人が本来受けとるべき遺留分を侵害したら、わるくすれば刑事罰に問われますよ」

「問うたらいいやんか。裁判、けっこう。警察でもどこでも行って被害届出したら」

「いま、刑事告訴までは考えてません。しかしながら、民事訴訟は考えてます。提訴の際に記者会見もします」

「民事訴訟？　記者会見？　おもしろいわ。公正証書に勝てるもんなら、やってみいな」

「武内さん、あなた、短期間に転籍を繰り返してますね」

「なんのことよ」小夜子は吹き抜けの天井に向かってけむりを吐く。

「平成十五年に名城小夜子、平成十六年に黒澤小夜子、平成十九年に津村小夜子、平成二十一年に武内小夜子……。夫である名城善彦は白浜の真砂海岸で溺死。黒澤小夜子は、あなたの出生時の名前。津村泰治は大阪市大正区の特養で死亡。武内宗治郎は徳島県美馬郡つるぎ町で自動車転落事故により死亡。中瀬耕造は富田林の病院で死亡。……たった九年間で、あなたの関係した人間が、それもあなたと相続関係を有する人間が四人も死んで、うちふたりは不自然かつ突発的な事故死。……民事訴訟にいたった場合、裁判官がこれらの事実をどう判断するか」

守屋はゆっくり、小夜子の反応を確かめるように話をつづける。「当然ながら、裁判において、わたしは証人尋問申請をします。武内宗治郎氏の公正証書遺言の証人である新井欽司、柏木亨。中瀬耕造氏の公正証書遺言の証人である柏木亨、瀬川頼子。あなたが羽曳野の中瀬家に連れてきた、あなたの娘と称する帝塚山在住の女性……。柏木亨氏は結婚相談所『ブライダル微祥』グループの経営者であり、この『ブライダル微祥』の紹介によって、あなたは武内宗治郎氏と中瀬耕造氏を知った。ちがいますか」

「…………」小夜子は黙りこくっている。さっきまで、あれだけ喋っていたのに。

「どうです。民事訴訟を受けて立ちますか」

「…………」小夜子は下を向き、煙草を揉み消した。

「あなた、武内宗治郎氏の遺族年金を受けとってますね。武内氏が購入した西区北堀江のマンション『プリムローズ堀江』の一室を相続し、なおかつ甲陽園の武内邸の敷地百五十坪のうち四分の三を相続請求している。……あなたが武内家から籍を抜かず、中瀬耕造氏の内妻として公正証書を作成したのは、武内宗治郎氏の遺産が狙いやないんですか」

「…………」小夜子は小さく舌打ちする。

「はっきりいいましょうか。あなたは柏木亨と共犯関係にあり、『ブライダル微祥』を介在させて資産家老人を物色し、これを籠絡《ろうらく》して入籍もしくは公正証書遺言状を作成させ、同様の手口で多大な遺産を詐取している。そう、世にいう〝後妻業〟です。武内さん、あなた、後妻業の先兵ですわ」

守屋が後妻業といったとき、小夜子の視線がわずかに揺れた。

「どうしました。考えを聞かせてください」守屋は迫る。

「ちょっと待って」

小夜子は顔をあげた。「あることないこと一方的にいわれたら、考えがまとまらへん。またにして」

「なにを、またにするんですか」

「話し合いやんか」

「わたしはまだ、あなたの答えを聞いてません」

「しつこいね。後妻業て、いったいなんのことよ」

「それは自分の胸に訊くべきでしょう」

「なにがいいたいのよ、あんた。要求があるんやろ」

「だから、要求はいいました。遺留分の三千万円。……その上に、あなたや柏木亨氏の違法性と犯罪性を勘案して、二千万円を支払うよう要求します」

「盗人猛々しいわ。五千万やて？　なにを寝言並べてんねや」

「盗人云々はそのままあなたにお返ししましょう」

守屋は冷静だ。表情ひとつ変えない。「中瀬耕造氏の遺産は、藤井寺のマンションを含めて少なくとも六千万円。所有株の値上がりを換算すると、一億円を超えているかもしれない。半額の五千万円を要求するのは、盗人の所業ではないでしょう」

「わたしはね、その澄ましかえった言いぐさが嫌いやねん。要するに、五千万をくれと脅してるんやろ。弁護士のくせに公正証書をなんやと思てんのよ」

「公正証書の正否は問いません。日本は法治国家です。遺言の内容を枉《ま》げるようなことはできません」

「あんた、狸やね。襟のバッジは代紋かいな」

「このごろの組員はバッジなんかつけてません。それだけで逮捕されるんやから」

「またにして。しんどいわ」

投げるように小夜子はいう。「あんたの話はややこしい。考えさして」

「返事はいつ、もらえますか」

「こっちから連絡するわ」

「期限を切りましょ。来週の土曜日までは待ちますわ」

「はいはい。待ったらええやんか」

さも面倒そうに、小夜子は腰をあげた。トートバッグを提げて喫茶室を出ていった。


「守屋くん、すごい。弁舌さわやか。あのゴキブリを追いつめた」

朋美はうれしかった。「気分がいいわ。いままで喉の奥につっかえてたモヤモヤがいっぺんに消えた感じ」

「あかん、あかん。安心するのは早い。おれは親父さんの預貯金とか有価証券を調べるというたけど、ほんまのとこは無理や。通帳も株の預かり証も持ってない人間に、銀行や証券会社が残高を教えるようなことはない」

「法定相続人でも？」

「むずかしいな。小夜子は故人の内妻で、公正証書遺言の相続人や。悔しいかな、現実的に太刀打ちできん。相続は話し合いやけど、主導権は小夜子にある」

「遺留分三千万円のほかに二千万円、要求したよね」

「ま、向こうがどう出るかやな。いまごろ、小夜子は柏木に電話しとるやろ」

「あとは待つだけ？　来週の土曜日まで」

「小夜子の履歴をもうちょっと遡ってみるか。名城善彦と結婚するまでの」

「わたしはもういい。同じように夫が死んでるんでしょ。そんなこと、知りたくないわ」

「中瀬がそういうんやったら、やめとこ。警察でもないのに犯罪をほじくり返してもな」

守屋はまた、あくびをした。「ごめん。行儀わるいな」

「早よ、帰り。ビール飲んで寝たらいいわ」

「ありがとう。ほな、帰るわ」守屋は伝票をとった。

「あかんよ。わたしが払う」

「中瀬は女の子やろ」

おれは男や——。いって、守屋はレジへ向かった。

※　　※

土曜の昼、小夜子に電話した。

——おれや。なんで報告せんのや。

——なんのことよ。

——中瀬の娘と弁護士に会うたんとちがうんかい。

——会うたよ。別にどうってことなかったわ。

弁護士の名は守屋達朗《たつろう》。西天満の『守屋法律事務所』だという。

——あほみたいな話をしよった。遺留分三千万と、それとは別に二千万を寄越せ、やて。頭おかしいわ。

——蹴ったんか。

——あたりまえやろ。あんなもん、相手にしてたらしんどいだけや。

——しかし、遺留分は払わんといかんぞ。

——あいつら、うちのことを調べてた。名城が白浜で死んだとか、武内が徳島で死んだとか。警察でもないのに、なに考えてるんや。

——待て。そこまで知ってんのか。

——どうってことないわ。名城も武内も籍入れてたし、疚《やま》しいことなんかあらへん。

——津村のことはどうなんや。

——特養で死んだとかいうてた。

——元木はどうなんや。名城の前の。

——それは聞いてへん。

——まさか、提訴するとかいわんかったやろな。

——そんなこともいうてたわ。民事訴訟を受けて立ちますか、と生意気に。

——それ、録音したんか。

——したよ。レコーダーに。

——聞きたい。持ってきてくれ。

——うちはしんどいねん。さんざっぱら弁護士にいじめられて。聞きたいんやったら、あんたが来んかいな。

——そっちには博司がいてるんやろ。

あの男に会ったら、また金をせびられる。

——なんか勘違いしてへん？　あんたをうちの部屋に入れるわけないやろ。

——ほな、近くの喫茶店《さてん》にでも出てこいや。そこで会お。

——いちいち、うるさいね。会うんやったら明日にして。いまから風呂に入るねん。

——何時や。明日の。

——一時。ロイヤルホテル。ロビーラウンジ。

——分かった。レコーダー、忘れんなよ。

電話を切った。

くそ婆、なに考えとんのや——。吐き捨てた。

14

日曜日、午前七時——。此花《このはな》の団地へ橋口を迎えに行き、車に乗せた。今日の訊込みのために、橋口はスーツを着ている。

「直美《なおみ》ちゃんに挨拶しょうと思たのに、出てこんかったな」

橋口の妻は直美という。本多が現役のころは、よく家に行って飯を食わせてもらった。

「よめはん、一昨日から子供連れて、田辺の実家に帰ってるんや」

「喧嘩したんかい」

「そんな元気はない。姪の結婚式や」

「それやったら、橋やんも出席せなあかんやろ」

「わしは向こうの親戚からつまはじきなんや。大酒飲んでクダまくいうてな」

「酒癖、わるうないがな」

「それはおまえ、仮の姿や。芳やんにからんだら殴られるもんな」

暴対の刑事には珍しく、橋口は小柄だ。術科訓練の成績はいつも最低ランクだった。

「で、どこから行くんや。レンタカー屋」

「まず、新大阪駅やな」

『ブライダル微祥』は江坂にある。江坂からいちばん近い大手レンタカー会社は新大阪駅そばの『レンタカーキンキ』だ。

「なんぼほど、まわるつもりや」

「とりあえず四社。北大阪のな」

「当たり籤は出そうか」

「どうやろな」

勝算はない。小夜子と共犯者が滝見の現場から離れるときに車を使ったことは確かだと思うが。

「芳やん、わし、朝飯食うてへんのや。よめはん、おらんし」

「おれも食うてへん。我慢せいや」

「こき使いよるな」

橋口はサイドウインドーを少しおろして、煙草に火をつけた。

新大阪の『レンタカーキンキ』——。パーキングに車を駐めて営業所に入った。カウンターの係員に橋口が手帳を提示する。一昨年九月八日の貸出記録を教えて欲しいといった。

「客の名前は柏木亨。返却は九月九日のはずですわ」

「カシワギトオルさまですね。二〇一〇年の九月八日」

係員はパソコンのキーを叩く。

「記録は何年ほど残ってるんですか」

「当社は三年です」

ただし、営業所の端末からは大阪府内の貸出記録にしかアクセスできないという。

結果はすぐに出た。〝カシワギトオル〟はヒットしなかった。

「申しわけありません。お役に立てなくて」

「いや、申しわけないのはこっちですわ。忙しいとこ、すんませんでしたな」

橋口と本多は営業所を出た。

「次は？」

「千里の『レンタカーウェスト』」

車に乗った。


レンタカーウェスト、トヨタレンタカー、日産レンタカー、どれも駄目だった。あとは徳島へ行くしかない。

「橋やん、飯食お。食うたら徳島につきおうてくれ」

「ちょっと待てや。いまから四国へ行くんかい」橋口は眉根を寄せる。

「そのために、車に乗ってきたんや」

「そら、四国も日本やからつきあうけど、今日中に帰してくれよな」

月曜の朝は装備点検だという。

「徳島まで長道中や。橋やんは寝とけ」

「いわれんでも寝る。金比羅《こんぴら》さんでも寄ってくれ」

「金刀比羅宮《ことひらぐう》は香川県やろ」

ＣＤデッキにディスクを入れた。


豊中のファミリーレストランで昼食を摂り、阪神高速神戸線から神戸淡路鳴門自動車道、淡路島を縦断して徳島県に入った。橋口はシートを倒して寝息をたてている。

徳島のレンタカー会社はあらかじめ調べてきた。県内の拠点営業所だ。その大半——五社のうち四社——は徳島市内にある。

鳴門インターで高速をおりた。国道11号を南下する。

「橋やん、起きろや」

「おう、どこや」

橋口はシートを立てて周囲を見る。「徳島かい」

「まだ二時半や。神戸線が渋滞してなかったから早かった」

ナビを見ながら、住吉を目指した。徳島県内最大手の『シコクレンタカー』が徳島空港の近くにある。

「コーヒーでも飲むか。疲れたやろ」

「コーヒーはあとにしよ。一軒、込《い》みを入れてからや」

「熱心やのう。芳やんは」

橋口は頸をこくりと鳴らした。

住吉の『シコクレンタカー』——。〝カシワギトオル〟はヒットしなかった。


住吉から徳島駅に向かった。

徳島本町の『新阿波レンタカー』——。営業所に入った。橋口は警察手帳を提示し、二〇一〇年九月八日の貸出記録を調べてもらうよう依頼する。女性係員は了承して、モニターに当該日のデータを出した。

「七台、出車してますね」

「柏木亨いう名前は」

「ございます」

「えっ……」

思わず、口にしたのは本多だった。「柏木亨にまちがいないですね」

「はい。ヴィッツをレンタルされてます」

係員はモニターをこちらに向けた。右下に運転免許証をコピーした画像がある。濃いめの茶髪、細い眉、にやついた遊び人ふうの顔は、まさしく柏木だ。

ヴィッツの登録ナンバーは『徳島・50・わ・18××』、車台番号や走行距離も載っていた。

「この画面、プリントしてもらえますか」

係員はうなずいてマウスをクリックした。プリンターが作動する。

「これ、返却は九月九日の午前三時十分になってるけど……」

本多はモニターを覗き込んで訊く。「電車、動いてないですよね」

「はい、そうですね」高徳線の始発は五時四十三分だという。

「どういうことやろ」

「始発の時間まで、どこかでお待ちになったんじゃないですか」

それはないと思った。JRの始発まで二時間半もの間がある。徳島・大阪間の鉄道のアクセスはわるく、香川県の坂出から瀬戸大橋を渡って岡山を経由するしかルートはない。

「徳島港から和歌山港にフェリーが出てますよね。始発は何時ですか」

「三時です。午前三時」

「その次は」

「五時四十分です」

徳島から和歌山に渡った可能性も薄い。

プリンターから紙片が出た。本多が受けとる。礼をいい、営業所を出て車に乗った。

「芳やんの執念の捜査、実ったな」

「橋やんのおかげや。よう徳島までつきおうてくれた」

「わしはなにもしてへん。車ん中で寝てただけや」

「出車は九月八日の十三時二十分。返却は九日の三時十分」

本多は記録用紙を見る。「どう思う。橋やんは」

「柏木は自分の車で徳島に来た。徳島駅近くのコインパーキングにでも車を駐めて、ヴィッツを借りた。……帰りはヴィッツを返してから、自分の車に乗ったんやろ」

「ヴィッツを返すとき、助手席に小夜子が乗ってたんかな」

「わざわざレンタカーを借りるようなまわるやつが、そんな緩いことするかい。小夜子を自分の車に乗せてからヴィッツを返したんや」

「橋やん、あとひとつだけ頼みを聞いてくれ」

「帰りは運転せい、てか」

「いや、柏木の車を知りたいんや」

「どうやって」柏木の個人データで所有車までは分からないという。

「江坂へ行く。柏木のマンションや」

吹田市江坂八丁目の『ビスタ旭』１２１２号室――。公正証書に記載されていた。

「芳やん、代われ。わしが運転する」

「すまんな」

本多は車を降りた。橋口は助手席から運転席に移動した。


江坂に着いたのは七時すぎだった。ナビの誘導で住所地まで行く。

〝八丁目五番三号〟の『ビスタ旭』はすぐに見つかった。二十数階建の高層マンション。敷地も広い。駐車場は地階だ。

橋口は駐車場に車を入れた。打ち放しの柱のあいだに百台あまりの車が並んでいる。

「管理人、おるんかな」

「おるやろ。これだけ大きなマンションや」

ワンフロア二十室として四百戸以上はありそうだ。

スロープのそばに車を駐め、橋口とふたり、階段で一階にあがった。エントランスホールは吹き抜けで、壁面と床にアイボリーの大理石を張りつめている。金のかかったインテリアだ。

玄関脇にカウンターがあった。ひとはいない。

カウンター上の呼び鈴を鳴らすと、横のドアが開いて初老の男が現れた。

「すんませんな。大阪府警です」

橋口は手帳を見せた。男は一瞥して、

「なんですやろ……」固い表情でいった。

「ここは分譲マンションですか」

「そうです」

「１２１２号室の住人は柏木さん？」

「の、はずです」

「確認してもらえますか」

男はカウンターの抽斗からファイルを出した。眼鏡をかけて手早く繰る。

「柏木亨さんです」

「同居人は」

「ここには書いてませんね。たぶん、おひとりです」

「柏木さんを知ってるんですか」

「はい。お顔は分かります」

「職業は」

「いえ、そこまでは」

「柏木さんの車は」

「えーっと……。駐車契約は〝アウディA8〟ですね」

登録ナンバーは『大阪・300・い・90××』だという。

「一昨年の九月時点でも同じ車でしたか」本多が訊いた。

「と思いますけどね」

男はファイルに視線を落とす。「――ああ、前の車は抹消してますね。去年の二月に変更されてます」

「アウディの前の車は」

「BMWです。〝BMW740〟」

ナンバーは『大阪・300・ま・21××』――。本多は手帳に書きとった。

「どうも、ありがとうございました。我々のことは口外せんように頼みます」

「なにかあったんですか、柏木さん」

「捜査の一環ですわ。事件というほどのものでもない」

適当にいってカウンターを離れた。地階に降りる。車に乗った。

「橋やん、Nシステムにあたってくれへんか」

「ヴィッツとBMWか」

「〝徳島・50・わ・18××〟〝大阪・300・ま・21××〟」

手帳にナンバーを書き、ちぎって橋口に渡した。「それと、今日の日当や。少ないけど、五万でええか」

金を差し出す。すまんな――。橋口はナンバーといっしょにポケットに入れて、

「あたってはみるけど、Nシステムはあかんで。一昨年のデータが残ってるとは思えん」

「ま、橋やんのいうとおりやろ。柏木が徳島でレンタカーを借りた物証《ブツ》をつかんだだけでも上出来や。柏木と小夜子をいわしたる」

本多は駐車場を出た。新御堂筋の側道を南へ向かう。橋口を此花に送っていくのだ。

「二匹をいわしてどないするつもりや。金になるんか」

「さぁな、おれは悪党を追い込むのがおもしろいのかもしれん。長いこと忘れてた刑事《デカ》の感覚や。

……きれいごとやない。金にはする。おれは自分で餌をとらんと斃《たお》れてしまう野良犬やもんな」

そう、金にはする。百万や二百万の端金《はしたがね》ではない。冴子に家を買ってやれるような金だ。

「深みに嵌まるなよ。よめはんより馴染んでた相棒が引かれるとこは見とうない」

「塩梅は分かってるつもりや。腐れといっしょに溺れるような真似はせえへん」

「芳やん、飲むか。どうせ帰っても、よめはんおらへんのや」

「おれはかまへんけど、明日は装備点検とちがうんかい」

「あんなもんは二日酔いでもできる。ミナミへ行けや」

帰りは代行を頼め、と橋口はいう。本多は西中島から新御堂筋にあがった。

※　※

九月二日――。柏木は中之島のリーガロイヤルホテルのロビーラウンジで録音を聴いた。レコーダーを耳にあてているから音は洩れない。最後まで聴いて電源を切った。

「どうよ。分かった」アイスコーヒーの氷をストローで弄《いじ》りながら小夜子がいう。

「これはめんどいぞ。こいつらは本気や」

民事訴訟になったら地裁に召喚される。柏木は武内宗治郎と中瀬耕造だけではなく、津村泰治の公正証書遺言の証人にもなっているのだ。

「おれは五年ほど前、連れの裁判で証人席に立たされた。あれはほんまにうっとうしい。宣誓して、嘘をいうたら三カ月以上十年以下の懲役や」

「なにもいわんと黙ってたらええやんか」

「証言拒否は十万以下の罰金か拘留や」

柏木は証言した。連れは有罪になったが、執行猶予がつき、収監はされなかった。以来、音沙汰はない。

「この弁護士は後妻業やと、はっきりいうとる。あんたとおれは共犯関係にあり、資産家老人を物色して遺産を詐取してる、ともな」

「どうせ脅しや。何人死のうが、証拠もないもんをどないもできへんわ」

他人事《ひとごと》のように小夜子はいう。この女には罪悪感がないが、危機感もない。

「中瀬名義の通帳、持ってるんか」

「ゆうちょと大成と大同、三冊ある」

「遺族年金は」

「ゆうちょや。まだ受けとりの手続きしてへんけど」

「ゆうちょを残して、ほかの口座は解約せい。おろした金は箪笥の中に隠しとけ」

「あんた、怖いんかいな。弁護士が」

「舐めるな。まがりなりにも相手はプロやぞ。提訴されて記者会見なんぞされてみい、マスコミが嗅ぎつけて、どえらい騒ぎになる」

「記者会見？　芸能人でもないのに」

「知らんのか。提訴のとき、弁護士が地裁の司法記者クラブに声かけるんや。記者は訴状に興味があったら、会見場に集まる」

「そしたら、うちはワイドショーに出るんかいな」

小夜子は薄ら笑いを浮かべる。「どんな服、着よかな」

「くそぼけ。笑いごとやないんやぞ。警察は世論で動く。三浦事件、愛犬家殺人事件、婚活殺人事件、どれも始めは週刊誌やテレビが取りあげたんや」

「えらそうにいいなや。うちかて分かってるわ。もしほんまに、うちが逮捕されたらどうなんのよ。中瀬の娘は金を取りはぐれるんやで。弁護士の同級生やったら、それくらいの損得勘定はできるはずや」

「相手を怒らせるな。民事訴訟はともかく、記者会見だけはあかん。金で済むことなら金で片つけんかい」

「誰が五千万も払うんよ。汗水たらして稼いだ金を」

「要求どおりに払えとはいうてへん。五千万は無理でも、四千万ぐらいはくれてやれ」

「それやったら、あんたも金出さんかいな。こないだから、なんぼとったんや」

大成銀行古市支店の総合預金口座から千九百五十万円、清和証券扱いの株式売却代金から九百六十万円——。小夜子はいって、「二千九百十万もとったくせに。二千万ぐらい出しても罰は当たらへんで」

「藤井寺のマンションはどうなんや。自分の名義にしてるやないか」

「あれは売るねん。欲たかりの娘ふたりに遺留分をくれてやらんとあかんしな」

「とにかく、こっちからは動くな。おれは新井に相談してみる」

司法書士の新井は知っている。小夜子を籍に入れた老人と公正証書遺言を作成させられた老人が次々に都合よく死ぬことを。新井はしかし、そのことをおくびにも出さない。

「弁護士は期限を切ってきたんやで。土曜日までに返事せいと」

「段取りはおれがする。ごちゃごちゃいうな」

遮った。「とにかく、おれがウンというまではじっとしとけ。弁護士がなにかいうてきよったら、おれに報告するんや。ええな。分かったな」

小夜子はふてくされて柏木を睨む。柏木は話を変えた。

「舟山のほうはどうなんや。ええ加減に公正証書まけよ」

「うるさいねぇ。今日、話すわ」

「会うんか、舟山に」

「会うよ。わるい？」

「どこでや」

「このホテルやんか」部屋をとったという。

「それで、おれを呼びつけたんか。中之島まで」

「いちいち、うっとうしそうにいいなや。あんたが録音聴きたいというから来たんやで」

「部屋代は」

「うちが払う」

「まさか、鯛でエビ釣ってんやないやろな」

「あのひとがいうたんや。『ロイヤル』に泊まりたいって」

「何時に会うんや」

「二時」

腕の時計を見た。あと二十分だ。

「あんた、帰りぃな。コーヒー代、払うといて」小夜子は手を振る。

「いいや。舟山に会う。顔が見たい」

柏木は『微祥』の入会申込書に貼られた舟山の写真と資産届を見ただけだ。小夜子をセックス狂いにさせている爺を、この眼で確かめたい。

「いうとくけど、挨拶だけやで」

「分かってる。なんべんもいうな」

ＩＣレコーダーをしまえと、小夜子にいった。


舟山は十分前に現れた。オールバックの白髪、縁なしの眼鏡、胸にピンクパンサーを編み込んだサマーセーターにだぶついたゴルフズボン、七十代にしては長身だ。小夜子に連れがいるのを見て怪訝な顔をした。

柏木は立ちあがった。

「ブライダル微祥の柏木と申します」

名刺を差し出した。舟山もエルメスのカード入れから名刺を出す。

《舟山喜春　東大阪市瓢箪山町3―2―12》――。肩書も電話番号もなかった。

「洒落た名刺ですね」

「ぼくは隠居ですから」

舟山はソファに腰をおろした。柏木も座る。

「あなたが微祥の所長さんでしたか。お若いですな」

「見た目が若いだけですわ。けっこう齢食うてます」

柏木はウェイトレスを呼んだ。「なに飲まれます」

「ビールをいただきましょう」

舟山はいい、ウェイトレスは伝票をとって離れていった。

「ごめんなさい。武内さんから舟山さんのお噂をお聞きしまして、一度、ご挨拶をしようと同席しました」

「ご丁寧に、すみませんな」

如才なく、舟山はいう。左手の中指にダイヤの指輪、手首に水晶玉のブレスレット、時計は金無垢のブルガリだ。

「会社は息子さんに任せてはるそうですね」

「ぼくはノータッチです。手がけている住宅地の分譲を新聞のチラシで知るくらいですからね」

舟山の言葉は丁寧だが、なにかしらひっかかる。口もとは笑っているが眼は笑っていない。京都の美山町の出なのに、訛《なま》りがないのも気になった。

「お若いときから大きな商売してはったみたいですね」探りを入れた。

「バブルのころでしょう。柏木さんには実感がないと思いますが、日本中に札束が舞ってましたね。昨日買った坪百万円の土地が今日は百五十万円で売れる。一千万円で買った絵を、画商が二千万円で買いもどしに来る。土地、株、ゴルフ会員権……。倍々ゲームで値上がりする。いくらなんでもおかしいと、ぼくは徐々に事業を縮小していったんです」

九一年にバブル崩壊。数億円の損失を被ったが、深手は負わなかったという。「不動産業界で生き残ったのは、十社に一社あるかないかでしょう。でも、同業他社が淘汰されたおかげで仕事が途切れることはなかった。バブルの置き土産とでもいいますかね」

　調子に乗って舟山は喋る。胡散臭い自慢話を。

「失礼ですけど、地上げとかしてはったんですか」

「地上げね……。あれは博打ですよ。勝てばもっと大きな博打に誘われるし、負ければそこで潰されてしまう。まっとうなディベロッパーがするもんじゃありません」

「それで、いまは悠々自適ですか。羨ましいですわ」

「運ですよ、運。ひとは誰でも努力しますが、必ずしもその努力が報われるわけじゃない。人生の岐路と転機において、ぼくはたまたま、いいほうに転がっただけです。……といっても、ぼくにはもう時間がない。元気なうちに武内さんと知り合えたのは、これも運でしょうな」

　舟山は脚を広げ、膝のあいだに両手を下げて小夜子を見る。小夜子はさもうれしそうにうなずいた。

　こいつ、堅気やない――。柏木は思った。むかし柏木組に出入りしていた連中と同じものごし、ものいいだ。ヤクザの息子にはヤクザの匂いが分かる。

　しかし、舟山の話はどこまでほんとうなのか――。ヤクザは見栄で生きているから平気で嘘をつく。資産届の内容も確かめたわけではない。

「瓢簞山から電車で来られたんですか」

「いや、タクシーです」

「四輪駆動の車に乗ってはるそうですね」

「むかし、造成地によく行きましたからね」

「レンジローバー？」

「そうです」

舟山はうなずいて、「柏木さんは」

「アウディです」

「あれも四輪駆動でしょう。〝クワトロ〟とかいったかな」

「お詳しいですね」

「好きなんです。車が」

そこへ、ビールが来た。舟山は口をつける。

「失礼しますわ」

柏木はいった。舟山と小夜子に頭をさげる。「おふたりがうまく行くよう願ってます」

伝票をとって立ちあがった。


江坂の事務所にもどった。

「電話は」薗井に訊いた。

「二件です」

ブライダル樹祥から一件、晋山閣の本田から一件だという。日曜日の今日、曾根崎の晋山閣では出会いパーティーが開かれている。

「本田の用件は」

「次回の食事会の日取りやと思います」

「分かった」

所長室に入った。デスクトップのパソコンを立ち上げる。『グーグルマップ』をクリックし、舟山の名刺の住所を入力した。〝東大阪市瓢箪山町3―2―12〟――航空写真の地図が出る。少しずつ拡大したが、表示マークのついた家は一戸建ではなく、陸屋根《ろくやね》の集合住宅だった。

どういうことや――。俯瞰《ふかん》地図から地上画面に切り替える。その集合住宅はマンションというより、古ぼけた三階建のアパートだった。周辺に大きな家はない。

舟山の入会申込書をデスクに置き、新井の携帯に電話をした。出ない。十回以上コールしてつながった。

――新井です。

――お休みのときに申しわけない。柏木です。いま、いいですか。

――はい、どうぞ。

――月曜日に登記簿謄本をとって欲しいんですわ。

――商業登記？

――両方です。商業登記と不動産登記を。

――ちょっと待ってください。メモします。

――すんませんな。

柏木は申込書を広げた。

――会社名はカタカナで『グランシップ』、不動産業です。オーナーの舟山喜春は瓢箪山に千二百坪の土地と賃貸マンション二棟を所有してるから、不動産登記簿で確認してくれますか。

――フナヤマの字は。

——舟はシュウ、山、喜ぶ、季節の春です。

——住所は。

——東大阪市瓢箪山町三の二の十二。

——月曜の朝イチで、事務所の人間を法務局にやります。

手数料は一万円、謄本は微祥までとどけます、と恩着せがましく新井はいった。

柏木は電話を切り、着信メールを見た。繭美から四件目のメールが三十分前にとどいている。しつこい女だ。いくら男にメールしても返信がないのは、捨てられたと認識すべきだろう。繭美には厭きた。金もかかる。〝費用対効果〟は理紗のほうがずっといい。

『アイビス』の渡辺《わたなべ》に電話した。

——所長、どうも、お久しぶりです。

渡辺はいきなり、そういった。いつも調子がいい。

——今日はなんです、麻雀ですか。

——いや、女の子を紹介したいんや。デパートの美容部員。齢は二十歳すぎ。

——そら、願ってもない話です。経験は。

——いま、新地のラウンジでバイトしてる。週に三日。

——バンスは。

——そんなもんはない。

渡辺には微祥の会員で関係を持った女を、何度か紹介したことがある。

——おれが保証する。ええ女や。日給二万でどうや。

——美容部員やったらまちがいない。日給二万。けっこうです。

『アイビス』はラウンジではなく、クラブだ。場所は新地本通の真ん中。客筋はよく、ホステスも十人以上いる。『アイビス』なら理紗も不満はないだろう。

——マネージャーに話とおしときますわ。いっぺん、連れてきてください。

——ああ、連れていく。

電話を切り、理紗にかけた。電源を切っている。理紗は日曜日も仕事だ。

パソコンを切って所長室を出た。

「打ち合わせや。ミナミへ行く」薗井にいった。

「もどります?」

「分からん。長引くかもしれん」

「お疲れさまです」

どうせ麻雀をするか、女と会うのだろう——、薗井の顔がそういっていた。

15

月曜日——。昼すぎ、新井から電話があった。舟山喜春の不動産登記簿と商業登記簿をとったという。

——おたくへ持って行かせましょうか。

——いや、取りに行きますわ。話もあるし。

——そうですか。じゃ、待ってます。

柏木は所長室を出た。薗井がデスクに鏡を置き、睫毛にビューラーをあてていた。

「長いんやな、睫毛」

「そうですね。普通よりは」

「それ以上、きれいになってどうするんや」

「所長だけです。そんなこといってくれるの」

蘭井は鏡に見入っている。確かに、男好きのするきれいな女だが、勝ち気で我が強い。つきあう男に不自由はないようだが、長続きはしないらしい。

「ちょっと、『ダリア』に行ってくる」

「ついでに、いいですか」

蘭井は顔をあげて、「コンビニで収入印紙を買ってきてください。十枚か二十枚」

「あっちに誰かおるやろ」

隣の302号室を事務所、こちらの301号室を受付と所長室にしている。

「野村《のむら》さんに頼まれたんです。収入印紙が欲しいって」

「おれは野村のパシリかい」

所長が部下に使われるのだから世話はない。

ビルを出て横断歩道を渡った。斜向かいのビルに入り、二階にあがる。ダリア司法書士事務所のドアを引いた。

「新井先生は」

「どうぞ、こちらです」

入口横の応接室に通された。テーブルに麦茶のグラスがふたつ置かれている。灰皿を引き寄せて吸いさしの葉巻に火をつけた。

ノック――。新井が入ってきた。安っぽいグレーのスーツに紺のネクタイ、てかてかのビジネスシューズも見るからに安物だ。

「いい香りですね」

「あぁ、これね」葉巻だ。

「部屋の外からでも分かりますよ。柏木さんがいらしたと」

新井は葉巻の匂いが嫌いなのだ。それならそうといえ。

「舟山喜春。大した資産はありませんね」

新井は茶封筒から不動産登記簿謄本と商業登記簿謄本を出してテーブルに置いた。「瓢箪山に千二百坪の土地なんかないし、マンション一棟も所有してません」

「やっぱり……」そんな予感がしていた。

「舟山の資産といえるのは、瓢箪山町三丁目の土地建物だけです」

グーグルマップで見た、三階建のアパートだろう。

柏木は登記簿謄本を手にとった。土地と建物が一通ずつある。

《所在――東大阪市瓢箪山町参丁目
地番――弐番地壱弐
地目――宅地
地積――弐〇壱・四七㎡
所有権移転――昭和六参年壱月壱壱日受付
原因――売買

所有者――大阪市旭区杉井八丁目参番弐七号　舟山喜春》
《所在――東大阪市瓢簞山町参丁目弐番地壱弐
家屋種類――居宅
構造――鉄骨造三階建
床面積――四弐〇㎡
原因及びその日付――昭和五五年九月四日新築
登記の日付――昭和五五年九月壱四日
所有権以外の権利――根抵当権設定　平成弐年五月壱六日
債権額――金参千七百万円（利息　年七％）
抵当権者――大阪市東区本町四丁目参番地　株式会社三協銀行》

瓢簞山町三丁目の三階建アパートは昭和五十五年に新築され、昭和六十三年に舟山が買いとったと読みとれた。舟山は平成二年、アパートを担保に三協銀行から三千七百万円の融資を受けているが、根抵当権は抹消されておらず、返済した記録はない。

「瓢簞山の六十坪はなんぼくらいですかね」柏木は訊いた。

「地図を見ると、三丁目は瓢簞山駅から五百メートルくらいでした」

新井は肘掛けにもたれて、「徒歩六、七分……。坪七十万として、四千二百万円くらいですか」

「抵当が抜けてないということは、舟山の資産は微々たるもんなんや」

「そういうことでしょうな」

舟山はレンジローバーに乗っているといったが、いったい、いつの登録だ。十年落ちのレンジローバーなら査定額は五万、十万だろう。

「この男は食わせ者ですか」新井は訊く。

「おれが思うに、堅気やなさそうです」

「ヤクザですか」

「それは分からん。顔に〝ヤ印〟つけてるわけやないから」

『グランシップ』もいい加減な会社ですよ」

新井は商業登記簿を取りあげた。「不動産売買、賃貸借権管理及び仲介、宅地造成、分譲及び建売、不動産鑑定及びコンサルティング、室内外装工事、ビルメンテナンス及び清掃、植樹等の緑化事業、倉庫保管業務……。こんな、なんでもありの胡散臭い定款も珍しいですね」

「会社の設立は」

「昭和五十八年三月です」

資本金は三百万円。代表者は舟山喜春、取締役は舟山喜宣《よしのぶ》ほか二名だという。舟山は息子に会社を任せているといったが、そこは嘘ではないようだ。

「分かりました。これ、いただきます」

柏木は謄本三通を封筒にもどした。一万円を新井に渡す。「――それともうひとつ、教えてもらいたいことがあるんやけど」

「はい、なんでしょう」

「こないだ、先生に公正証書遺言を書いてもろた藤井寺の中瀬耕造。死んだんですわ」

「ほう、いつ亡くなられたんですか」

「八月十五日。半月ほど前です」

「おいくつでした」

「九十一です。齢に不足はない」

葉巻を灰皿に置いた。「それで、中瀬の遺族が弁護士を立ててきた。相続人の武内小夜子に対して、中瀬耕造と入籍もしてないのに公正証書を作ったのはなにごとや、とね」

「なるほど。そういうことですか」

「なるほど、いうのは……」

「柏木さんには黙ってましたが、興信所の探偵が来たんです。本多とかいう無礼なやつだった」

「本多はなんの用で来たんです」

「弁護士からの依頼で、武内小夜子を調べているとね」

「で、先生は」

「無視ですよ、無視」

新井は舌打ちした。「ばかばかしい。あんなヤクザまがいの探偵に話すことなんかない」

「本多はなにを訊いたんです」

「武内宗治郎の公正証書遺言についてです。どういう理由で証人になった、と横柄に訊くから、追い返してやりました」

「本多はすぐに帰ったんですか」

「五分もいなかったでしょう」

新井は忌々しげに、「――柏木さんのところにも来たんですか、あのヤクザが」

「そう。来ましたね」

「それで……」

「おれも無視ですわ。探偵てなやつは人間のクズやからね」

本多が新井にまで眼をつけていたのは予想外だった。「本多がまた、なにかいうてきても、一切、相手にせんとってください。弁護士もね」

「柏木さんは弁護士に会うたんですか」

「直接には会うてません。武内さんに相談されたんです。公正証書遺言の証人として」

「弁護士の名は」

「守屋です。事務所は西天満」

「中瀬の遺族と代理人の守屋は公正証書遺言の内容について異議を？」

「いや、向こうの言い分は、判断能力の乏しい独居老人に署名捺印させたんは公序良俗に反する。よって、遺留分とは別に武内小夜子の相続額を減らせということですわ」

「そんなのは言いがかりだ。突っぱねればいいじゃないですか」

「ところが、向こうは提訴すると言いだした。……正直なとこ、武内小夜子にも弱みがある。彼女は二、三年ごとに入籍、除籍を繰り返してるからね」

「ま、それはそうかもしれませんな」他人事《ひとごと》のように新井はいう。

「守屋は武内さんに資料を突きつけて、あれこれ脅し文句を吐いたみたいです」

柏木は小夜子とつるんではいない、あくまでも第三者の立場で新井に話をしている、と思わせないといけない。

「どういう資料です」

「詳しいことは聞いてませんねん」

名城や武内の事故死など、いちいち新井に話すことはない。どうせ新井は知っている。

「相手方の提訴は本気ですか」

「本気ですね。そのために興信所まで使うてるんやから」

「しかし、裁判は困りますよ。柏木さんやわたしが証人申請されるのはまちがいない」

「記者会見もすると、守屋はいうたみたいです」

「そりゃあ、だめだ」

新井は真顔になった。「提訴をさせてはいけません。柏木さんもわたしも大迷惑です」

この狸はようやく、ことの重大さに気づいたらしい。

「中瀬の遺族の要求額は」新井は訊いた。

「遺留分を含めて、五千万です」

「中瀬耕造さんの遺産総額は」

「それが、はっきりいわんのです。武内さんは」

「公正証書どおりだと、いくらですか」

「羽曳野市翠が丘の土地家屋を除く他の財産のすべてです」

藤井寺のマンション、預貯金、株券――。「ぼくの見るところ、七、八千万やないかと思うんですわ」

「中瀬の遺族は何人です」

「法定相続人はふたり。姉妹です」

「それで、柏木さんのお考えは」

「金で解決がつくもんなら払うたらええと、ぼくは思うんですけどね」

「おっしゃるとおりです。向こうから要求額を明示してきたのは、かえって好都合です」

「遺留分を含めた五千万は妥当ですか」

「妥当もなにも、提訴されるよりはいい。払うべきです」

案の定、新井は逃げを打ちはじめた。小夜子と柏木の後妻業を知っているからこそ、公判の場に立たされることを恐れているのだ。

「ほな、ひとつ、頼みがありますねん」

「あ、はい……」

「武内さんにいうて、先生に電話させます。中瀬の弁護士の要求どおり、五千万を払えと、先生の口から武内さんにいうてください」

「柏木さんがそうおっしゃるのなら、わたしはやぶさかではありません」

なにが、やぶさかや。おまえはいままで、おれからどれだけ稼いだんや――。怒鳴りつけたいが、抑えた。

「司法書士の立場で不本意かもしれんけど、公正証書は万能ではないと、武内さんに言い含めてください。いざ裁判になったら、なにがどうなるや分からんとね」

「分かりました。そういいましょう」

新井はうなずいた。さも不機嫌そうに。

「すんません。失礼しますわ」

茶封筒を持って、柏木は応接室を出た。

※　※

橋口から電話があった。Ｎシステムはヒットしなかったという。

――交通課の連れに頼んだんや。はっきりとは分からんけど、Ｎシステムの記録は地域にもよるけど、三カ月ぐらいで消去、更新されるみたいやな。

――そうか。そら、しゃあないな。

――せっかく徳島まで行ったのに空振りやったな。

――いや、橋やんには面倒ばっかりかけてる。すまんかった。

――どないするんや、これから。

――ま、考えてみる。

――また、なんぞあったらいうてくれ。

――わるいな。そのときは頼むわ。

電話を切った。サイドミラーを見る。従業員が給油口のキャップを締めてそばに来た。満タンで三十八リッター。本多は料金を払い、スタンドを出た。

豊中、西桜塚――。バス通りのコインパーキングに車を駐め、瀬川頼子の家へ歩いた。四つ角から見ると、路地裏の棟割長屋は軒が波打っているのが分かる。

ブロック積みの門柱のボタンを押した。チャイムが鳴る。ほどなくしてドアが開き、瀬川が出てきた。本多をみとめて露骨に嫌な顔をする。

「なんやの。また、あんたかいな」

「憶えてくれてましたか」

「どこかの興信所やろ。辛気くさいね」

「今日は謝礼を持ってきたんですわ。ちょっとだけ、話を聞かせてください」

ジャケットの内ポケットから封筒を出した。

「なによ、それ。お金かいな」

「会社に無理いうて出さした調査協力費です」

封筒の口を広げて、中の一万円札を見せた。「十枚、あります」

「十万円……」

瀬川の表情が変わった。「なにを訊きたいのよ」

「立ち話もなんやし、家に入れてくれませんか」

「得体の知れんひとを独り暮らしの家に入れるわけにいかんわ」

「名刺を渡したのに破ったやないですか」

「あれは腹が立ったからや。なんべん結婚した、とかいうたやろ」

「すんませんな。失礼なことをいいました。つい口を滑らせてしまうのが、ぼくのわるい癖ですねん」

殊勝に謝った。さげる頭はいくらでもある。「南栄総合興信所の本多といいます」

「ま、ええわ。あんた、そんなにわるいひとやなさそうや」

気をとりなおしたように瀬川はいった。「狭いけど、入って」

いわれて、本多は家に入った。玄関は薄暗い。三和土《たたき》は半坪ほどか。手前が台所、奥に二部屋あるようだ。台所にあがって、ラッカーの剝げた椅子に腰かけた。

「はい、謝礼」

瀬川は手を出した。

「まだ、話を聞いてないやないですか」

本多は封筒から二万円を抜いた。「これは、こないだの迷惑料として」

「細かいんやね」

瀬川は二枚の札を四つに折ってジーンズのポケットに入れた。

「先に謝礼を渡したら、喋ってくれんひとがいてますねん」

「わたしかて、喋らんかもしれんで」

「知らんことまで話してくれとはいいません。警察やないんやから」

「あんた、元は刑事とちがうの」

「誰に聞いたんです」

「そんな気がしただけや」

「そう、ぼくは警察官でした。暴力団担当のね」

笑ってみせた。瀬川は柏木から聞いたにちがいない。

「お茶飲む？　冷たいお茶」

「お願いします」

瀬川は立って冷蔵庫の扉を開けた。本多はジャケットのポケットに手を入れてＩＣレコーダーの電源を入れ、録音ボタンを押す。ピンマイクは膝の上に置いた。

「暴力団担当の刑事て、何人くらいいるの」

瀬川はガラスコップにペットボトルの烏龍茶を注ぐ。

「ぼくが所轄にいてたころ、本部捜査四課は二百人、組対は五、六十人でしたね」

「ヤクザを相手にして怖くないの」

「一般人は怖いやろけどね。我々はマル暴担やったから、どうってことなかったですわ」

「いまもヤクザに顔利くの」

「あきませんね。バッジを外したら一般市民ですわ」

話が逸れていく。瀬川の無駄口にペースを合わせているからだ。「――こないだ、瀬川さんに訊きましたよね。武内小夜子さんには子供がいるんですか」

「そんなん知らんわ」

小夜子と顔を合わせるのは年に一、二度だという。「あのひととは友だちやないし、親しいもないしね」

「帝塚山に住んでる娘さんに心あたりはないですか」

その女の運転で、小夜子は羽曳野の中瀬の家に来たことがあったはずだ。

「それって、ミッちゃんとかいう子かな」

「ミッちゃん……」

「武内さんが連れてるの見たことある。齢は四十すぎくらいのきれいな子。確か、微祥の会員やと思う」

「微祥の会員……。上品そうな感じですか」

「下品ではないね。武内さんみたいにちゃらちゃらしてへんから」

「武内さんはちゃらちゃらしてますか」

「あの齢で、ようあんな格好するわと思う。化粧は派手やし、男に色目使うし、そのくせわたしらにはすごい偉そうな口きくもんね」

瀬川は小夜子を嫌っている。よく分かった。

「あ、そう。初耳やね」

「武内さんが黒澤いう名前やったことは知ってますか」

「武内さんに、黒澤博司いう弟がいることは」

「ううん。知らん」

「さっきのミッちゃんの名前、分かりますかね」

封筒から、また一万円を抜いた。瀬川は一瞥して、

「訊いてみよか」

「訊いてください」

「携帯、貸して」

携帯を出して瀬川に渡した。瀬川は開いてボタンを押す。

「──もしもし、瀬川です。瀬川頼子。教えて欲しいんやけど、武内さんの知り合いのミッちゃんて、なんて名前やった。──ほら、髪の短い、すらっとした子やんか。──調べてよ。会員さんのはずやで。──うん、そう。ミッちゃんに連絡したいことがあるんよ」

少し間があいた。瀬川は一万円をとってポケットに入れる。「──あ、分かった?」

本多はメモ帳を広げた。

「──道井恭子《みちいきょうこ》。──道に井戸。──電話は。──090・2280・13××。──住所、分かる? ──大阪市西区新町五の七の五〇四」

本多は瀬川のいうことをメモ帳に書きとる。

「――ちがう。所長さんには関係ないし、黙ってて。――ありがとう」

瀬川は話を終えた。本多は携帯を受けとる。

「誰でした」

「微祥の事務員。不細工。一生、結婚できへんタイプ」

「受付の子はきれいですよね」

「あの子はパンツのゴムが緩い」

「柏木さんのコレですか」小指を立てた。

「そんなこと、どうでもいいわ」

瀬川はふてくされたようにいって、「あんた、微祥に行ったんやてね」

「柏木さんに会うたけど、けんもほろろでね、なにも聞けんかったです」

「微祥はちゃんとした結婚相談所やで。なんの後ろめたいこともないし」

「武内さんはいつからの会員です」

「あのひとはわたしよりずっと古い。天祥ができたときからの会員よ」

「東大阪の天祥ですか」

「そう。微祥グループの一号店」

「天祥はいつの創業です」

「平成八年かな」

「柏木さんはそれまで、なんの仕事をしてたんです」

「島之内の結婚相談所に勤めてたとか聞いたけど」

「ということは、柏木さんと武内さんは島之内の結婚相談所のころからの知り合いですか」

「たぶん、そうとちがうかな」

平成八年以前、柏木、小夜子、島之内の結婚相談所——。本多はメモ帳に書いて、

「その相談所の名称は」

「知らん」瀬川はあっさり首を振る。

「瀬川さんの会員登録はいつです」

「あんた、わたしのことまで訊くわけ？」

「いや、単なる参考資料として……」

「わたしは樹祥の会員。平成十六年の登録」

瀬川は天井を向いて、「もうええかな。しんどなったわ」

「あと、ひとつだけ。武内さんは若いころ、看護師でしたか」

「あのひとが看護師なわけないわ。そんな話、いっぺんも聞いたことない」

「介護施設とか病院勤めは」

「聞いてないね」瀬川はあくびをした。

「そうですか……」

メモ帳を閉じた。「すんません。ありがとうございました」

ＩＣレコーダーの電源を切り、ピンマイクをもとにもどす。

「ちょっと、あんた、謝礼は」

「渡したやないですか。三万円」

「十万円というたはずやで」

「封筒の中に十万あるとはいうたけど、みんな渡すというた憶えはないですな」

「騙したんかいな」

「騙した……。おたくが勘違いしただけやろ」

「最低やな、あんた」

「たった十分、二十分で三万も稼いだんやから、よしとしましょうや」

もうこの女に会うことはない。本多は封筒とメモ帳をポケットに入れた。

※　※

薗井に二十枚の収入印紙と領収書を渡して所長室に入り、小夜子の携帯に電話をした。出ない。留守録にメッセージを入れようとしたときに、

——はい。なに？

——おれや。遅いな。

——風呂に入ってた。

——ええ身分やの。昼間から。

——嫌味いうためにかけてきたん？

——新井と話をした。中瀬の弁護士の言い分を聞くべきやという結論や。

——あほらし。そういうに決まってるわ。司法書士は弁護士が怖いんや。

——新井に電話をせい。公正証書遺言の有効性をちゃんと教えてもらえ。０９０・６５５１・８９××——。新井の携帯の番号をいったが、小夜子がメモしている気配はない。

——書いてんのか、番号。

——うるさいね。大声出さんでも聞こえるわ。

柏木はもう一度、番号をいった。小夜子はぶつぶついいながらも書いたようだ。

——それと、舟山の資産を調べた。大嘘や。千二百坪の土地も二棟のマンションも持ってへん。瓢箪山町三丁目に土地六十坪のぼろアパートがあるだけや。

——そんなことないわ。うちは確かめたんや、舟山さんに訊いて。

——眼を覚ませ。舟山は〝竿師〟や。瓢箪山のアパートも三千七百万の抵当に入ってて、舟山の資産は五百万もない。

——竿師て、なによ。

——股ぐらの竿で女を釣るんや。

——なにをいうてんねん。うちが男に釣られるような女か。考えてものいいや。

——そこまでいうんなら公正証書をまけ。舟山はまちごうても判はつかへん。

——舟山さんの登記簿とったんかいな。

——とった。新井に頼んでな。

いうと、小夜子は黙り込んだ。

——どうした。まだ、おれのいうことが信じられんのか。

——ごちゃごちゃいいな。考えてるんや。

——もう、舟山にかかわるな。下手したら、こっちのほうが公正証書とられるぞ。

——ははは。おもしろいこというやんか、あんた。

——竿師をひっかけたんはおれのミスや。ここは潔う撤収せいや。

——はいはい、考えとくわ。

——新井に電話するんやぞ。分かったな。

——あいつは中瀬に五千万も払えというてるんかいな。

——裁判沙汰はぜったいにあかん。そこはおれと同じ意見や。……藤井寺のマンションを三千万で売れ。おれが一千万、あんたが一千万、それで五千万になる。

——勝手な勘定しなや。うちは藤井寺のマンションを売る。残りはあんたが出したらええんや。

——一千万くらい出せ。おれも出すんやから。

——うちは老い先短い年寄りやで。なんで、そんなひどいこというんや。

——短い老い先を檻ん中で暮らすんかい。その覚悟があるんなら、好きにせい。

怒鳴りつけて電話を切った。むかむかする。


パイプに葉を詰めて吸いつけた。そこへノック。薗井が顔を出す。

「お客さんです」

「誰や」

「三好《みよし》さんいう女のひとです」

繭美だ。どうしてこう、ろくでもない女がつづくのか。

「断りましょか」柏木の顔色を見て、薗井はいう。

「かまへん。通してくれ」

潮時だ。いずれはケリをつけないといけない。

繭美が入ってきた。白のカットソーに花柄のショートパンツ、ふーんといった顔で部屋を見まわし、ソファに腰をおろす。

「けっこうきれいやんか。広いし」

「前の内装が気に入らんかったから、クロスを張り替えてカーペットを敷いた」

デスクとキャビネットはオーダーし、照明器具も換えた。

「高そうやね、このソファ」

繭美は肘掛けをなでる。「カッシーナ？　わたしの部屋にも合いそう」

「来るんなら来ると、電話ぐらいしたらどうや」デスクに座ったまま、柏木はいう。

「そしたら居留守使うやろ」

「忙しいんや。用件はなんや」

「えらい切り口上やね。それが仕事の顔？」

「怒るぞ、こら」

「怒りたいんはこっちやわ」繭美は柏木を見すえた。

「なんのことや」

「胸に手をあてたら分かるやろ」

「分からんな」

「金曜日、来てくれへんかったね」

「先約があるというたんは、そっちや」

「リッツのロビーで待ち合わせしたらあかんわ。ほかにも新地の子がいるんやから」

「そうか。そういうことか」告げ口した女がいるらしい。

「どういうつもりよ。同じ新地の子に手を出して」

「なにがわるいんや。リッツで飯食うただけやないか」

「わたしはいいねん。もう気持ちが切れたから」

藺美は上を向き、前髪を払う。「でも、あの子はラウンジの子に客を寝とられたんやで、と後ろ指さされるのは我慢できへん。わたし、店替わるわ」

「ほう、そうかい」どこにでも替われ。

「わたし、『与志乃』にバンスがあるねん。清算してよ」

「なんでおれがおまえのバンスを詰めんといかんのや」

「慰謝料やんか。いっぱいセックスしたやろ」

「おまえはそれでも新地のホステスかい。笑われるぞ」

「お金、ちょうだいよ、柏木さん」藺美は動じるふうがない。

「金が欲しいんやったら爺を紹介したる。一千万でも二千万でも、おまえの手練手管で稼げや」

「やっぱり結婚相談所の所長やね。いうことが洒落てるわ」

藺美は哄《わら》って、「責任とってよ。わたしが紹介した女と寝たんやろ」

七面倒な女だ。さんざっぱら金を使わせておいて、まだ金をくれといってくる。

「なんぼや、バンスは」訊いてやった。

「百五十万円」

意外に安い。

「半分なら払うたる。それ以上は出さん」

「あ、そう。じゃ払って。七十五万円と二十二万円」

「なんや、二十二万いうのは」

「『与志乃』のツケやんか。わたしが立て替えてるんやで」

「そんな金が手もとにあるかい。今週、振り込む」

「今週て、いつよ」

「今週は今週や。金曜まで四日もある」

「分かった。今週中やで」藺美は立ちあがった。

「二度と来るな。電話もメールもするな」

「そんなにわたしが嫌いなん？」

「厭《あ》きただけや」

「わたしといっしょやんか」

藺美は笑いながら出ていった。


くそぼけ――。吐き捨てた。たとえ十万でも振り込む気はさらさらない。

携帯を出して、藺美の番号を受信拒否にした。藺美のマンションには着替えのスーツと靴を何足か置いているが、切り刻んで捨てられるだろう。

しかし、このところ厄介事がつづく。ツキが落ちているのか――。中瀬の爺の遺産相続、黒澤の出所、舟山という竿師、本多とかいう探偵もなにか企んでいるような気がする。

理紗に電話をした。

――柏木さん？　こんにちは。

――理紗、今日は？

――大丈夫です。

――ほら、こないだの話。仕事終わったら、鮨でも食うて『アイビス』へ行くか。

——柏木さんもいっしょに行ってくれるんですよね。

——もちろんや。マネージャーを紹介する。

——よろしくお願いします。

——ただし、『アイビス』がＯＫになったら、『杏』には顔出さんようにしてくれるか。おれの立場もあるから。

——でも、マスターに挨拶しないと。

——それは『アイビス』のマネージャーにいうてちゃんとする。未払いの給料は、おれが受けとって理紗に渡す。

——いいんですか。みんなしてもらって。

——な、理紗、おれはひとにひとを紹介するのが商売なんや。

七時、西梅田のヒルトンプラザで会うことにして電話を切った。

16

本多は桜塚のファミレスでへなへなの不味いスパゲティを食い、千里から新御堂筋を南へ走って大阪市内に入った。ナビを見ながら西区新町へ。五丁目七番地に《エステルコートＦＵＪＩ》という六階建の小さなマンションがあった。

車を近くのコインパーキングに駐め、マンションへ歩いた。エントランスのガラスドアはオートロックになっている。

煙草を吸いながら待っていると、宅配便のトラックが停まった。ドライバーが降りてきて、インターホンのボタンを押す。ロックが解除され、本多はドライバーにつづいてマンション内に入った。

メールボックスの《504》は『道井』だった。それを見て五階にあがる。外廊下の南側にライムグリーンの鉄扉が並んでいた。

本多は壁のボタンを押した。チャイムは鳴るが、返答はない。

アルミ格子の窓には明かりがついている。フライパンや杓子の影が見えるから、玄関横にキッチンのある1DKか2DKの間取りなのだろう。

メモ帳を開いて電話をした。090・2280・13××――。

――はい。もしもし。

つながった。

――道井さんですか。

――そうです。

――初めまして。本多と申します。ブライダル微祥で番号をお聞きしました。

――あの、なんでしょうか。

――微祥の会員の武内小夜子さん、お知り合いですよね。

――はい、知ってますけど。

道井の返事は少し間があった。

――中瀬耕造さんというひとは。

――知りません。

――一昨年、道井さんは武内さんといっしょに羽曳野の中瀬家を訪問したと聞いたんですけど、憶えはないですか。

――おたく、どういうひとですか。

――興信所の調査員です。南栄総合興信所。

いった途端、電話は切れた。本多はリダイアルする。道井は出ない。

警戒しよったな――。腹は立たなかった。いまのやりとりで、道井が小夜子の娘役を演じたことにまちがいはないと分かった。

キッチンの明かりがついたままということは、道井はおっつけ帰ってくる。本多はそう判断して待つことにした。張込みは馴れている。

外廊下の突きあたり、階段の踊り場に移動した。エレベーターとはそう離れていないから、音は聞こえるだろう。


二時間待った。エレベーターの作動音がして扉が開く。足音が近づいてきた。

本多は五階フロアに降りて階段室の陰から廊下を見た。茶髪の男が５０３号室のドアに鍵を挿している。本多はまた踊り場にあがって座り込んだ。

そうして四十分、またエレベーターの扉が開いた。カツカツという足音はヒールのようだ。壁に背中をつけて廊下を見やると、５０４号室の前に女がいた。

本多はＩＣレコーダーの録音ボタンを押して廊下に出た。道井さん――。声をかけて近づく。女は驚いたように振り向いた。髪はショートカット、薄茶のサマーセーターに白のパンツ、スーパーのポリ袋を抱えている。

「お買い物でしたか」

携帯で女の上半身を写真に撮った。

「なにするんですか。失礼な」女は怒った。

「中瀬さんの娘さんに写真を見せるんですわ。このひとが帝塚山に住んでる武内さんの娘さんですか、とね」

「ストーカーみたいな真似して。警察にいうよ」

「どうぞ、訴えてください。警察にはぎょうさん知り合いがいてますねん」

大阪府警のＯＢだといった。「今里署の暴力団担当ですわ」

女は口をつぐんだ。どう対応すべきか考えている。

「道井恭子さんですよね」

「…………」女は小さくうなずいた。

「羽曳野の中瀬家にクラウンを運転して行きはったそうやけど、おたくの車ですか」

「車、持ってません」

「レンタカーですか」

「帰ってください。興信所のひとに話すことなんかないです」

道井はポリ袋を持ち替えてパンツの後ろポケットからキーホルダーを出した。本多はドアの鍵穴を手で塞ぐ。

「申し遅れました。本多といいます。名刺、渡しましょか」

「要らんわ。名刺なんか」

怒気をふくんで道井はいう。瀬川から四十すぎだと聞いたが、そばで見ると若い。三十代後半かもしれない。

「退《ど》いて。大声出すよ」

「なんなら、一一〇番しますか」

携帯のストラップを持って揺らした。「ふたりで事情聴取受けましょ」

「いったい、なにが目的なん？」

「ひとつ確認したいだけですわ」

穏やかにいった。「道井さんは武内小夜子さんと羽曳野市翠が丘の中瀬家に行き、長女の西木尚子さんに対して武内の娘ですと名乗った。帝塚山に住んでるともいうた。理由はなんです」

「………」道井は黙っている。なにをどう言い繕《つくろ》おうかという顔だ。

「武内さんの息子は大学の講師、娘は結婚して帝塚山に住み、裕福な暮らしをしてる……。道井さんは武内さんに頼まれて、そういう役割を演じたんやないんですか」

頼まれた、という言葉を強調した。「武内さんは中瀬の家を値踏みしたかった。道井さんは訳の分からんまま、武内さんのいうとおりにした。ちがいますか」

「結婚したいから手伝ってと、武内さんにいわれたんです」道井はひとりうなずいた。

「中瀬耕造さんとの結婚ですね」

「同じ結婚相談所の会員同士、助け合うこともあるんです」

笑止だ。この女は後妻業の片棒を担ぎながら知らんふりをしようとしている。

「武内さんから謝礼をもろたんですか」

「もらってませんよ、お金なんか」強く、道井はいった。

「クラウンはどうしたんです」

「借りたんです」

「誰に」

「誰だっていいでしょ」

道井は本多を睨めつけた。「あなたこそ、誰に頼まれたんですか」

「弁護士ですわ。弁護士は中瀬さんの遺族から遺産相続交渉を依頼されたんです」

遺族とか遺産相続といったが、道井は反応しない。中瀬耕造が死んだことを小夜子から聞いていたのだ。

「もういい？　話は済んだでしょ」

道井はドアに鍵を挿した。「やっぱり、名刺ちょうだい」

「すんませんな」

名刺を渡した。道井は部屋に入り、同時に施錠する音がした。


本多はICレコーダーを再生しながらコインパーキングへ歩いた。音声はクリアに録れている。

結婚したいから手伝ってと、武内さんにいわれたんです――。そこは笑ってしまった。

コインパーキングの精算機に金を入れようとしたとき、ふっと気づいた。ここは小夜子のマンションの近くだと。新町のすぐ南隣が北堀江なのだ。

いっぺん、小夜子を見とくか――。柏木、新井、瀬川、道井、武内の遺族と、小夜子の周辺の人物には会ってきたが、本人にはまだ会ったことがない。何人もの老人を手にかけてきた殺人者はどんな風貌か、どんなものいいをするのか。

今里署にいたころ、抗争で対立する組幹部を殺した組員の調べをしたことがあった。相手に恨みがあるでもなく、組織の掟にがんじがらめになって引鉄《ひきがね》をひいた五十三歳のヒットマンは生きながらに死んでいた。組員は懲役二十五年の刑を受けて収監されたが、ヤクザに仮釈放はなく、塀の向こうで人生を終えるだろう。

パーキングから車を出して路上に駐め、ナビに小夜子の住所——大阪市西区北堀江2—32—3——を入れると、現在地から一キロも離れていなかった。

《プリムローズ堀江》——。本多は地階駐車場に降りて来客用スペースに車を駐め、車外に出た。地階エントランスに一基のエレベーターはあったが、暗証番号を入力しないと乗れないシステムだった。

本多は一階玄関にまわった。住人が現れるのを待っていっしょにロビーに入り、エレベーターで二十二階にあがった。２２０７号室の前に立ち、ＩＣレコーダーの電源を入れてインターホンのボタンを押した。

——はい。

男の声だった。

——武内さんのお宅ですね。

——なんや。

——小夜子さん、いてはりますか。

——留守や。おたくは。

——本多といいます。

——何用や。

——いや、ちょっと……。

男の粘りつくような口調はヤクザだ。黒澤博司か。

——すんません。小夜子さんの弟さんですか。

——なんやと、おい……。どこのもんや。

——探偵ですわ。

——探偵？　私立探偵かい。

——公立の探偵は刑事です。

——舐めたやっちゃ。待っとれ。

声が途切れてドアが開いた。本多は録音ボタンを押す。

小柄な男が女物のサンダルをつっかけて出てきた。色黒、髪が薄く、頰が削げている。左の眉が半分、切れていた。

「黒澤博司さん？」

「誰に訊いたんや」

「そう喧嘩腰でものいわれたら怖いやないですか」

本多は笑った。「出所しはったばっかりやと聞いたんです」

「どつかれるぞ、こら。へらへらしくさって」

ジャージのポケットに両手を突っ込み、精いっぱい凄味を利かすが、本多にはおもしろい。

「どこで訊いたんや、わしのことを」

「ブライダル微祥の柏木さん。よう喋ってくれましたわ」

神戸川坂会至誠連合安田組から柏木組、至誠連合要人会《かなめ》。平成二十年、恐喝、傷害で富南署に逮捕され、要人会を除籍。先月八日に出所したといった。

「柏木のクソは破れ提灯かい」

「油紙に火をつけたみたいでしたね。あんなに口の軽いひとも珍しい。黒澤さんのことが嫌いなんですかね」

「殺すぞ、こら。おどれも柏木も」

「黒澤さん、おれは堅気ですわ。極道が堅気に脅し文句吐いたら、恐喝、脅迫でっせ」

「おどれみたいなガキが堅気やと。どこぞで極道の飯食うたんやろ、こら」

「その、こらというのは口癖ですか」

「ぶち殺したるぞ」

「本物《モノホン》の極道はもっとおとなしいで。腐ったカマシはやめとこうな」

「このガキ……」

黒澤はポケットから手を出した。拳をかまえる。

「黒澤さんよ、おれも代紋持ちやった」

半歩、出た。黒澤の股間に膝が入るように。「今里署のマル暴担。桜の代紋や」

「ほう、そうかい」

黒澤はにやりとした。「いつ辞めた」

「八年前かな」

「なんで辞めた」

「監察に切られた」

「腐った刑事《デカ》かい」

「ま、そういうことや」

「切られた刑事はツブシが効かんやろ」

「それで探偵やっとんのや」

嗤ってみせた。この男をどうするか考えながら。

「おまえ、名前は」黒澤は訊く。

「さっきもいうた。本多や」

カードケースを出した。名刺を抜いて差し出す。黒澤は受けとった。

「南栄総合興信所？　何人ぐらいおんのや」

「調査員か。五、六人やろ」

「しょぼいのう。たった五、六人でなにができるんや」

「おまえはひとりでなにができるんや。前科持ちの元極道が」

「なんやと、こら。もういっぺんいうてみい」

「よう吠えるのう。おっさん」

挑発した。先に手を出させるように。

「いてまうぞ、こら」

「へっ、笑わすな」

「このガキ」

瞬間、拳が伸びてきた。躱《かわ》さず、額で受けながら黒澤の股間を蹴った。まともに入って、黒澤は腰をまげる。頭をつかんで膝を突きあげると、黒澤は背中から玄関に倒れ込んだ。本多は中に入り、ドアを閉めて施錠した。

「なにさらすんじゃ、こら」

黒澤は廊下に尻をつき、本多を見あげる。鼻から血が垂れた。

「売られた喧嘩は買う。いつでも、どこでも、誰とでもな」

「去《い》にさらせ。誰が入れというた」

「おいおい、ひとを殴っといて、それはないやろ」

額を撫でた。痛みはない。靴を脱ぎ、廊下にあがった。

黒澤は反転するなり、左の部屋に逃げ込んだ。本多は追う。

そこはキッチンだった。黒澤は流し台の扉を開けて包丁をつかむ。本多はテーブルを撥ねあげた。黒澤は挟まれて横倒しになるが、包丁は放さない。本多は流し台の電気ポットをとり、黒澤の頭に叩きつける。蓋が開き、熱湯をかぶった黒澤は悲鳴をあげて包丁を落とした。本多は後ろから黒澤の襟首をつかんで引き起こし、右手を逆手にとってキッチンを出る。そのまま廊下の奥へ行き、リビングに入って黒澤を俯せに倒した。

「放せ。くそっ、殺したるぞ」黒澤はわめく。

本多は黒澤の喉に腕をまわし、右手を捻《ね》じあげた。

「元マル暴担相手にゴロまいて、ただで済むと思たんか」

黒澤の肩と肘関節が軋《きし》み、苦しげに呻く。

「いつから、ここにおるんや」

「………」黒澤はもがく。

「訊いてるんやぞ」手首を捻った。

「──やめろ。腕が折れる」泣くように黒澤はいう。

「答えんかい」

「十日ほど前や」

「今日は三日や。出所は先月の八日やろ」

「連れのとこに行ってたんや」

「むかし、柏木組におったな。組長は柏木亮一」

「痛い。痛い……」

「次男の柏木亨は中学生か」

「そうや……」

黒澤は呻く。「こ、堪えてくれ。頼む」

「亮一の長男はなにしてるんや」

「知らん。どこぞのリーマンやろ。おとなしいガキやった」

「亨はわるかったんか」

「わるかった。なんべんも補導されてた」

「いつ、亨に会うたんや。成人した亨に」

「ミナミや。宗右衛門町でばったり会うた。わしは分からんかったけど、亨のほうから声をかけてきた」

柏木亨は遊び人ふうだった。髪はオールバック、鼻下に細い髭。スーツは着ていたが見た目はチンピラで、女を連れていた。黒澤さんですよね、ご無沙汰してます――。柏木はいい、飲みに行こう、と黒澤を誘った。

「千年町のスナックに行った。亨の女もいっしょにな。話を聞いたら、亨は島之内で結婚相談所の手伝いしてるといいよった」

「なんちゅう相談所や」

「忘れた」

「思い出せ」

「沖縄や。沖縄の名前やった」

「仲宗根《なかそね》とか知念《ちねん》とか、そういう名前の相談所か」

「石嶺《いしみね》か、与那嶺《よなみね》か、そんなんや」

「おまえはそのとき、なにしてた」

「極道や」

「要人会か」

「ああ……」

「シノギはなんや」

「追い込みと切り取りや」

債権取立てだ。上の手伝いをして小遣い銭をもらっていたのだろう。

「腕が折れる。放してくれ」

「やかましい」

喉にまわした腕を引きつけた。黒澤はエビ反りになり、息をつぐ。

「柏木と再会して、連絡をとりあうようになったんやな」

返事をしない。腕を弛《ゆる》めると、黒澤は何度もうなずいた。

「姉の小夜子を柏木に紹介したんは、おまえやな」

「そうや。わしが紹介した」

「小夜子はそのころ、なんちゅう名字やった」

「末永《すえなが》や」

末永――初めて聞く。

「小夜子はそのころから後妻業をしてたんか」

「なんのこっちゃ」

「末永いう男はどうした。どこかで事故死したか」

「なにをいうとんのや。おまえ、ほんまに探偵か。刑事とちゃうやろな」

「おれが刑事やったら、おまえは十年は食らい込む。公務執行妨害と殺人未遂や」

そう、この男は包丁で本多を刺そうとした――。「末永の前は誰や。小夜子の名字は」

「知らん、知らん」

「答えんかい」

手首を捻った。肘が軋む。

「中尾や。中尾」

「ふたりとも資産家やな」

「知らん。わしは関係ない」

「中尾も末永も、遺産相続は未遂か」

「いうてることが分からん」

「とぼけるな」

肘を押しあげた。黒澤は苦しげに呻く。

平成三年、中尾小夜子は有印私文書偽造で茨田《まった》署に逮捕された。そのころはまだ後妻業に馴れがなく、小夜子は夫名義の預金や不動産を詐取しようとしたのかもしれない。

「中尾、末永のあと、小夜子は誰と結婚した」

「元木とかいう爺や」

「元木の次は」

「名城や」

これでつながった。星野、岸上、西山、中尾、末永、元木、名城、津村、武内——と。黒澤小夜子は少なくとも九人の男と入籍、除籍を繰り返してきたのだ。元木は徳島で事故死、名城は和歌山で溺死、津村は特養で死んだが、おそらく裏がある。

「末永は事故死やろ。どこで死んだ」

「知らん」

「そうか」

首を絞めあげた。もがけばもがくほど腕が食い込み、黒澤は落ちた。


本多は立って、部屋を見まわした。サイドボードの抽斗を抜いていったが、紐状のものはない。掃き出し窓からベランダに出てスチールストッカーの扉を開けると、梱包用の細いナイロンロープと布テープがあった。ふたつを持ってリビングにもどり、黒澤の足首と膝にテープを巻きつける。両腕を前にまわしてテープを巻き、ロープを輪にして黒澤の首にかけた。

黒澤を仰向きにして脚を持ちあげた。柔道の蘇生術だ。虚血状態の脳に血がさがるから覚醒する。黒澤は眼をあけた。

「よう寝てたな」

「…………」黒澤は動かない。ぼんやり天井を見ている。

本多は黒澤を起こして座らせた。手足の自由が利かず、首にロープがかかっていることに気づいたようだ。

「さっきのつづきや。末永はどこで死んだ」

「なんのことや」

「おまえ、ここで首吊るか」

ロープを引いた。「死因は窒息死。ロープの端を換気扇にでも括りつけといたら、おまえは自殺や」

「あほんだら。やってみい」

「ええ根性や」

黒澤の背中に膝をあててロープを引き絞った。黒澤は暴れる。必死で逃げようとするが、かまわず、本多はロープを引く。黒澤がまた落ちる前に、本多はロープを弛めた。

「やめてくれ。苦しい」黒澤は喘いだ。

「おれは刑事やない。おまえが喋るまで、とことんつきおうたる。末永はどこで死んだんや」

「滋賀や。比叡山で死んだ」

俯いて、黒澤はいう。抵抗する気力は失せたらしい。

「比叡山でどう死んだ」

「車に轢《ひ》かれた」

「事故死か」

「轢き逃げや」

「どういうことや」

「朝、死体が見つかった。末永は撥ね飛ばされて崖の下に落ちてた」

比叡山ドライブウェイの展望台から少し南へ行ったところだという。

「それはいつのことや」

「夏や。年は忘れた」

「小夜子と結婚して何年目や」

「一年か二年やろ」

「末永はなんで比叡山におった」

「展望台の近くにホテルがあるんや。そこに泊まってた」

「小夜子といっしょにか」

「ああ、そうや」

「末永は夜、ドライブウェイを歩いてたんか」

「そんなとこやろ」

名城善彦のケースと似ている。名城はツアーに参加して小夜子と白浜の旅館にチェックインし、宴会のあと散歩に出て海に落ち、溺死した。

「撥ねた車は」

「知らん」

「おまえが撥ねたんか」

「じゃかましい。ええ加減にさらせ」

「柏木やな。おまえが盗んだ車で柏木が末永を撥ねた。そうやろ」

「わしは小夜子から聞いただけじゃ。末永いう爺が比叡山で死んだと」

「おまえも後妻業のチームか」

「なんじゃい、後妻業て」

「おまえの姉の職業やないか」

黒澤はやけに詳しい。小夜子が入籍した相手の名を知っていたし、末永という男の死因も知っていた。後妻業に関与したことはまちがいない。

「おまえ、柏木を強請《ゆす》ったな」

「なんやと、こら」

「それとも、柏木とつるんで稼いだか、どっちや」

「眠たいことぬかすな。ぶち殺すぞ」

「また元気が出てきたやないか」ロープを引いた。

「やめろ。やめんかい」

黒澤はテープを巻かれた手でロープを外そうとする。

——と、部屋の向こうでドアの開く音がした。

本多はロープを放した。リビングを出る。廊下の先、玄関に女がいた。

「誰、あんた」

「連れですわ。博司さんの」

派手な女だ。白のパンタロンスーツにワインレッドのブラウス、ゴールドのチェーンネックレス、白塗りの顔に赤いセルフレームのサングラス、栗色のかつらを被っている。

「小夜子さん？」

「なんで知ってんの」

「弟さんから、いろいろ聞いてます」

「そう……」

小夜子は靴を脱ぐ。「博司の友だちて、珍しいわ」

「弟さん、よう喋りますね」

「わたしにはものいわんけどね」

小夜子は廊下にあがってきた。本多のあごより、まだ背が低い。甘ったるい香水が鼻を刺す。

「どこか、お出かけでしたか」

「セレクトショップのパーティー。長堀でね」

小夜子は、早く帰れ、といった顔だ。

本多は靴を履いた。ドアを開ける。眩しい。

「また、寄せてもらいます」

「はいはい」

小夜子は台所を覗いた。「なに、これ……」

本多はドアを閉めた。


コインパーキングへ歩きながら橋口に電話をした。

――どうした、芳やん。

――わるいけど、また、頼みがあるんや。メモしてくれるか。

――待て。

少し、間があった。

——おう、なんや。

——平成七年から九年、夏に比叡山ドライブウェイで末永いう男が轢き逃げに遭うた。朝、崖下で死体が発見されたんやけど、顚末を知りたいんや。

——加害者は。

——不明や。たぶん、お宮入りになってると思う。

——比叡山ドライブウェイ。被害者は末永やな。交通課の連れにいうて、滋賀県警に照会してもらうわ。

——なんべんも、すまんな。

——後妻業のふたりはどうなんや。きっちり追い込めそうか。

——ま、ぼちぼちやな。

黒澤博司と小夜子に会ったことはいわない。

——こいつは足しになるかどうか分からんけど、芳やんに報告しとこ。……Nシステムで柏木のBMWを調べたよな。

——ああ、調べてくれたな。BMWの740。

——去年の一月や。柏木名義のBMWが駐車違反にひっかかった。堺筋本町でな。

——ほう、そらおもしろい。

——で、東署に出頭したんが柏木やない。女や。三好真弓いう女やった。数字の三、好き嫌いの好、真実の真、弓矢の弓。

——それ、身代わりやな。

——たぶんな。

駐車違反はよほどの事情がない限り、出頭した人物に違反票を切る。車の所有者との関係も訊かない。

——三好真弓か……。住所は?

——それは聞いてないけど、なんやったら調べよか。

——すまんな。頼むわ。

ブライダル微祥の受付をしていた女が三好真弓だろうか。

——橋やん、そばにパソコンあるか。

——ある。眼の前にな。

——グーグルで検索してくれ。島之内の結婚相談所や。沖縄の人間がやってるみたいなんやけどな。

——電話、切れや。検索できたら、こっちからかける。

——わるいな。待ってる。

橋口はいい男だ。本多はコインパーキングの料金を払い、車を出した。

長堀通を東へ走っているところへ着信音が鳴った。

——島之内に福嶺《ふくみね》結婚相談所いうのがある。電話は……。

——いま運転してる。メモできんから、住所をいうてくれ。

——島之内一丁目三十二の五。

——分かった。一の三十二の五やな。

——地図は、南中学の東側になってる。

——橋やん、この礼はまとめてするわ。

——飲み代やな。新地のクラブでええ。

——キャバクラにしてくれ。

電話を切り、長堀通から御堂筋に入った。

17

南中学の塀際に車を停めた。見当をつけて斜向かいの四階建のビルに入る。ロビーの案内板に《2F・福嶺結婚相談所》があった。

車をコインパーキングに駐め、ビルにもどった。二階にあがる。ダークペーンのガラスドアを押し、中に入った。カウンターの向こうに年輩の女が座っていた。

「いらっしゃいませ」愛想よく、こちらを見た。

「すんません。福嶺さん、いてはりますか」

「福嶺はいません」

「そうですか……」

「所長は金井といいます」

「ほな、金井さんにお聞きしたいことがあります」

名刺を差し出した。女は受けとって、

「興信所の方ですか……」

「結婚相手の身元調査とか、そんなんやないんです。以前、ここにいてはった柏木さんについて、教えてもらいたいんです」

「お待ちください」

女は名刺を持って奥の部屋に行き、もどってきた。本多はパーティションで区切られた応接コーナーに案内され、ほどなくして、スーツの男が現れた。

「金井です」

男は一礼してソファに腰をおろした。齢は六十前後、色黒でがっしりしている。「福嶺というのは、わたしの母親の旧姓なんですよ。宮古島の出身でね。本多さんはどちらの出身ですか」

「ぼくは神戸です。というても、北区の山田町いう辺鄙《へんぴ》なとこです」

「山田町ですか。バブルのころ、『六甲国際』の会員権が欲しかったけど、高くて諦めましたよ。でも、いま思えば買わなくてよかった。銀行は金を貸すといったんですがね、こんなバカみたいな浮かれ景気がいつまでもつづくはずはないと、わたしは考えたんです」

埒もないことを早口でいい、金井は快活に笑う。

「金井さんは柏木さんをご存じですよね、ブライダル微祥の」本題に変えた。

「柏木は遣《や》り手ですよ。うちから独立して、あっというまに大きくなった。……うちの顧客をとっていきましたがね」

早くからネット広告を展開したのが、柏木の先見の明だという。

「失礼ですけど、円満退社という感じじゃなかったんですか」

「喧嘩別れとまではいきませんが、それに近い辞め方でしたよ」

こともなげに金井はいって、また笑う。磊落《らいらく》を装ってはいるが、根は狷介《けんかい》、小心だろうと本多はみた。ヤクザの組長や幹部クラスに多いのが、このタイプだ。

「あなた、柏木のなにを調べているんですか」

「柏木さんは公正証書遺産相続の証人になってるんです。それも複数の。ぼくは弁護士の依頼で調査してます」

「柏木は強引ですからね。微祥グループはなにかとトラブルがあって、評判がよくない」

「ある種の女性会員が資産家老人をターゲットにして入籍、除籍を繰り返してるんです」

「それはつまり、後妻業ですか」

後妻業という言葉が金井の口から出た。

「よう知ってはりますね」

「みんな知ってますよ、この業界の人間は」

こともなげに金井はいう。「質《たち》のわるい会員が相談所を利用して資産家を狙うんです」

「金井さんは黒澤小夜子という……」

「ああ、あの女ね」

金井は遮った。「性悪でどうしようもないでたらめな女ですよ。うちの登録会員でしたが、柏木が連れて出ていった。黒澤は福原にいたことがあるはずです」

「福原……。浮世風呂ですか」神戸新開地の、いまでいうソープランド街だ。

「確かめたわけじゃありませんがね、そんな話を耳にしました」

なるほどな——。金井のいうとおりかもしれない。寄る年波で客がつかなくなった小夜子は、浮世風呂から後妻業にシフトしたのだ。

「女は強いですよ。いくつになっても、ここで稼げる」

金井は股間に手をやって、「男はバカだから、からめとられて金を吐き出す。騙されてると分かっていても、ずるずる貢ぐのが男です」

「男の登録会員で、金目当ての人間もいるんですか」

「多くはないが、います」

金井はうなずいた。「そこはわたしが判断して退会してもらいます」

「良心的ですね」

「そんなきれいごとじゃない。企業防衛ですよ。妙な噂が立つと結婚相談所は潰れます」

「ぼくが想像するに、柏木は黒澤小夜子のような女を何人か抱えてますわ」

「おっしゃるとおりですよ。いずれ、後妻業は世間に知られて、柏木はすべてを失う。少なくとも、わたしはそう願ってます」

「微祥グループを告発するお考えはないですか」

「それはないですね。うちも結婚相談所です」金井は真顔でいう。

「さっきの話ですけど、黒澤小夜子が福原にいたというのは、誰から聞かれたんですか」

「黒澤と同じころにいた登録会員です」

「女ですか、男ですか」

「男です。むかし福原で遊んだとき、相方が黒澤だったといったんです」

「そのひとは……」

「亡くなりました。ずいぶん前に」

「そら残念ですね」

その男の証言をレコーダーに録れば、脅しの材料になったのだが。「黒澤小夜子の資料は残ってるんですか。誰に紹介して、誰とつきあったとか」

「十年以上前の古い資料はありません。順に廃棄しますから」

「黒澤がつきおうてた相手が死んだとかいう記憶はないですか」

「ありませんね」

「黒澤小夜子は何年ぐらい、ここの会員でした」

「三年もいなかったんじゃないかな。あの女は柏木が担当してました」

「柏木には覚醒剤使用の前科がありますけど、ここにいたときはやってなかったですか」

「本人はやってないといってましたがね。あの男のことだから分かりません」

「柏木の女癖は」

「わるい」

言下に、金井はいった。「若くて見栄えのいい会員に手をつけるんです。適当に遊んで、厭きたら捨てる。その繰り返しでした」

「モテるんですか、柏木は」

「口が上手いんですよ」

金井は舌打ちして、「柏木を拾ってやったのはまちがいでした。あいつは堅気の皮をかぶったヤクザだ。父親の血をひいたんですよ」

「金井さんから見て、微祥グループの経営はどうですか」

「結婚相談所は、いままではよかった。しかし、先行きは暗い。若いひとたちの収入が減って、結婚したくてもできない状況になってきましたからね。柏木は短期間に三店舗を作ったが、それ以上は増えていないでしょう」後妻業に手を染めているからこそ三店舗を維持できているのだろう、と金井はいった。

「結婚はやっぱり経済力ですか」

「生計を維持できる定収入です」

金井はいって、「本多さんは結婚されてるんですよね」

「いや、バツイチです」

「それはいけない。うちに入会されますか」

「中学生の息子がいてますねん。養育費も払うてるし、いっぱいいっぱいですわ」

冴子の顔が眼に浮かんだ。本多に充分な稼ぎがあれば、入籍して子供もつくれるものを。

携帯が震えた。開く。橋口だった。

「失礼。長々とありがとうございました」

立って、頭をさげた。「差し支えなかったら、金井さんの名刺いただけますか」

金井は名刺を出した。本多は受けとって、福嶺結婚相談所をあとにした。


コインパーキングから車を出し、橋口に電話した。

――すまん。電話くれたな。

――三好真弓や。住所が分かった。

北区浪花町3―1―11・506――。メモ帳に書いた。

――浪花町は天六のあたりか。

――天六と天五のあいだや。

――行ってみるわ。

腕の時計を見た。午後五時すぎ。三好真弓が微祥の受付の女なら、いまは江坂にいるだろうが。

本多は島之内から堺筋を北上した。

天神橋筋――。五丁目の交差点の北に八階建のマンションがあった。一階はハンバーガーショップだ。

コインパーキングに車を駐め、マンション前で住人を待った。宅配便のトラックが停まり、ドライバーが降りてくる。ドライバーにつづいてマンションに入った。エントランスホールにメールボックス。《５０６》は《三好繭美》だった。真弓も繭美も読みは同じだ。

エレベーターで五階にあがった。中廊下の両側に三室ずつ。５０６号室は廊下の突きあたりだった。

インターホンのボタンを押した。思ったとおり、返答はない。

出直すか――。ドアを離れかけたとき、はい、と声が聞こえた。

――三好真弓さんのお宅ですか。

――そうですけど。

――南栄総合興信所の本多といいます。ちょっと時間をいただけませんか。

カメラのレンズに向かって一礼した。

――なんですか、おたく。

――調査員です。

――アンケート？

――ブライダル微祥の柏木さん、ご存じですよね。……弁護士事務所からの依頼で柏木さんの調査をしてます。

――誰に聞いたんですか、わたしのこと。

――柏木さんです。

――あいつが、わたしのことを喋ったん？

――去年、堺筋本町で柏木さんのＢＭＷがひっかかりましたよね。駐車違反。三好さんに出頭してもろたと、柏木さんに聞きました。

――なんやの、もう点数がないからって、わたしに頼んだくせに。弁護士が駐車違反を調べてるの。

――いや、ちがいます。柏木さんが関わった遺産相続の件で三好さんに話を聞かせていただきたいんです。

――あいつ、訴えられてるの。

――訴訟を前提にした調査です。

――待って。ちゃんと話を聞くわ。

インターホンの声が途切れた。本多はＩＣレコーダーの電源を入れ、録音ボタンを押してジャケットの胸ポケットに入れる。

少し経ってドアが開いた。栗色のショートヘア、縁なしの眼鏡をかけた女が出てきた。胸にラメ刺繍の入った黒のトレーナー、グレーのジャージ、ヒールの高いミュールを履いている。化粧気はないが、目鼻だちの整った美人だ。

「おたく、名前は」

「本多です」さっきもいった。

「本多さん、コーヒーごちそうして」

「いいですよ」

「じゃ、行こ」

真弓は部屋に入り、ヴィトンのバッグを持って出てきた。ドアに鍵をかけ、エレベーターのほうへ歩く。ムスク系の香水の匂いがした。

真弓といっしょにエレベーターに乗った。背が高い。小顔で首が長い。

「メールボックスの名前、字がちがいますね」

「お店では繭美。蚕《かいこ》の繭」

「わるいですね、出勤前に」

「新地のクラブやったけど、辞めてん」

「なんてクラブです」

「本通の『与志乃』。いちおう、一流クラブ」

「柏木さんは『与志乃』の客ですか」

「そう。わたしの口座の客」

不機嫌そうに、真弓はいった。


堺筋のコーヒーショップに入った。真弓はカフェオレ、本多はカプチーノ。真弓にいわれて喫煙席に座った。

「煙草、ちょうだい」

「あ、どうぞ」

パッケージごと渡した。真弓は一本抜いて、

「ロングピースて、初めて」

「きついですよ」

ライターを擦った。真弓は上体を寄せて吸いつける。右の薬指の指輪はダイヤ、ブレスレットはプラチナだろう。

「立ち入ったこと訊きますけど、柏木さんとは長いんですか」

「二年半くらい、つきあったかな」

あっけらかんと真弓はいう。「浮気がばれたし、別れた」

「どっちの浮気です」

「あいつのほうに決まってるやんか。同じ新地のラウンジの子と二股かけてたんやから」

「そら、ルール違反ですね。三好さんのメンツがないやないですか」

「あいつはそういうやつやねん。根っからの嘘つきやし、すごい女好き」

真弓はカフェオレを飲み、煙草を吸う。「なんであんなのと知り合ったんか、わたしの人生の汚点やわ」

「その汚点を拭うために、柏木を叩きますか」

「叩くのは賛成やけど、どうするの」

「後妻業て、知ってますか」

「なに、それ？」

「資産家老人を狙った遺産相続詐欺です。柏木はその黒幕ですわ」

黒澤小夜子の名を出して後妻業の手口を説明した。真弓は黙って聞いている。

「——これはという老人が微祥に来たら、柏木は資産目録を見て小夜子を紹介する。小夜子は老人を誑《たら》し込んで入籍できるときは入籍し、入籍できんときは公正証書を作成して押印させる。そうして、小夜子が遺産を相続したら柏木とふたりで山分けにする。事情を知らん遺族は、突然現れた戸籍上の妻や公正証書を見て腰を抜かすんですわ」

「黒澤小夜子って、いくつ？」

「六十九です」

「そんな、お婆さんが……」

「小夜子は入籍、除籍を繰り返してます。ここ十年ほどで四人の資産家老人とね」

「なんか、信じられへんような話やわ」

真弓は肩をすくめた。「でも、都合よく死ぬわけ？　相手の老人が」

「どういうわけか、入籍して一年ほど経ったら死にますねん」

「それって、まさか……」

「海に落ちて溺死したり、崖から車ごと転落死したり、事故死が多いんです」

「そんなん、おかしいわ。警察はなにしてるの」

「警察は保険金のからんでない事故死は捜査せんのです」

自分は大阪府警のＯＢだといった。「ぼくもこの調査で後妻業の実態を知ったんですわ」

「東京で、そんな事件あったよね」

「ありましたね。婚活殺人事件」

「柏木は共犯なん？　資産家老人を殺してるの」

「いや、それは分かりませんわ。証拠がないし」

この女をどこまで引き込むか、判断ができかねた。柏木に対する嫌悪と反感は大きいようだが、あまり手の内をさらすのはまずい。

「柏木は三好さんにそんな話をせんかったですか。微祥の男性会員が死んだとか、女性会員がまとまった遺産を相続したとか」

「あいつは仕事の話をしないけど、妙に羽振りがいいのは確かやね」

真弓は少し考えて、「そういえば、わたし、お店やりたいというたことがあった」

「ほう、それは……」

「新地の『蟹善』ビル。五階に『杏』いうラウンジがあるんやけど、マスターが譲りたいと声かけてくれた。それであいつに、援助して、いうて、いっしょに『杏』を見に行った。あの日はあいつ、すごい上機嫌で『与志乃』でも『杏』でもドンペリ抜いたりしたんやけど、理由を訊いたら、『スポンサーが肺炎になった』というてん。わたし、なんのことかなと思たけど、話はそれっきりやった。……スポンサーと肺炎って、どういう意味やったんやろ」

「それはいつのことでした」

「八月の初めやったと思う。……そう、八月七日の火曜日が『与志乃』の十五周年で、その前の日やった」

「八月六日の月曜ですな」

フッと閃《ひらめ》くものがあった。本多はメモ帳を広げる。中瀬耕造は七月二十七日の昼すぎに羽曳野の農林センターで倒れ、午後八時ごろに救急車で富田林の薫英会病院に搬送された。耕造の病状は一進一退だったが、八月六日に肺炎を起こして容体が急変し、一時は危篤状態に陥って中瀬の娘ふたりが徹夜で病院に詰めた。

そうか、そういうことか——。

「なにかあったん？　八月六日に」本多の顔を覗き込むように真弓が訊く。

「いや、別に……」

メモ帳を閉じた。「柏木の口から武内宗治郎とか中瀬耕造いう名前を聞いたことありますか。ここ二年で亡くなった資産家です」

「ううん、知らん」かぶりを振る。

「瀬川頼子とか、道井恭子は」

「誰よ、それ」

「微祥グループの登録会員です」

「わたし、結婚相談所なんか用がないもん」

真弓は煙草を吸い、カフェオレを飲む。本多はまたメモ帳を開いた。

「三好さんは柏木と徳島に行ったことないですか」

「あいつと旅行？　一回、東京に行ったわ」

「一昨年の九月八日、柏木は徳島に行ってます。その前後に会うた憶えはないですか」

パークハイアットに泊まり、新宿二丁目で飲んだという。

「あほらし。一昨年の日付まで憶えてるわけないわ」

真弓は投げるようにいい、「けど、あいつが徳島に行ったんは知ってる」

「どういうことです」

「朝、ピンポーンて音が鳴って眼が覚めた。しつこく鳴るから、起きてインターホン見たら、あいつが立ってた」

真弓は柏木を部屋に入れた。柏木は寝ていないといい、真弓の寝室に行こうとした。顔に脂が浮いて汗臭い。シャワーぐらい浴びてよ——。そういうと、柏木はリビングで裸になり、真弓をソファに押し倒してセックスした。柏木は昼まで眠り、出ていったという。

「なんか、すごい昂《たかぶ》ってて、スピードでもしてんのかなと思た。あいつはよう泊まりにきたけど、朝来て昼に帰ったんは、あの一回きりやった」

「それは何時ごろでした。柏木が来たんは」

「六時半か七時ごろとちがうかな。窓の外が明かるかったし」

「そのとき、柏木は徳島に行ったというたんですか」

「そう。徳島からの帰りに寄った、って」

時間的に符合する。柏木は九月九日の午前三時十分、徳島本町の『新阿波レンタカー』にレンタルしたヴィッツを返却しているのだ。

「徳島でなにをしてたか、聞きましたか」

「聞いたかもしれんけど、忘れた」

真弓はテーブルに片肘ついて、「その九月八日いう日付が大事なん？」

「一昨年の九月八日の夜、武内宗治郎が徳島県のつるぎ町で事故死してます。車ごと五十メートル下の川原に転落したんです」

「それって、あいつがやったん？」

「確証はないです。徳島県警は事故死として処理しました」

小夜子がいっしょにいた、とはいわなかった。

「なんか、怖い話。わたしは人殺しとセックスしてたわけ？」

人殺し、セックスという言葉に、隣の席の男がこちらを向いた。本多は知らぬ顔で、

「柏木のマンションに泊まったことは」真弓に訊く。

「あいつ、いっぺんも部屋に入れてくれんかった。気が向いたとき、わたしを抱くだけ」

「月々の手当というようなものは」

「あいつはケチやから、お手当なんかくれへん。ときどき、五万円とか十万円とか小遣いはもらったけどね」あっさり、真弓はいった。

「愛人契約ではなかったんですね」

「そんなんしたら、部屋の鍵を渡さなあかんやんか。わたしもいろいろあるもん」

「柏木のほかにも相手がいるということですか」

「そんなの、あたりまえでしょ。新地の勤めなんやから」

聞き耳をたてている男を真弓は睨んだ。男はすっと視線を逸らす。

「わたし、思い出した。あいつが徳島の帰りに寄った日のこと」

低く、真弓はいった。「あの日、あいつに頼んでん。払いのわるい客がいるから、集金につきあってって」

「口座のお客ですか」

「そう。北浜の画廊のオーナー」

「で、柏木は」

「そんな暇ない、いうて、さっさと出ていった」

真弓は昼すぎにマンションを出て、画廊へ行った。オーナーに飲み代を請求したが、七万円しか払ってもらえなかったという。「――そのおやじのツケ、まだ三十三万円も残ってるねん」

「そら大きいですね、三十三万の立て替えは」

「本多さん、取り立ててくれる？　わたしの代わりに」

「ぼくは取立て屋とちがいますねん。興信所の調査員です」

「調査員のくせに鈍いんやね。そのオーナーの集金をしてくれたら、柏木が徳島から帰った日が分かるやんか」

「というのは？」

「わたしが画廊に行ったとき、油絵の個展をしてた。その日が初日で、絵描きさんが挨拶してた」舞妓を描いた絵がたくさん掛かっていたという。

個展の初日、舞妓の油絵──。日にちが分かれば、柏木が一昨年の九月八日に徳島へ行き、翌九日の早朝に徳島から大阪にもどって真弓の部屋へ行った足どりが確定できる。

「それ、なんて画廊です」

「いうたら行くんでしょ。訊き込みに」

「そのつもりです」

「だったら、三十三万円、取り立てるって約束して。わたしの名刺渡すから」

いくら取り立てるかは本多に任せる、わたしは二十万円でいい、と真弓はいい、傍らのバッグからカード入れを出して名刺を抜いた。

「北浜の『北栖画廊《ほくせい》』。オーナーは宮地《みやじ》。脂ぎったアボカド爺《じじい》」

アボカド爺──。色黒で面の皮が厚いのだろう。

「ボールペン貸して」

「どうぞ」

渡した。真弓は名刺の裏に《請求書　宮地様　￥３３００００也　与志乃　繭美》と、ミミズが這ったような字を書いた。ふざけた請求書だが、真弓の流儀なのだろう。

本多は名刺を受けとり、カプチーノを飲みほした。メモ帳をポケットに入れる。

「待って。まだあるねん」

真弓はいった。「柏木からも集金して。飲み代とわたしのバンス。振り込むというたけど、あいつのことやから分からへん」

「いくらです」

「九十七万円。……七十万円、わたしにちょうだい」

「分かりました。頭に入れときます」

もう訊くことはないかと考えた。ひとつあった。

「さっき、柏木がスピードをしてるとかいいましたよね。シャブですか」

「そう。あいつ、たまにやってるみたい」

「炙《あぶ》りですか、ポンプですか」

「ポンプ……？」

「注射ですわ」

「炙りやと思う」

「まさか、三好さんもしてないやろね」

「あほなこと、いわんといて。犯罪やんか」真弓は大袈裟に手を振った。

「柏木に会うたとき、シャブのことをいうてもよろしいか」

「かまへんよ。警察にいうても」

この女もシャブをやったことはあるかもしれないが、いまは身体から抜けている。そう思った。

「いや、ありがとうございました。集金できたら連絡します」腰を浮かした。

「これもなにかの縁やもんね。今晩、次の店の面接に行くし、決まったら飲みに来て」

「新地ですか」

「ミナミ。笠屋町」

バブルのころからの老舗クラブだという。

「行きますわ。三好さんの口座でね」

その気はないが、そういった。

18

西梅田、ヒルトンプラザ喫茶室。理紗は少し遅れてきた。白い薄手のカットソーにミディアム丈のフレアスカート、ヒールはスカートと同色のピンクで、赤のケリーバッグを持っている。

「ごめんなさい。待った？」理紗は柏木のビールに眼をやった。泡が消えている。

「十分ほどかな」腕のピゲを見た。

「なにか飲む？」

「『アイビス』は」

「鮨食うてから行こ」マネージャーと時間の約束はしていない。

「じゃ、アイスコーヒー」

理紗はソファに腰かけた。柏木はウェイトレスを手招きしてアイスコーヒーを注文する。

「今日はまた、一段ときれいや」

「ありがとう。柏木さんにいわれるとうれしい」

理紗はほほえむ。美容部員だけに、化粧は巧い。私用の化粧品は五割引きで購入できるという。

「先にいうとくけど、『アイビス』のマネージャーはこれや」

手の甲を頬にあてた。「女の子の服装と化粧にはうるさい」

「そうなんや……。わたしの服、ちょっと地味かな」理紗はカットソーの袖口をつまむ。

「肩口がもっと開いてて、ブラのストラップが見えたほうがええかもしれん。鮨屋の前にブティックに寄ろ」

「買ってくれるの」

「ブラとTバックとガーターも買お」

ストッキングを穿かせたまま抱くのが好きだ。

柏木さん――。声をかけられた。振り返る。男が立っていた。

本多だった。生成りのリネンスーツに白のシャツ、グレーのダーティーバックスを履いている。

「奇遇ですね」

本多はいった。「デートですか」

なんや、こいつは。なんでこんなとこに来た――。

「初めまして。南栄総合興信所の本多といいます。調査員です」

本多は理紗にいった。理紗は小さく頭をさげる。

「お名前は」

「杉村《すぎむら》です」

「新地の『杏』というお店にお勤めですよね」

「あ、はい……」

理紗はうなずいた。「夜のバイトですけど、今週で辞めます」

「『与志乃』の繭美さんはお知り合いですか」

「えっ……」

「理紗、外してくれ」

柏木はいった。窓際の席を指さして、「あっちで待っててくれるか」

理紗は立って席を移った。

「どういうわけや。おれをつけまわしてんのか」

「いやいや、これにはわけがありますねん」

座れ、ともいわないのに、本多は向かいに腰をおろした。「夕方、江坂に行ったんですわ。柏木さんに会いとうてね。微祥のビルのそばでパーキングを探してたら、柏木さんが歩道に立ってますねん」

柏木はタクシーを停め、乗った。本多はあとを尾《つ》ける。タクシーは新御堂筋を南へ走り、ヒルトンプラザの前で停まった——。

「柏木さんはヒルトンプラザに入った。おれも車を降りて柏木さんにつづいた。柏木さんが喫茶室に入るのを見とどけてから、外に出て、車をパーキングに駐めてきたんです」

「なにが奇遇や。おれを尾行したんやないか」

「こうして会えたんやから、ええやないですか」

そこへ、アイスコーヒーが来た。本多はストローの袋を破る。

「それは理紗が頼んだんや」

「喉、渇いてますねん」

本多は理紗に手をあげ、アイスコーヒーにシロップとミルクを落として混ぜる。

「繭美がどうのこうのというたな。どこで聞いたんや」

「それは柏木さん、取材源の秘匿ですわ」

「誰に聞いたんや、繭美のことを」

「柏木さん、駐車違反の身代わり出頭は犯人隠避罪いうてね、おたくはよしとしても、三好さんが逮捕されるのは気の毒ですやろ」

本多は繭美の名字を知っていた——。

「繭美に会うたな」

「浪花町のマンション住まいですな。家賃が高そうや」

「会うたんやな、繭美に」

「ま、おもしろい話を聞かせてもらいましたわ」

本多はアイスコーヒーを飲んだ。「それにしても、あんたの愛人ふたりに会うたんは奇遇や。どっちも背が高うて、すらりとして、あんたの好みがよう分かった」

「愛人とはいわんやろ。おれは独身やで」

「おれも独身ですわ。内縁の妻がひとり」

シートにもたれて本多は笑う。くそっ、馴れ馴れしい。

「繭美はなにを喋った」

「いろいろですわ」

「その、いろいろをいうてみいや」

「おれは弁護士に報告するつもりなんですけどね、書面にして」

「ひょっとして、おれを脅してんのか」

「犯人隠避罪と恐喝罪。おたがい、落としどころを考えますか」

「そのものいいをなんとかせいや。うっとうしい」

「クライアントには丁寧に喋れといわれてますねん」

こいつ――。カッとしたが抑えた。ここで感情をあらわしたら負けだ。

「まず、質問ですわ」

本多は上体を起こした。「一昨年の九月八日、どこにいてました」

「なにを眠たいことというとんのや。一月前のことも憶えてへんのに、一昨年の九月八日やと。寝言は寝てからいえ」

「そらおかしいな。一昨年の九月八日、あんたは徳島におったんやで」

瞬間、血の気がひいた。顔がこわばる。ビールを飲みほした。ぬるい。

本多は上着のポケットからメモ帳を出した。

「平成二十二年九月八日、あんたは徳島本町の『新阿波レンタカー』でヴィッツを借りた。出庫は十三時二十分。返却は翌九日の午前三時十分。……そのあいだの約十四時間、あんたはどこでなにをしてたんや」

「えらそうにいうなや、おい。証拠があんのか、証拠が」

「あんた、顔色がわるいで」

本多はメモ帳に挟んでいた紙片を広げた。「レンタカーの貸出記録や」

Ａ４の用紙の右下に柏木の運転免許証がカラーで印刷されていた。ヴィッツの登録ナンバーや走行距離、精算料金も印字されている。

「武内小夜子の夫、武内宗治郎の死体検案書をとった」

本多はつづける。「武内宗治郎はプリウスを運転して徳島県美馬郡つるぎ町滝見の県道261号を走行中、林業道路の開口部から五十メートル下の一宇川川原に転落し、脳挫傷で死亡した」

現場県道上にスリップ痕はなく、プリウスの車内から喘息発作どめの吸入薬が発見されたが、剖検の結果、武内の体内から薬物やアルコールは検出されなかった。弓馬署交通捜査係は武内の生命保険加入状況も調べた上で自損事故と判断し、武内の遺体は西宮市甲陽園に搬送されて葬儀が行われた——。

「これからあとは、柏木さん、よう知ってるわな」

「なんのことや」動揺を隠した。

「通夜の席に小夜子が現れて、武内の遺族に公正証書遺言状を突きつけたんや」

「ほう、そうかい」

「一昨年の九月八日、武内小夜子は武内宗治郎を誘うて徳島にいった。プリウスに同乗して、大《おお》歩危《ぼけ》、小歩危《こぼけ》、祖谷渓《いやだに》を見物した。その間、あんたは『新阿波レンタカー』で借りたヴィッツを運転して祖谷渓に先まわりし、武内宗治郎を殴って昏倒させ、プリウスに武内を乗せてつるぎ町に向かった。小夜子はヴィッツを運転してつるぎ町の現場に行き、プリウスを崖下に転落させたあんたを拾うて徳島市内へ走った……」

本多はそこで言葉を切り、「な、柏木さん、多少の齟齬《そご》はあるかもしれんけど、おれの見立てにまちがいはないはずや」

「へっ、どこでそんな絵空事を考えたんや。嘘も休み休みいえ」

「なにが絵空事や、え」

「武内小夜子はな、免許を持ってへんのや」

「免許がのうても運転はできるがな」

「あほぬかせ。武内の齢、知ってんのか。六十九やぞ」

「武内小夜子は昭和四十八年十二月十日、和歌山で轢き逃げ事件を起こした。それで免許取消しになったけど、運転は忘れてへん」

本多はいって、「いや、取消しになったときは武内やない、黒澤小夜子やったけどな」

この男は小夜子の履歴をすべて調べあげている——。柏木は思った。

「それに、もっとおかしなことがある。その、つるぎ町の同じ現場で、元木日出夫という堺の資産家が車の自損事故を起こしてる。平成十三年十月九日午後十一時、武内宗治郎と同じく崖下に転落して、脳挫傷で死亡した。……元木日出夫の妻の名前は、柏木さん、いわんでも分かってるやろ」

「…………」なにもいえない。言葉が出ない。

「黒澤小夜子、昭和十八年一月十五日、北河内郡門真町で出生。初婚の相手は星野やった。星野小夜子は昭和四十八年四月に占脱で北淀署に逮捕され、離婚。その年の十二月に和歌山で轢き逃げ。翌四十九年九月、有田市で海南署に窃盗容疑で逮捕されたときは岸上小夜子いう名前やった。岸上と離婚して黒澤姓にもどり、昭和五十年十一月、自転車盗と覚醒剤取締法違反で曾根崎署に逮捕。昭和六十二年二月、詐欺、有印私文書偽造で奈良県警上牧《かんまき》署に逮捕されたときは西山小夜子、平成三年五月に有印私文書偽造で大阪府警茨田《まった》署に逮捕されたときは中尾小夜子いう名前やった」

本多はメモ帳を見ながらいい、顔をあげた。「星野、岸上、西山、中尾、末永、元木、名城、津村、武内……入籍して名字の変わった相手が九人。ほかにも公正証書をまいただけの相手が何人もおるはずやで」

「男運がわるいんやろ」

「黒澤小夜子は福原にもおった。たぶん、昭和五十年代や。シャブで三年ほど務めたあと、出所して神戸に流れた。西山いう男は浮世風呂の客やったんやろ」

そう、小夜子は福原で西山と知り合った。西山は総身に墨の入ったヤクザ者で、債権取立てをシノギにしていた。西山は奈良王寺の土建業者が振り出した白地《しらじ》手形を入手して総額一億もの金額を書き、小夜子に裏書させてサルベージ屋に持ち込んだという。土建業者は上牧署に泣き込み、小夜子は西山の共犯として逮捕された。小夜子はいまもいう。うちがほんまに惚れたんは西山だけや、と――。

「まだある。名城善彦や」

本多はまたメモ帳に視線を落とした。「平成十六年四月、名城は小夜子といっしょに白浜に行った。宿泊したんは『はまゆり荘』。名城は宴会のあと姿を消して、添乗員が真砂海岸を探した。地元警察が出動し、名城の溺死体を発見したんは……」

「分かった。もうええ」

柏木は遮った。「報告書はいつ書くんや」

「今週中に書く。あと一件、調べごとがあって、それが分かったら、まとめて弁護士に渡す」

「なんや、調べごとて」

「轢き逃げや。平成七年から九年の夏、比叡山ドライブウェイで末永いう男が撥ね飛ばされて崖下に落ちた。遺体は翌朝に発見されたけど、近くのホテルにいっしょに泊まってたんが末永小夜子や。その事件はいま、滋賀県警に照会してる」

「おまえ、犬やな。嗅ぎまわるのがうれしいか」

「パブロフの犬やろ。犯罪の臭いを嗅いだら追わずにおれんのや」

　これはいよいよ危ない。この男は末永の死まで調べている。

　末永を撥ねたのは平成八年の夏だ。夜、小夜子は末永を誘い出して展望台へ行った。その帰り路、末永の少し後ろを歩く小夜子はガードレールの隙間から左に逸れた。耳の遠い末永は気づかず、ドライブウェイの坂を降りていく。柏木はヘッドライトを消した車で近づき、末永を撥ねた。末永はガードレールに叩きつけられて跳ねあがり、白いシャツとズボンが宙を舞う情景がストップモーションのように、いまも残像として瞼の奥に焼きついている。柏木は名神高速道路から北陸自動車道を経由して新潟へ行き、角神《つのがみ》温泉近くの山中で車を崖下に転落させた。車内の指紋は入念に拭きとった——。

「その報告書、買お」低く、柏木はいった。

「ほう、そうかい」小さく、本多はいう。

「値段、いえや」

「おれの口からはいえんやろ」

「五百万」

「冗談は顔だけにしてくれや」本多はせせら笑う。

「しゃあない。一千万や」

「ええ値やな」

本多は否とも応ともいわず、「おれは小夜子の弟に会うた。黒澤博司。よう知ってるわな。柏木組の元組員や」

「黒澤からなに聞いた」

「末永の轢き逃げや」

「嘘やろ」

「黒澤が盗んできた車で、あんたが撥ねた。おれはそう見てる」

「よう考えてものいえや。博司が共犯なら末永のことを喋るわけないやろ」

「ほう、組長の息子は黒澤を博司と呼んでるんか」

「ええ加減にせいよ、こら」

挑発にのってはいけないと思いながら、つい口調が荒くなる。隣の席と離れているとはいえ、ここはヒルトンプラザの喫茶室だ。

それにしても、なぜ黒澤は喋ったのだ。そこが分からない。

「おまえ、博司に金つかませたな」低く、柏木はいった。

「なんのことや」

「博司が喋るわけない。金で喋らしたんやろ」

「それはちがうな」

「どうちがうんや」

「小夜子に訊いてみいや」

「小夜子に会うたんか」

「会うた。北堀江のマンションでな。えらい派手な装《な》りしてたわ」

本多はアイスコーヒーの氷をつまんで口に入れた。濡れた指先を上着で拭く。「報告書、ほんまに買うか」

「買う。なんぼや」

「おれ、マンションが欲しいんや」

「千五百万か」

「中古のマンションも買えんがな」

「二千万か」

「そら1DKやろ。おれにはよめはんがおるんやで」

「おまえ、ほんまにうっとうしいの」

「ようわれるんや。調査対象者に」

「二千五百万」

「新築マンションには新しい家具が要る」

「三千万や。それ以上は出さん」

「ま、ええやろ。手を打と」

「強請《ゆすり》はいっぺんだけやろな」

「な、所長さんよ、なにごともやりすぎはようない。おれは分を知ってるつもりや」

本多はメモ帳をテーブルに置いた。「これは三千万であんたにやる。報告書も書かへん。あんたは小夜子と組んで、これからも稼げや」

「三千万もの金、すぐには用意できへんぞ」

「今週中やな。土曜日まで待と」

九月八日、それが期限だと本多はいい、メモ帳とレンタカーの貸出記録をポケットに入れる。コーヒー代や——。千円札を置いて立ちあがった。

理紗がこちらの席に移ってこようとした。ちょっと待て——。柏木は手で遮り、小夜子に電話する。

——はい。なに？

——いま、どこや。

——家やけど。

——本多が来たか。くそったれの探偵や。

——さっき、会うた。帰ってドア開けたら、廊下に立ってた。

二言、三言、言葉を交わして出ていったという。

——本多が来たんなら、なんで知らせんのや。

——それどころやないわ。台所はむちゃくちゃにひっくり返ってるし、博司は首に縄かけられてゲーゲー吐いてた。手も足もテープでぐるぐる巻きにされてたんやで。

——そうか、そういうことかい。

博司が喋ったわけが分かった。

——博司はどうした。

——テープを剝いだったら、包丁に布巾《ふきん》巻いて出ていった。殺したる、いうて。

——とめんかい。警察沙汰になるやろ。

——博司にそんな度胸があるかいな。あったら、もっとマシなヤクザになってる。

どうせ、そこらのパチンコ屋で玉を弾いているのだろうと小夜子はいった。

——おれはいま、本多に会うた。ややこしいことになってる。あんたと話がしたい。

——電話でしたらええやんか。

——電話でできるような簡単な話やない。

——何時よ。どこで会う？

——十時。日航ホテルのラウンジや。

——いまから二時間半もあるやんか。

——することがあるんや。

『アイビス』の面接をし、ミナミのラブホテルで理紗を抱くのだ。

電話を切った。伝票をとって理紗の席へ行った。


十時半、ホテル日航二階のバーに入った。小夜子はピアノのそばのボックスにいた。

「誰や、あんた」柏木を睨みつける。

「すまん。ちょっと遅れた」

「十時に来いというたんはどこの誰や。どうせ女とやってたんやろ」

「会うなり、それかい。なんとでもいえや」

理紗をなんば駅まで送って行ったのだ。理紗は御堂筋線なかもず駅から心斎橋の大丸に通っている。実家のマンションに住んでいるが、勤めをはじめてからは朝帰りをしても叱られたことはないという。

柏木はシートに座り、ウェイトレスを呼んだ。コルドンブルーの水割りを注文する。小夜子はメンソールの煙草に金張りのカルティエで火をつけた。

「話て、なんやの」

「新井や。電話したか」

「した。ごちゃごちゃ細かいことというてた。公正証書は万能やないとか」

「それで?」

「五千万、払うたらええんやろ。中瀬の姉妹に」

「そのとおりや。裁判になったら、あんたもおれもお終《しま》いや」

「金はどうするのよ」

「藤井寺のマンションを三千万で売れ。あとの二千万はおれが出す」

「へーえ、こないだとは話がちがうんや」

「譲歩したんや。頼みがあるからな」

「頼み……?」

「本多や。あいつはあんたのことを一から十まで調べあげてる」

「どういうことよ」

「黒澤小夜子、昭和十八年、門真で出生。結婚して星野。……星野小夜子は昭和四十八年、北淀署に逮捕されて離婚。その年に和歌山で轢き逃げ、逮捕。次の年は有田で窃盗、逮捕。岸上姓から黒澤姓にもどって、昭和五十年、曾根崎署に逮捕。自転車盗とシャブや——」

本多から聞いた小夜子の経歴を思い出す限り話した。小夜子は表情を変えることもなく黙って聞いている。「——星野、岸上、西山から武内まで、あんたが籍を入れた男の名前はみんな知ってた。あんたが福原の浮世風呂におったことも、末永が比叡山で死んだことも、名城が白浜で死んだことも、元木と武内が徳島のつるぎ町で死んだことも、なにもかも本多は調べてメモ帳に書いてた。そいつを報告書にして弁護士に渡すと、おれを脅しよったんや」

「それで、あんた、どないしたんや」

「メモ帳を買うというた。三千万で」

「………」小夜子は眼をつむり、シートにもたれる。

「徳島のレンタカー屋の貸出記録にはおれの免許証が載ってた。本多は徳島へ行って、弓馬署の捜査記録から武内宗治郎の死体検案書までとってくさるんや」

「本多は興信所の雇われやろ。雇われがそこまでしつこく調査するのはおかしいわ」

「本多は弁護士に報告書を渡す気なんぞない。端《はな》から、おれらを強請《ゆす》るつもりで動いとんのや」

そこへ、ウェイトレスが来た。水割りとつまみのナッツをテーブルに置き、離れていく。柏木は水割りに口をつけた。

「ほんまに、三千万もの大金を本多に払うんかいな」ぽつり、小夜子はいった。

「折半するか」

「あほいいなや。中瀬に三千万出した上に千五百万？　死んだほうがマシや」

「死にたかったら死ねや。絞首刑や」

「証拠もないのに、死刑なんかなるかいな」

小夜子は吐き捨てる。「末永、元木、名城、武内……、あんたがやったんや」

「やかましい。他人事《ひとごと》か」

比叡山で末永を撥ねたあとは麻痺した。老人は簡単に死ぬ。ただ手順どおりにことを運んだだけだ。「――本多は期限を切った。この土曜や。それまでに金を用意せないかん」

「あんたが払え。うちは知らん」

「ええ了見やな、え」

「脅されたんはあんたや。うちやない」

「よう考えろや。本多にとって、あんたとおれは金の生る木や。強請《ゆすり》はこの一回だけやない。これから先、永遠につづく。それはまちがいない」

「ふーん、それで？」

「おれは決めた。本多を始末する」

「あ、そう」小夜子は平然として煙草を吸う。

「博司はいま、どこや」

「家におったわ。パチンコ負けて帰ってきた」

「携帯は」

「持ってる。うちが買うてやった」

「電話せいや。ここに呼べ」

「博司になにいうつもりよ」

「ええから、呼べ」

小夜子はバッグから携帯を出した。ボタンを押す。柏木は受けとった。

――なんや。

――おれ。柏木。

――姉ちゃんといっしょかい。

――ミナミの日航ホテルにおるんや。話がある。出てこいや。

――眠たい。行かへん。

――おまえ、チャカ買えるか。

――チャカやと？

――どうなんや。

――三十万もあったら買える。実包《マメ》つきでな。

――頼みがあるんや。出てこい。

――じゃかましい。眠たいというたやろ。

――小遣い、要らんのか。

――なんやと。

――二百万……、いや、三百万や。

――しゃあない。行ったろ。日航ホテルやな。

――二階のラウンジや。待ってる。

通話ボタンを押した。携帯を小夜子に返す。

「博司を使うんやないやろね。本多を始末するのに」

「へっ、博司がかわいいんか」

「博司にひとを殺せるような根性はない。うちがいちばんよう知ってる」

小夜子は脚を組み、けむりを吐く。「あんたがやらんかいな」

「博司はな、あんたが思てるような男とちがうで」

「どうちがうんよ」

「あいつは柏木組におったころ、恐喝と銃刀法違反で二年ほど食らい込んでるんや」

黒澤博司は兄貴分に呼ばれて追い込みの手伝いをしろといわれた。兄貴分は上部団体の組員に博打の貸し金があるといい、その取立てをするという。黒澤は匕首《あいくち》を腹巻に隠して兄貴分といっしょに組員のアパートへ行った。組員はへらへら笑うだけで、金を払うふうはなく、柏木組を下に見るようなことをいった。黒澤は匕首を抜いて組員に斬りつけ、組員は二階の窓から飛び降りて逃げた。騒ぎは警察に通報され、黒澤は駆けつけた警察官に逮捕された——。

「博司はヤクザや。頭に血がのぼったら、なにをするや分からへん。包丁持って本多を追いかけたんも、ほんまに刺す気やったんや」

「博司を使うのはあんたの勝手や。けど、うちに火の粉がかかるのはあかんで」

「そんなことは考えとるわ。あんたは金出せ」

「なんの金よ」

「博司にやる金や」

「うちはあんたの財布か。二言目には金寄越せと」

「博司に出てって欲しいんやろ。仕事が済んだら博司は消える。一石二鳥やないか」

「百万円。それ以上は絶対に出さへん」

「分かった。百万でええ」水割りを飲んだ。

「帰るわ」小夜子はバッグを持って立ちあがった。

「ちょっと待てや、おい」

「博司が来るんやろ。うちは邪魔や」

小夜子はラウンジを出ていった。

19

九月五日——。小夜子から携帯に電話がかかった。高麗橋のプラザホテルに来てくれという。

——チェックアウトできへんねん。すぐに来て。

——どういうことや。

——舟山に奪《と》られたんや。お金とカード。

——泊まったんか、舟山と。

——あいつはヤクザや。やっと分かったわ。

——そっちへ行く。何号室や。

——822号室。

——待っとけ。

柏木はジャケットをとり、キーを持って所長室を出た。薗井はいない。昼食だろう。ビルの隣の駐車場に入り、アウディに乗った。


高麗橋、プラザホテルのロビーから822号室に電話をした。小夜子はすぐに降りてきた。厚化粧の左頬が腫れ、唇の端が少し切れている。

「殴られたんか……」

訊いたが、小夜子は答えず、

「チェックアウトして」と、カードキーを出した。

柏木はフロントへ行き、宿泊料金二万八千円を払った。小夜子の腕をとってロビーラウンジに入る。奥の窓際のソファに腰をおろした。

「奪られたカードは何種類や」

「ビザとアメリカン・エキスプレス」ふてくされたように小夜子はいう。

「カードをとめんとあかんぞ」

「それはもうとめた。あんたに電話する前に」

「さすがやな」抜かりがない。

「けど、お金は二十五万円もやられた。とりもどして」

「警察にいえや。強盗傷害や」

「それ、本気でいうてんのかいな」

「洒落や、洒落」

哄《わら》ってやった。「これで眼が覚めたやろ。あの男は堅気やない」

ウェイトレスを呼んだ。柏木はコーヒー、小夜子はアイスティーを注文する。柏木は煙草を吸いつけて、

「舟山とは切れるようにいうたはずやで。なんでまた、こんなとこに泊まったんや」

「セックスがええからに決まってるやろ。ほかになにがあんのよ」

小夜子もメンソールの煙草に火をつけた。「あいつはうちの玩具《おもちゃ》やったんや。適当に遊んで捨てたろと思てたのに、いきなり本性を出しよった。金を貸してくれというたんや」

朝、小夜子はセックスをした。ひと眠りして起き、ルームサービスのサンドイッチをとった。舟山はビールを飲みながら、箕面《みのお》の粟生《あお》で三千坪の倉庫跡地が競売にかけられているといい、購

入資金として二億円を用意したが、まだ一億円足らないといった。その一億円を借りるには、銀行に三千万円の定期預金を積む必要がある。三千万円を都合してくれたら毎月三十万円の利息を払い、倉庫跡地を造成して分譲したときは五千万円にして返済する、と小夜子にいった——。

「ほんまに、振り込め詐欺も真っ青のホラ話や。鼻で笑うたったわ。三十、四十の小娘やなし、うちを誰やと思てんねん。そしたらあいつ、怒りだして、金もないババアと寝るわけないやろ、というた。うちも頭にきて火のついた煙草を投げたった。大喧嘩や。うちは殴られてバスルームに逃げた」

しばらく待ってバスルームを出ると舟山の姿は消え、小夜子の財布から金とクレジットカードが抜かれていた——。

「我慢できへん。あいつを半殺しにして金とカードをとりもどして」

「ええやないか、二十五万ぐらい。カードはとめたんやろ」

「あほも休み休みいいや。うちは舐められたんやで。あんたにこのカタがとれんのやったら、こないだの話はなしにするからね」

「なんや、こないだの話て」

「中瀬の姉妹に五千万、払うんやろ」

「いまさら、なにをいうんや。おれは新井を立てたんやぞ。守屋とかいう弁護士に対する、あんたの代理人としてな」

「代理人なんか要らんわ。うちがいつ頼んだんや」

「あんたはもう表に出るな。おれと新井に任せとけ」

「そんなことより、舟山や。きっちりカタとって」

「分かった。このあと瓢簞山へ行く」

煙草を揉み消したとき、頼んだコーヒーとアイスティーが来た。


東大阪市瓢簞山町三丁目。三階建アパートは灰色の壁一面にぶどうの蔓《つる》のようなクラックが走っていた。ブロック塀に《コーポ・グランシップ》と、金属製のプレートが取り付けてある。柏木は塀際に車を駐め、敷地内に入った。

正面がアパートの玄関、左にもうひとつ出入口があった。《グランシップ》と、縦書きの表札。窓から中が見えた。白髪の男がデスクに座っている。

柏木はドアを引いた。男が振り返った。

「こんちは。舟山さん」中に入り、ドアを閉めた。

「ほう、小夜子に聞いて来たか」さも面倒そうに舟山はいった。

「痴話喧嘩はかまわんけど、女の財布をひっかきまわすのは行儀がようないな」

椅子を引き寄せて座った。「警察にいうたら、あんた、手が後ろにまわるで」

「おまえはいったい、なんや。微祥の所長とちがうんかい」

「武内小夜子はうちの会員や。会員のトラブルは所長が始末する。そういうこっちゃ」

「おまえ、極道みたいなものいいやのう」

「舟山さんよ、金とカード、返してもらおか」

「返したろ。……けど、おまえに返すんやない。小夜子が来るのが筋やろ」

「筋もくそもない。おれは武内小夜子の代人なんや」舟山を睨《ね》めつけた。

「おまえ、小夜子みたいな女を何人抱えてるんや」

「なんやて……」

「あの女は性根が腐っとる。会うたびに、籍を入れろ、公正証書をまけ、としつこい」

舟山は椅子にもたれ、デスクにカードを二枚放った。「おまえ、女を使うて稼いどるんやろ。ほかには黙っといたるから、このカードを買え」

「それ、武内のカードか」

「値をつけろや。代人やろ」

「そうかい」

柏木は立った。舟山に近づく。椅子ごと蹴り倒してデスクのカードをとった。

舟山は起きようと四つん這いになった。柏木はみぞおちを蹴りあげる。舟山は壁にぶつかり、背中を丸めて呻いた。柏木は舟山の上着を探って札入れを出す。中の札をみんな抜き、札入れを捨てた。

「殺したるぞ、こら」舟山がいった。

「おう、いつでも来いや」

柏木は《グランシップ》を出た。

※　※

九月八日、土曜――。出入口のバーがあがり、本多は通天閣横の駐車場にフィットを入れた。五、六十台は駐められそうな広い駐車場だ。通路を一周し、通天閣に近い東側のフェンス際に駐めた。
ちょうど十二時――。柏木に会うのは一時だ。メモ帳とレンタカーの貸出記録はグローブボックスの中にある。

フェンスの向こうに通天閣の昇降口が見えた。エレベーターロビーのまわりに、修学旅行だろう、制服を着た中学生の団体がいて、昇降を待つあいだ、テイクアウトの焼きそばやたこ焼を食ったりしている。最近の新世界人気もあって、通天閣の年間入場者数は百万人を優に超えているという。

本多は車外に出てドアをロックし、ジャンジャン横丁へ歩いた。串カツを食おうと思ったが、店の前に行列ができている。ガイドブックを持ったミニスカートの女と眼が合ったから愛想笑いをすると、女はすっと横を向いた。観光客だらけのジャンジャン横丁は昭和レトロの風情がなくなった。

近くの居酒屋に入り、ノンアルコールのビールで、どて焼とチヂミを食った。駐車場にもどって車に乗り、煙草を吸う。さっきの中学生の団体はみんな展望台にあがったようだ。

柏木はアウディに乗ってくる。駐車場にアウディを入れて本多のフィットの隣に駐め、たがいにサイドウインドーをおろしてメモ帳と金を交換する手はずになっている。

取引場所に通天閣横を指定したのは本多だ。駐車場は三方がフェンス張りで見通しがよく、人目も多い。柏木に襲われる恐れはないだろうが、万一のことを考えてここを指定した。十二時四十五分——。あと十五分で三千万円が手に入る。取引はこの一度きりだ。しつこく脅せば柏木も牙を剝く。

煙草を消し、また一本抜いて吸いつけた。駐車場の出入口から眼を離さない。ライトシルバーのアウディA8が来れば、見まちがえることはない。

ノック——。振り返った。左リアフェンダーのそばに男が立っている。顔は見えない。

男は移動した。助手席のウインドーからこちらを覗き込む。野球帽にサングラス、柏木ではない。黒澤だ……。

「開けんかい。金、持ってきた」

黒澤はいい、ウインドーに黒いバッグをかざした。バッグは膨らんでいる。

「柏木は」ウインドーを少しおろして訊いた。

「来《け》ぇへん。わしは代わりや」

「なんで来んのや、柏木は」

この男は危ない。小夜子のマンションで殴りつけ、首にロープを巻いて絞めたのだ。あの落し前をつけに来たのかもしれない。

「知るかい。ドア、開けろや」

「おれは柏木と取引する」

「あほんだら。ガキの使いやないぞ」

黒澤はバッグのジッパーを引いた。中に帯封の札束が見える。「金をやる。メモ帳を寄越せ」

「なんぼあるんや」

「三千万」

「バッグをシートに置け」

ウインドーをいっぱいにおろした。

「その前にメモ帳や。徳島のレンタカー屋のコピーもな」

黒澤はジッパーを閉める。

本多はグローブボックスを開けた。メモ帳と貸出記録のコピーを出し、黒澤に見せる。

「寄越せ」

「バッグが先や」

「おどれ……」

黒澤の声が震えた。眼が据わっている。

あかん――。一瞬、感じた。セレクターレバーを引く。

黒澤の右手に拳銃が握られていた。銃口がこちらを向く。

アクセルを踏み込んだ。パンッ、パンッと乾いた発射音。フィットは急発進し、通路を走って前の車に衝突した。本多はバックし、ステアリングをいっぱいに切る。腰だめに銃をかまえる黒澤を撥ねて出入口に走り、バーを弾き飛ばして駐車場を出た。阪神高速の高架下まで走り、動物園に沿って南へ行く。赤信号で車を停めた。

左足の痛みに気づいた。ふくらはぎだ。膝から下、ズボンが赤く染まっている。

くそっ、やられた――。右足は大丈夫だ。腕も撃たれてはいない。

信号が変わった。左折してバス通りへ。ハザードランプを点滅させ、車を左に寄せて停めた。ドアポケットからカッターナイフを出した。ズボンに刃を差して左膝から下を切りとる。ふくらはぎの出血はかなりひどい。タオルで血を拭うと、左右の両側に小指の先ほどの穴があき、拭うたびに血が滲《にじ》み出る。

貫通したな――。そう判断した。左の射入口より右の射出口のほうがわずかに大きい。骨はやられていないようだ。筋肉内に弾が残っていないのはいいが、貫通創にズボンの繊維を巻き込んでいる。切開して洗浄しないといけない。

タオルを裂き、ふくらはぎをきつく縛った。二重に巻いて、また縛る。

本多は弾を探した。貫通した弾が運転席まわりにあるはずだ。シートをいっぱいにさげ、足もとを探ると、カーペットに楕円の穴があいていた。カーペットをカッターで切り、広げる。フロアパネルに擦った痕があり、その先に鈍色《にびいろ》の弾を見つけた。弾は潰れているが、そう大きくはない。直径は約六ミリ。二十二口径か。弾を拾ってシャツのポケットに入れた。

携帯のアドレス帳をひき、微祥に電話をした。

――パートナーシップのブライダル微祥です。

――司法書士の新井です。柏木所長をお願いします。

――あいにくですが、柏木はパーティーに出ております。

――出会いのパーティーですよね。会場はどこですか。

――曾根崎の晋山閣です。

――パーティーの時間は。

――十二時から五時です。

そういうことか――。それで分かった。アリバイだ。柏木は曾根崎のチャイニーズレストランでパーティーを仕切り、黒澤は新世界の通天閣で本多を撃つ。柏木は黒澤に、本多を殺してメモ帳を手に入れろと指示していたのだ。

――晋山閣は曾根崎の何丁目ですか。

――一丁目です。お初天神の近くです。

――どうも、ありがとうございます。

通話ボタンを押し、冴子にかけた。

――はい、芳《よ》っちゃん?

——頼みがあるんや。いまからいうもんを用意して、部屋を出てくれ。一階の玄関前でおまえを拾うから。

——どういうこと？　部屋にあがってきたらいいやんか。

——ええから、おれのいうとおりにしてくれ。

——変なの。

——まず、おれのズボンや。それと靴下。デッキシューズ。救急箱。ガーゼ。包帯。絆創膏。布テープもあったほうがええな。

——待ってよ。芳っちゃん、怪我してんの。

——大した怪我やないけど、足から血が出てる。ひとに見られとうないんや。

——分かった。持って出るわ。

——いま、新世界や。十五分で着く。

電話を切った。シートベルトを締めて走り出した。

冴子はマンションの玄関前に立っていた。赤いスポーツバッグを提げている。本多は車を停め、冴子を乗せた。

「ほんまや、芳っちゃん、怪我してる」

冴子は驚き、眉を寄せた。「お医者さんは」

「あとで行く。いまは用事があるんや」

マンションを離れた。道頓堀川の堤防近くに移動して車を停める。

本多はシートを倒し、ズボンを脱いだ。ふくらはぎを縛っていたタオルをとる。タオルは血に染まっていた。

「ひどい。穴があいてる」

「いちいち、びっくりせんでもええ。刺されたんや」

銃で撃たれたとはいわない。「止血する。傷口を消毒してくれ」

左足をあげた。冴子はガーゼに消毒液を含ませて左右の傷口を拭く。

「ガーゼを四つ折りにして傷を押さえるんや。思い切り、きつく」

冴子はガーゼを押しあてた。それを本多は絆創膏でとめる。上から包帯を何重にも巻き、その上に布テープを巻きつけると、ふくらはぎはギプスをつけたように固まった。

本多は靴下を履き替え、チノパンツを穿いた。左の膝下が不自然に膨らんでいるが、いまはどうでもいい。

「降りてくれ。おれは行く」

シートをもどして、デッキシューズを履いた。

「どこ、行くの」

「曾根崎で見合いのパーティーや」

「嘘ばっかり。なにをする気よ」

「片をつけるんや。仕事の片をな」

「芳っちゃん、やめて。病院、行って」

「病院は行く。パーティーのあとでな」

「誰に刺されたん？」

「いまはいえん。あとで話す」

腕を伸ばして助手席のドアを押し開けた。「冴子、降りるんや」

「いやや。降りへん」冴子は背中を丸くする。

「約束する。パーティーが終わったら、いっしょに病院行こ」

「芳っちゃん……」

「降りるんや」

肩を押した。力なく、冴子は降りる。冴子の後ろ姿を見ながら本多も車を降り、道頓堀川に潰れた弾を投げ捨てた。

※　※

釣鐘町のパスタレストランでランチを食べ、事務所にもどると、デスクにメッセージが置いてあった。裕美の字で、《守屋先生・連絡ください》——。

朋美は時計を見た。午後一時を五分すぎている。電話をかけた。

——守屋法律事務所です。

——中瀬と申します。守屋さんをお願いします。

——お待ちください。

電話が切り替わった。

——ああ、おれ。武内小夜子の代理人から電話があった。五千万、支払う、て。

——そうか、今日が返答の期限やったんやね。

すっかり忘れていた。

——西木尚子と中瀬朋美の遺留分を含めて総額五千万円。中瀬耕造氏の遺産相続に関して提訴回避するという条件がついてるけど、それでええか。

――うん。わたしはいい。姉さんにもいうとくわ。

――武内小夜子の代理人は司法書士の新井や。おれは来週、新井に会うて、支払い期日とかの詳細を詰める。

――みんな任せます、守屋くんに。

――ま、五千万という要求は百パーセント呑ませた。中瀬は悔しいやろけどな。

――いいねん。お父さんは逝ったし、小夜子とも縁が切れる。さっぱりするわ。

――以上、報告や。新井との話の結果はまた連絡する。

――ちょっと待って。わたしも報告やけど、伏見の大迫《おおさこ》先生、来週の水曜日に、ご自宅を訪問することになりました。

大迫は守屋に紹介されたロースクールの元教授だ。何度か電話で話したが、上品で温厚そうな人物だった。

――大迫先生の奥さんはワインが好きや。先生はつきあいで飲むだけやけどな。

――分かった。特上のヴィンテージワインを持っていくわ。

そう、家を建てるのは夫ではなく妻だ。発言権は妻にあり、その意向を反映させれば家は建つ。

――守屋くん、ありがとう。

受話器を置いた。

※　　※

新御堂筋沿い。本多はお初天神近くのコインパーキングにフィットを駐めた。ツールボックスからホイールレンチを出してベルトの脇に差し、ジャケットで隠す。粘着テープをポケットに入れてパーキングを出た。新御堂筋を渡り、曾根崎一丁目へ歩きはじめたが、左の膝裏が痺れて爪先が充分にあがらず、足を引きずってしまう。痛みを我慢して歩いた。

晋山閣は築地塀《ついじべい》の寺の裏手にあった。四階建ビルの一、二階がレストラン、三、四階を宴会場、地階を駐車場にしているようだ。エレベーターホールの案内板に《ブライダル微祥様・御食事会4F》とあった。

本多は四階にあがった。ホール正面のエントランスから宴会場が見える。テーブル席が十組ほど縦に並び、各テーブルに六、七人の男と女が座っている。ステージ上にはマイクを持ったパンツスーツの女がいて、テレビモニターの映像を横に、なにやら喋っている。

本多は宴会場に入った。奥へ進む。右のテーブルの女が顔をあげた。小夜子だった。

「武内さん、盛会ですな」

声をかけた。小夜子は眼を逸らす。「柏木さんは」

小夜子は黙っている。表情からはなにも読めない。弟が本多を撃ったと知らないのか。

柏木を見つけた。ステージの手前の席にいる。柏木は本多に気づいていない。

本多は柏木に近づいた。肩を叩く。柏木は振り向いて、あっ、と小さく声をあげた。

「どうした。幽霊を見たような顔やな」

耳もとでいった。「立て」

「待て。いまはパーティーや」

「そのパーティーをぶち壊してもええんやで」椅子の脚を蹴った。

柏木は立ちあがった。本多は並んで宴会場を出る。

「トイレは」

「あっちや」

「行け」

トイレに入った。ひとはいない。本多はホイールレンチを抜くなり、柏木の脇腹に叩きつけた。ゴツッと鈍い音がして柏木は膝をつき、壁際に屈《かが》み込む。本多は後ろから股間を蹴りあげた。柏木は呻いてタイルの床に倒れ込む。襟首をつかんで引き起こし、ブースに突き倒して、本多も中に入った。ドアを閉め、錠をかける。便器に抱きついた柏木を仰向きにし、ホイールレンチの先端で口をこじあけた。

「黒澤から電話あったやろ」

「知らん……」くぐもった声。

「知らんはずはない」

黒澤を撥ねたことはまちがいないが、車体に捲き込んで引きずったわけではない。黒澤は銃を持って逃げたのだ。

レンチを捻った。柏木は腕を突っ張るが、かまわず捻る。柏木はレンチを噛み、泡まじりの血を吐いた。

「もういっぺんだけ訊く。黒澤はどういうた」レンチを抜き、喉にあてた。

「失敗した……。そういうた」

「それで？」

「黒澤は腰を打った。ションベン、だだ漏れや」

「おれは膝から下がぶらぶらやで」

「なんでや」

「とぼけるな」

レンチを柏木の膝に振りおろした。柏木は悲鳴をあげて転がる。ブースの壁が揺れた。

「な、柏木さん、おれは集金に来たんや」

「金は払う。メモ帳と交換や」

「それはちょっと話がちがうな。おれは殺されかけたんやで。おまえの指図でな」

「黒澤が勝手にやったことや。……黒澤をずたぼろにしたやろ」

「黒澤に銃を渡したんはおまえや。現場に薬莢《やっきょう》が残らんよう、リボルバーにしたんもおまえの知恵や」

「…………」

「おまえ、車で来たんか」

「そうや」

「地下の駐車場に駐めたんやな、アウディを」

「ああ……」

「黒澤に電話せいや。バッグを持ってこいと。三千万の札束を入れたバッグや」

柏木の上着の内ポケットから携帯を出した。柏木に渡す。「バッグを受けとるのは江坂や。微祥の横の契約駐車場。アウディに乗って待ってる、といえ」

本多はレンチを振りあげた。柏木は携帯のボタンを押す。話しはじめた。

「おれや。バッグ持ってこい――。微祥の隣が駐車場になってるやろ。車ん中で待ってる――。一時間？　それでええ――」

柏木は電話を切った。本多は携帯をとって柏木の胸ポケットに入れた。

「後ろ向け」

「なにするんや」

「やかましい」

柏木の腕をとり、粘着テープで後ろ手に巻いた。ベルトをつかんで立たせる。

「痛い。膝が潰れた。肋骨も折れた」

「撃たれるよりマシやろ」

ブースから出た。柏木にぴたりとついてエレベーターホールへ行く。柏木も本多も足を引きずりながら歩いた。

地下駐車場に降りた。ライトシルバーのアウディA8はスロープのそばに駐められていた。

柏木のズボンの後ろポケットからキーホルダーを出した。アウディのトランクを開ける。

「入れ」

尻を蹴った。柏木は抵抗せず、肩からトランクに入った。本多はトランクリッドをおろし、運転席に乗り込む。ステアリングは右だから違和感はない。シートベルトを締め、エンジンのスターターボタンを押した。

江坂――。曾根崎から二十分で着いた。ブライダル微祥の契約駐車場にアウディを入れ、リアを駐車場の出入口に向けて駐める。電動ボタンを押してリアシェードをあげ、後ろから車内が見通せないようにした。
本多はエンジンをとめず、スモールランプを点けて車を降りた。ホイールレンチをベルトに差し、アウディの隣に駐められた白いミニバンの陰に身を隠す。頭上から陽が照りつけて、じりじりと暑い。

——そうして三十分。駐車場前にタクシーが停まり、男が降りてきた。腰をかばうように膝を折って歩く。黒澤だ。バッグを提げて駐車場に入ってきた。

黒澤はアウディのサイドにまわった。車内を覗き込み、ドアハンドルに手をかける。

本多はミニバンの陰から出た。黒澤が振り返る。首にレンチを入れた。黒澤は弾かれたように尻餅をつき、後頭部を打つ。黒澤は反転して起きようとしたが、腰が入らない。前にのめった顔に膝を突きあげると、そのまま地面に突っ込んだ。

本多はバッグを拾った。這いつくばる黒澤にアウディのキーを投げて駐車場を出る。江坂駅へ歩いて客待ちのタクシーに乗り、大阪市内へ走らせた。

橋口に電話をした。

——おう、なんや。

——橋やん、医者知らんか。

——医者？　なんの医者や。

——外科や。怪我したんや。

——それ、保険の効かん医者を教えろということか。

——傷口を開いて洗浄して欲しいんや。

——分かった。つきおうたる。いまどこや。

——家の近くや。タクシーに乗ってる。

江坂で三千万円を奪ったとはいえない。

――わしは鶴見署に来てる。半時間ほどしたら、署の前に立っとく。

――分かった。行く。

電話を切った。バッグのジッパーを引く。札束が見えた。

南森町から1号線を東へ走った。京橋でタクシーを降り、京阪京橋駅のコインロッカーにバッグを預けて、またタクシーに乗る。ふくらはぎの痛みはかなり強く、ズボンには血が滲んでいた。

※　　※

トランクリッドが開いた。眩しい。キーを持った黒澤がシルエットで見える。

柏木はトランクから這い出た。左の膝が腫れて力が入らない。左の脇腹も動くたびに痛みが走る。キーをとり、フェンダーにもたれて、

「本多は」小さく訊いた。

「消えた」

黒澤は舌打ちする。「後ろから殴られて、バッグを奪られた」

「チャカは」

「持ってる」

黒澤は脇腹に手をやった。

「おまえはフケるんや。チャカを処分して」

「あほんだら。わしは本多を殺《や》る」

「もうあかん。おまえはミスった。二度目はない」

「どこへフケるんや、どこへ。金もないのに」

「金はやったやろ。百万も」

前金で百万、メモ帳を入手して本多を殺したら、あとの二百万を払う契約だった。

「三十万はチャカに遣《つこ》うた。五、六十万しか残ってへん。そんな端金、すぐに干上がるやないけ」

「フィリピンでもタイでも……」

いいかけて気づいた。黒澤はパスポートを持っていない。

柏木は札入れを出した。中の札をみんな抜いて黒澤に渡した。

「沖縄や。北海道でもええ。これでしばらく身を隠せ」

「勝手なことといいくさって。わしはおまえの舎弟やないぞ」

黒澤は札を数える。「なんや、これは。たった十八万で沖縄か。わしはおどれのために本多を弾《はじ》いたんやぞ、こら」

「あと五十万、コンビニでおろす」

「ほな、さっさとおろさんかい」

「乗れ。車に」

黒澤を助手席に乗せ、エンジンをかけた。フッと甘ったるい匂いがする。黒澤の汗だ。

「おまえ、シャブやってるな」

「へっ、それがどないした」

黒澤は左腕をさする。「久しぶりにやったら、身体がスーッと冷とうなった。やっぱり、シャブはええのう」

「つまらんことするな。昼間っから」

「くそボケ。シャブもやらんと、ひとを弾けるかい」

「パケとポンプは」

「んなもん、持ち歩いてるわけないやろ」

小夜子のマンションのトイレに隠しているという。

「小夜子にいうて、処分せい」

「ごちゃごちゃぬかすな。おまえにいわれんでも電話する」

黒澤はウインドーをおろして唾を吐いた。


神崎川にかかる十八条大橋で車を停めた。

「チャカ、出せ」

「なんやと……」

「ええから、寄越せ」

黒澤はベルトからリボルバーを抜いた。柏木は受けとる。

「このチャカ、何口径や」

「二十二や」

「こんな小さいチャカで弾いたんか」

「大きなチャカは高いんじゃ。わしはトカレフを買おと思たのに、リボルバーにせいというたんは、おまえやないけ」

「靴下、脱げ」

「なんでや」

「おまえの靴下が欲しいんや」

黒澤は靴を脱ぎ、靴下をとった。柏木はリボルバーを靴下に入れて車を降りる。橋の手すりにもたれて川を見下ろすと、どんより濁った茶色の水面が橋桁《はしげた》を映している。

柏木はアウディの陰に入り、手すりのあいだから靴下を落とした。川面に飛沫《しぶき》があがり、靴下は沈んだ。

「ひとのチャカを捨てくさったな、こら」

黒澤がウインドーから顔を出していった。

「やかましい。おまえのために捨てたんやろ」

車に乗った。新御堂筋から新大阪駅へ。降車口に車を駐め、黒澤を連れて駅構内に入り、ATMで三十万円をおろした。

「新幹線の切符を買え。博多や」

金を渡した。「福岡から飛行機で沖縄に飛ぶんや」

「そんなにわしが煙たいんか、え」

「チャカといっしょに沈めたかったわ」

「えらい、いわれようやのう」

黒澤はせせら笑い、「金が切れたら電話する。口座を作るから、振り込めや」

背中を向けて離れていった。

柏木は携帯を出した。理紗にかける。

――はい。柏木さん？

――理紗はいま、どこや。

——お仕事です。休憩中やけど。

——おれ、怪我したんや。肋骨が何本か折れて、膝もやられた。

——ひどい。交通事故？

——そんなとこや。……理紗、来てくれへんか。

——行く。病院は。

——病院やない。おれの部屋に来てくれ。理紗に診《み》て欲しいんや。

江坂八丁目の『ビスタ旭』１２１２号室。都市緑化植物園の東にある二十三階建の高層マンションだといった。

——分かった。主任にいって、すぐに出ます。

——仕事中やのにわるいな。おれは理紗だけが頼りなんや。

——わたしもそう。柏木さんだけ。

電話は切れた。理紗の慌てたようすが眼に浮かぶ。柏木は降車口に向かった。

20

橋口は鶴見署の玄関前にいた。本多はタクシーを停めて橋口を乗せる。「東大阪。八戸ノ里《やえのさと》」と、橋口は運転手にいった。

「八戸ノ里に病院があるんか」

「小さい病院やけどな。さっき、電話しといた」

橋口は本多のズボンに眼をやった。左の膝下が不自然に膨らみ、血が滲んでいるのに気づいたようだ。

「なんの傷や」小声で訊かれた。

「これや」人さし指をまげた。

「ストップ。停めてくれ」

橋口は運転手にいった。タクシーはウインカーを点滅させ、左に寄って停まる。

「ちょっと話するから待っててくれるか」

橋口は札入れから五千円札を出して運転手に預けた。「芳やん、降りろ」

本多は橋口につづいて車外に出た。歩道に立ち、煙草をくわえる。

「誰に撃たれた」橋口は訊いた。

「黒澤や。黒澤博司」煙草に火をつける。

「どこでやられた」

「通天閣横の駐車場や」

経緯を話した。新世界で黒澤に撃たれ、幸町にもどって止血をしたと――。

「なんで新世界へ行った。なんで黒澤に会うたんや」

「黒澤やない。『微祥』の柏木に会うことになってたんや」

柏木は来ず、黒澤が現れて、いきなり撃たれたといった。

「柏木になんの用やったんや」

「いままでに集めたネタをぶつけるつもりやった。柏木の反応をみて、ネタが金になるかならんか、確かめようと思た」

これまで巻き込んできた橋口に対して、すべてを嘘で固めることはできない。ある程度の真実は話した上で分け前をやればいいのだ。

「柏木を強請《ゆす》る肚《はら》やったんか」

「橋やん、弁護士に出す報告書だけでは食えんのや」

「おまえ、標的《マト》にされたんやぞ。分かってんのか」

「おれは小夜子のマンションで黒澤を雑巾にした。その落とし前をとりにきたんや」

「黒澤を引こ。殺人未遂や」

「あかん。黒澤が引かれたら、おれのことも表に出る。ここは知らんふりしてくれ」

「黒澤は新世界でチャカを撃ったんやぞ。芳やんが黙ってても、通報されてないわけがない」拳銃所持と実弾所持、発射罪も加わるという。

「そこや。そこを橋やんに調べて欲しいんや。通天閣横の拳銃発射事件。どんな捜査になってるかをな」

「何発、撃ちよったんや。黒澤は」

「たぶん、二発。……三発かもしれん」

「みんな、芳やんの車に撃ち込んだんか」

「そのはずや……」弾が逸れて、ほかの車に当たった可能性もなくはない。

「様子見やな。黒澤もどこぞにフケたやろ」

橋口はいい、「病院、行こ」

「ああ……」軽い眩暈《めまい》がした。出血のせいだろう。

八戸ノ里──。近鉄奈良線の高架をくぐり、少し行って信号を左折する。水道事業所をすぎ、住宅地に入ったところで橋口はタクシーを停め、料金を払って降りた。

「ここは」

「病院や」

車寄せの奥に《桜田《さくらだ》ペットクリニック》と立て看板があった。プレハブの二階建、玄関横に大きな蘇鉄《そてつ》の鉢が置かれている。

「ひょっとして、獣医か」

「ひょっとせんでも獣医や」

母方の叔父だと橋口はいう。「土曜の午後は休診やから、ちょうどええ」

「銃創なんか、診られるんか」

「犬や猫の手術はしょっちゅうしてる。腕もええ」

橋口はガラス戸を引いた。こんちは、と奥に向かって声をかける。ドアが開き、ワイシャツに白衣をはおった六十がらみの男が現れた。小肥り、黒縁眼鏡、頭がみごとに禿《は》げている。

「そのひとか」桜田は本多を見る。

「よろしくお願いします」頭をさげた。

「本多芳則《よしのり》。おれのむかしの相棒や。いまは刑事を辞めて興信所の調査員をしてる」

橋口はいい、「拳銃で撃たれたんや」

「拳銃？　そら初めてやな」

驚くふうもなく、桜田はいう。「散弾銃で撃たれた猟犬は診たことあるけどな」

「その犬は」

「死んだ。気管支と肝臓の弾がとりきれんかった」

「おれのは貫通銃創です」

本多はいった。「左のふくらはぎです」

「ま、診よ」

奥の診療室に入った。桜田は椅子に腰かけて、

「いつ、撃たれた」

「一時前です」

「そろそろ四時間か。……痛みは」

「ずっと痛いです。いまは半分、痺れてます」

「ズボン脱いで、そこに寝よか」

ジャケットとズボンを脱ぎ、ラバーを張った診療台に横になった。台は短いから膝下がはみ出す。桜田はふくらはぎに巻いていたテープと包帯、ガーゼをとり、消毒液で傷口を洗った。

「貫通してるな。レントゲン撮ることもないやろ」

桜田はふくらはぎのまわりに注射した。「麻酔が効いてきたら、切開して中を見よ。傷がきれいで動脈とかやられてなかったら、洗浄して縫う」

「輸血はせんでもええんやな」橋口がいった。

「そんな重傷やないし、うちに人血はない」

無愛想に桜田はいう。「バッドラックとグッドラックや」

「なんや、それ」

「撃たれたことはわるいけど、撃たれた場所はよかった」

ばかばかしい。なにがグッドラックや――。本多は歯噛みした。

いっぺん撃たれてみい。どんなに怖いか、どんなに痛いか――。

桜田はふくらはぎを押した。

「どうや、痛いか」

「いえ……」麻酔が効いたようだ。

「ほな、はじめよ」

桜田は手術器具台を傍らに寄せ、ゴム手袋をつけた。


射入口、射出口を五、六針縫った。傷のまわりに抗生物質を打たれ、包帯を巻かれる。

「腫れは二、三日でひくやろ。四、五時間ごとにガーゼを替えて消毒したらええ」

「傷が膿んだりしたら」

「あんた、糖尿病か」

「いえ、ちがいます」

「膿むことはないと思うけど、治りのわるいときは人間相手の病院に行くんや」

桜田はポリ袋に錠剤の抗生物質と消炎剤、鎮痛剤、解熱薬を、ひとつずつ服用法を説明しながら入れ、「――みんな犬猫用や。それなりに効くやろ」

消毒薬とガーゼ、絆創膏、包帯も入れた。

「いちいちいうことでもないけど、ゆっくり歩け。走ったりしたらあかん。縫うた傷が開く」

「後遺症は残りますか」

「んなことは分からん。鉄の塊が筋肉を損傷したんやからな」

「ありがとうございました。助かりました」

本多はズボンを穿いた。「治療費は」

「そうやな、三万ほどもろとこか」

思ったより安い。ポケットから金を出して渡した。


ペットクリニックを出た。また眩暈がする。橋口にはいわず、バス通りへ歩いた。

「これからどうするんや、芳やん」

「家に帰る。よめはんが心配してるからな」

「わしは署に帰る。途中で落としてくれ」

「ああ、そうする」

バス停の近くでタクシーを待った。街路樹の欅《けやき》に毛虫がいっぱいついている。

「通天閣の件は電話する。チャカがらみやし、うちの暴対に情報が入ってるはずや」

「すまんな。なにからなにまで」

「黒澤のことは、わしが連絡するまで動くな」

「分かった。じっとしとく」

空車のタクシーが来た。本多は手をあげた。

堺筋周防町《すおうまち》――。中央署前で橋口を降ろし、お初天神へ走った。フィットを駐めた新御堂筋沿いのコインパーキングの前でタクシーを降り、駐車料金を精算して車を出す。麻酔が切れたのか、ふくらはぎの傷が心臓の鼓動を拾うようにズキズキ痛む。近くの自販機でウーロン茶を買い、鎮痛剤を服んだ。

本多は京橋へ走り、京阪モールの駐車場に車を駐めた。京橋駅のコインロッカーからバッグを出して駐車場にもどる。車に乗り、バッグを開いた。

帯封の札束がばらばらに入っていた。三千万なら、撃たれてもしゃあないか――。独りごちて札束のひとつを手にとった。なにかしら弾力がちがう。へなっとしている。

札の一枚をめくった。下の札には図柄がない。コピー用紙だ。

バッグの中身をシートにぶちまけた。どれも帯封の札束だが、本物の札は上と下の二枚だけだ。くそぼけッ。たった六十万やないか――。札束を投げた。ダッシュボードにあたって帯封が切れ、白い紙が車内に散る。

バッグの中身は見せ金だ。黒澤は通天閣横の駐車場で見せ金とメモ帳を交換したあと本多を殺し、バッグを取り返して逃走する手筈だったのだ。メモ帳が先か、殺しが先か、どちらにしろ黒澤には強い殺意があり、それを教唆《きょうさ》したのは柏木だ。

微祥に電話をかけた。

――パートナーシップのブライダル微祥です。

――司法書士の新井です。柏木所長は。

――晋山閣でパーティーですが。

――会場に電話したんですけど、中座されたようです。

――あ、そうでしたか……。

――ちょっと確かめて欲しいんですけど、そちらの窓から隣の駐車場が見えますよね。柏木さんのアウディは駐まってないですか。

――お待ちください。確認します。

相手の立つ気配がした。少し待って、

――すみません。柏木の車はありません。

――柏木さんの携帯の番号は。

――あいにくですが、お教えできません。

――柏木さんから連絡ないんですね。

――はい、ありません。……お急ぎですか。

――いや、また明日、電話します。

柏木のアウディは微祥の契約駐車場にない。とすると、柏木は江坂の自宅マンションにいるのだろうか。黒澤はいっしょなのだろうか――。

黒澤がいっしょだとは思えない。黒澤は拳銃を所持しているから、警察の捜索が入ったときは柏木も逮捕される。そんな安易なリスクを冒すはずはない。

本多はモールの駐車場を出た。江坂へ走る。


江坂八丁目――。『ビスタ旭』の敷地内に入った。スロープを降りて地階駐車場へ。通路を徐行して柏木の車を探す。ライトシルバーの〝アウディA8〟は階段近くの柱の陰に駐められていた。『大阪・300・い・90××』は、柏木のアウディにまちがいない。

本多はスロープのそばにフィットを駐め、車外に出た。橋口に電話をする。

――橋やん、おれや。

――ああ、電話しよと思てた。

通天閣横駐車場での発砲事件は浪速署が捜査に入ったという。

――拳銃の発射音らしきものを聞いた複数の市民が一一〇番通報した。白の小型車が料金バーを折って駐車場から出たあと、野球帽を被った男が黒いバッグを持って、小走りで駐車場を出た。目撃情報はそれだけや。

浪速署刑事課の捜査員が現場検証をしたところ、小型車がぶつかったとみられるミニバンのフロントフェンダーに損傷があり、周辺にミニバンと小型車のものと思われるランプカバーの破片が散乱していた。現場から薬莢は発見されなかったが、通路上に跳弾痕があり、近くに駐められていた乗用車のタイヤのそばに銃弾が落ちていた。弾は二十二口径で線条痕がつぶれているため、発射した拳銃の種類は特定されていない。

――と、いまのとこはそんな状況や。

――小型車のナンバーは。

――誰も見てへん。

ナンバーは判明せずとも、割れたランプカバーとペイント片から、白のフィットだと特定されるのはまちがいない。

――その野球帽の男はどうなんや。

――黒っぽい服装で、サングラスしてた。身長は百六十から百六十五、齢は三十代から六十代と幅がある。野球帽も黒、グレー、紺色と、目撃者によって色がちがう。

――血痕はなかったたか。

黒澤を撥ね飛ばしたのだ。アスファルトに血がついていてもおかしくはない。

――その情報はないな。

現場の詳細と防犯カメラの有無について、浪速署刑事課が外に伏せている可能性はある、と橋口はいう。

――それと、現場周辺の訊込みによると、発射音は二発や。被害者なし、加害者不明、大した事件やないし、浪速署も腰を入れた捜査はせんと思う。

――分かった。ほとぼりが冷めるまでおとなしいにしとく。

――芳やんのフィット、しばらく修理に出さんほうがええぞ。

――カバーをかけて、マンションの駐車場に置いとくわ。

――芳やん、暴走するなよ。

――せえへん。黒澤はチャカ持ってる。おれも命は惜しい。

――また情報が入ったら連絡する。

――すまんな。ほんまに。

電話を切った。いい男だ。橋口は頼りになる。


本多はホイールレンチをベルトに差してエレベーターホールに入った。暗証番号を押さないと、地階にエレベーターは呼べない。階段で一階にあがると、玄関脇のカウンターに管理人がいた。眼が合う。

「どうも、刑事さん」

愛想よく、管理人はいった。本多の顔を憶えていたらしい。「今日はなんですか」

「ちょっと挨拶ですわ。柏木さんに」

「1212号室です」

「はい、了解」

エレベーターのボタンを押した。

十二階、柏木の部屋の前に立った。レンチを後ろ手に持ち、インターホンのボタンを押す。女の声で返事があった。

――柏木さん、いらっしゃいますか。

――どちらさまです。

――警察です。浪速署です。

少し待って、ドアが細めに開いた。チェーンの向こうに見えた顔は、ヒルトンプラザの喫茶室で会った柏木の女だった。名前は確か……。

「杉村理紗さんでしたよね」

「あなた、警察のひとやないでしょ」

「元刑事ですわ」

ドアの隙間に靴先を入れた。「柏木さんは」

「帰ってください」

「帰るわけにはいかん。大事な話がある」

「あのひとは怪我してます」

「おれが怪我させたんですわ」

入れ――。奥から声が聞こえた。

理紗はドアチェーンを外した。本多はホイールレンチをベルトに差して中に入る。靴を脱ぎ、スリッパを履いて廊下にあがった。

理紗につづいてリビングに入った。北欧風のスエードのソファ、大理石のローテーブル、ローズウッドのガラスキャビネットとサイドボード、チークのフローリングに毛足の長い白のセンターラグ、金のかかったインテリアだ。柏木は赤いスウェットの上下を着てソファにもたれていた。

「やっぱり来たな」つぶやくようにいった。

「来る用ができたからな」

本多はソファに座った。柏木は理紗に視線をやる。理紗はリビングを出ていった。

「あんた、女は部屋に入れんのとちがうんか」本多はいった。

「どういうことや……」

「三好真弓がいうてた。いっぺんも部屋に入れてくれたことはない、とな」

笑ってやった。「今日、あの女を呼んだんは楯にするつもりか」

「楯て、なんや」

「おれはここへ集金に来た。ところが部屋には女がおった。おれがあんたをどうこうしたら、女は警察に証言する。本多という探偵が暴行しましたとな」

「ようういうた。おれはまわりのもんをなんでも利用する悪党かい」

「悪党にはセンスが要る。結婚相談所も後妻業も、あんたの経営センスは大したもんや。黒澤小夜子みたいな化け物をプロデュースする能力も含めてな」

「小夜子は化け物か。おれもときどきそう思うで」

「黒澤博司はどうした。どこへ飛ばした」

「さぁな……。小夜子のマンションから出ていったとは聞いたな」

「おれは黒澤に撃たれた。ふくらはぎに穴があいた。それで六十万は、割に合わんで」

一万円札で挟んだざら半紙の束が三十個――、そういった。

「あれは黒澤の細工や。おれは三千万、耳をそろえておまえに渡すつもりやった」

「ほう、それやったら、手もとに三千万あるんかい」

「あるわけない。銀行や」

「口から出任せか、おい」

「明後日や。月曜日に銀行へ行く。もういっぺん取引しよ」

平然として柏木はいう。本多はカッとしたが、抑えた。この男を殴りつけても金を手にすることはできない。

「どこの銀行や」

「うちの取引銀行。大同と三協や」

「分かった。おれも行こ」

「銀行にか」

「なに支店や」

「両方とも江坂支店や」

「九月十日、月曜の九時、大同銀行江坂支店や。ロビーで会お」

メモ帳とレンタカーの貸出記録を持って行くといった。「あんたが来んかったら、おれは守屋の事務所へ行く。後妻業の実態が白日のもとに晒《さら》されるというわけや」

「新聞や週刊誌が飛びつくな」

「他人事かい」

「三千万の値打ちがあるニュースソースやろ」観念したように柏木はいった。

「六十万は足の治療費としてもろとく」本多は腰を浮かした。

「おれの傷はどうなんや」

柏木はスウェットの上着をまくった。脇腹に大きな湿布を貼っている。「肋骨が折れてる。膝も提灯みたいに腫れとるわ」

「医者に見せたんか」

「医者と坊主は嫌いや」

「警察と探偵はもっと嫌いやろ」

本多はリビングを出た。


玄関に入るなり、冴子が来た。

「大丈夫？　芳っちゃん」ふくらはぎを見る。

「どうってことない。病院で縫うてもろた」

ダイニングにあがり、椅子に腰かけた。

「なんで刺されたん。誰に刺されたん？」

「ヤクザ者や。アイスピックで刺された」

「なんで、そんなことになったんよ」

「いま、かかわってる調査や。競売に組筋が嚙んでる」

「芳っちゃん、警察に行きなさい」

「橋口にはいうた。もう済んだことや」

煙草を吸いつけた。「な、冴子、おれはこの仕事を辞めよと思てるんやけどな」

「そう……」冴子は灰皿をテーブルに置く。

「月曜日、報告書を出したら、まとまった金が入るんや。……前から考えてたんやけど、岐阜で小さい家でも買わへんか」

「芳っちゃんもいっしょに行ってくれるの」心なしか、冴子の顔がほころんだ。

「親父さん、長《なご》うないやろ。親孝行せいや」

「わたしはいいけど、岐阜は田舎よ」

「県庁所在地が田舎なわけない。おれは向こうで仕事を探す」

冴子の兄が瑞浪《みずなみ》でぶどう畑をやっている。仲間とワインを作りはじめたそうだから、それを手伝うのもいい。

「まとまったお金って、いくら」

「四百万かな。退職金を足したら五百万にはなるやろ」

三千万とはいわなかった。いえば説明しないといけない。

八年前に警察を辞めたとき、本多は大阪を離れるつもりだった。が、そのときは妻と子がいた。損保会社の契約調査員になったのも、興信所の調査員になったのも、その日その日を食いつなぐための方便だった。手帳もバッジもない探偵稼業に未練などない。

柏木から金が入ったら四、五年は食いつなげる。冴子を籍に入れて子供もつくれる。大しておもしろい人生でもなかったが、またちがった暮らしができるような気がした。

「芳っちゃん、ありがとう」

「なにが……」

「わたし、うれしい」

冴子の眼が潤んでいた。

※　　※

日曜日――。肋骨と膝の湿布を替えて包帯を巻き直し、抗生剤と鎮痛剤を服んだところへ薗井が顔をのぞかせた。来客だという。

「誰や」訊いた。

「名前をいわないんです。花園署《はなぞの》から来た、というだけで」

花園署……。瓢箪山町の所轄署だ。まさか、舟山が警察に駆け込んだとは思えないが。

「警察手帳、見せたか」

「いえ……」薗井は首を振る。

「めんどくさい。追い返せ」

「所長はいますと、いうてしもたんです」

「おれは体調がわるいんやぞ」

舌打ちした。この女の機転が利かないのは直しようがない。「通せ」

薗井と入れ代わるように男が入ってきた。ライトグレーのスーツにワイシャツ、ノーネクタイ、片手をポケットに入れて、

「へーえ、これがブライダル微祥の所長室かいな」横柄に部屋を見まわす。

「おたく、刑事さんか」

「すまんな。身分詐称というやつや」

男はにやりとしてデスクに近づき、名刺を放った。《有限会社　グランシップ　専務取締役舟山喜宣》とあった。

「舟山の息子か……」顔は似ていない。痩せぎすで背が低い。

「口のきき方を知らんのかい。息子さんといえや」

「舟山の息子がどうした。親父の仇討ちにでも来たんか」

「さぁな、それはこれからの話し合いや」

喜宣はソファに腰をおろし、もたれかかった。赤い靴下にソールの反りかえったメッシュの靴。スーツも安っぽい。貧相な風体で精いっぱい凄味を利かしている。

「柏木さんよ、あんた、まるっきりの堅気でもなさそうやな」

「そういうあんたは筋者か」

「わしはまっとうな不動産屋や。ただし、ケツ持ちはおる」

「ケツ持ち？　どこや」

「どこでもええやろ。わしが一言いうたら出てくるんや」

「ほう、それはおもしろそうや」

おたがい値踏みをする。この男は小者だ。ヤクザとのつきあいはあるだろうが、大したことはない。「――で、なんの用や」

「金や。親父から奪《と》った金を返してもらおか」

「それはこっちのセリフやな。あんたの親父はうちの登録会員を殴って金を奪《と》った。おれはその金を取りもどしただけやで」

「三十万も奪っといて、取りもどした、はないやろ」

「おれが持って帰ったんは十七万や。えらい増えたな」

「やかましわい。うちの親父は入院しとんのやぞ」

「糖尿か、痛風か」

「あほんだら。おまえがやったんじゃ」

「爺のくせに反省せんからやろ。おれは武内小夜子の代人として瓢簞山に行ったんや」

「おまえ、武内みたいな女を使うて、あちこちの爺から金を引っ張っとんのやろ。出るとこに出てもええんやで」

「出たかったら出んかい。手が後ろにまわる覚悟でな」

「親父の病院代が五十、慰謝料が五十、それに二百足して三百万や。耳を揃えて出したれや」

「おいおい、おれに追い込みかけてんのか。その二百万の利息《いい》はどういう意味や」

「自分の胸に訊かんかい」

「訊いても分からんのや」

「小夜子とかいう婆は、うちの親父に遺言状を書けというた。会うたびにな。公正証書や。おまえは婆どもの尻《ケツ》かいて爺の遺産を掠《かす》めてるんや」

「ほう、おもろい因縁つけるやないか。新手のカツアゲか」

「余裕かましてんやないぞ。わしのケツ持ちが出てきたら、おまえ、骨までしゃぶられるんじゃ」

黙って三百万、出したれや」

「ケツ持ちにそういえや。ブライダル微祥の柏木に三百万の追い込みかけたと。ヤクザは怖いぞ。骨までしゃぶられるんは、おまえのほうや」

「このガキ、舐めんなよ」

「瓢簞山の犬はよう吠えるのう」

立ちあがった。喜宣のそばへ行く。膝が痛い。「失せろ。次は飼い主を連れてこいや」

「ぶち殺すぞ、こら」

喜宣は下から柏木を睨めつけた。

「親父もおまえも威勢がええけど、相手がわるいで」

くそうっとうしい。昨日といい、今日といい、ろくでもないやつが来る。「出て行け。おれは機嫌がわるいんや。ポチはぼろアパートのあがりで餌を食え」

「ポチ……」

喜宣は立った。柏木より頭半分、背が低い。

「聞こえんのか。下手な脅しで金をつまむにゃ相手がわるいというとんのや」

この男は後妻業を知らない。本多のように調べる肚《はら》もない。柏木の顔色を見て金にしようとしただけだ。

「殺《や》ったる……」

「なんやと」

喜宣は背中を向けてドアの方に歩いた。傘立てのパターを抜く。

「こいつ……」柏木は身構えた。

喜宣はパターを振りかざして近づいてきた。柏木はあとずさる。

喜宣はパターをテーブルに叩きつけた。天板のガラスが割れ、ヒュミドールと灰皿が飛ぶ。喜宣は黙って柏木を見つめていたが、フッと横を向き、

「また来る」

パターを捨てて出ていった。

柏木は小夜子に電話をした。

――はい。なに？

――いま、舟山の息子がきた。事務所に。

――喜宣とかいうゴクツブシかいな。

――おれを脅しくさった。公正証書のことをいうて、三百万寄越せといいよった。あんた、どこまで喋ったんや。

――なんのことよ。

――まさか、武内や中瀬のことは……。

――あほいいなや。喋るわけないやろ。

――それやったらええんや。舟山はあんたのヤサを知ってんのか。

――知らん。いうてへんもん。

――ほんまやろな。

――公正証書を作る前から、うちの住所を教えてどうすんのよ。

――もし、喜宣がマンションに行ったら、絶対に部屋に入れるなよ。

――入れへんわ。あたりまえやろ。

――おれは明日、本多に会う。金を渡す。

――あ、そう。

――博司から電話あったか。

――ない。あんな役立たず、弟でもなんでもないわ。

――憶えとけよ。本多にやる金と中瀬の姉妹に払う金は折れやぞ。

――しつこいな。眩暈がするわ。

——おれは吐き気がする。

そろそろ、この女も切りどきだ。小夜子の悪運も尽きた——。

夜、身体を拭いて包帯を替えたところへ電話——。小夜子だった。

——なんや、こんな時間に。

十一時をすぎている。

——博司が来た。

——なんやと。

——来て。すぐに来て。

——おれは博司に金をやって、新大阪駅へ送っていったんやぞ。あいつは新幹線で……。

プツッと通話が途切れた。

どういうことや——。博司はなぜ帰ってきた。まさか、シャブが惜しくて取りにきたのなら、博司は腐りきったクズだ。

柏木はTシャツとジーンズを着た。札入れとアウディのキーを持って部屋を出た。

北堀江——。コインパーキングに車を駐め、《プリムローズ堀江》に入った。風除室の電話をとり〝2・2・0・7〟とボタンを押すが、小夜子は出ない。

そこへ、話し声がして風除室のドアが開いた。若い男女のふたり連れが入ってきて、男が暗証番号を押す。ふたりとも酔っているのか、柏木を気にする素振りはない。

ふたり連れにつづいてロビーに入った。エレベーターに乗る。ふたり連れは九階で降り、柏木は二十二階で降りた。

２２０７号室の前に立ち、インターホンのボタンを押した。返答がない。ドアノブをまわして引くと、抵抗なく開いた。中に入り、靴を脱いで廊下にあがる。リビングへ行った。

黒澤がテーブルのそばにいた。背中を丸め、足を投げ出してカーペットに座り込んでいる。

「小夜子は」

訊いた。黒澤は振り向きもせず、ものもいわない。

「おまえ……」

胸がざわついた。奥の寝室へ走る。小夜子はベッドの上で仰向きになり、宙を睨んでいた。あいたままの口から、嘔吐物が垂れている。白いパンツの腰のあたりが黄色っぽく濡れているのは、失禁したようだ。

死んでる――。すぐに分かった。小夜子は息をしていない。首に赤痣《あかあざ》がついている。ナイトテーブルとチェストの抽斗が開き、一万円札が十数枚、床に落ちていた。

柏木はリビングにもどった。黒澤はただじっとしている。放心状態だ。

「なんで殺った」怒鳴りつけた。

「…………」黒澤はただじっと俯いている。

「実の姉を手にかけて、なにを考えとんのや」

「金や……」ぽつり、黒澤はいった。

「金がどうした」

「おまえら、わしを厄介払いしたつもりかもしれんけど、たった二十万、三十万で、どないして食うんじゃ。わしは小夜子に、まとまった金を寄越せというたんや」

「小夜子がそんな金、出すわけないやろ」

「小夜子はわしを笑いくさった。いつもそうや。罰があたったんや」

「こいつ……」

「なんや、その顔は。おまえもついでにいてまうぞ」黒澤は片膝を立てた。

「待て。待たんかい」

低く、いった。「死んだもんはしゃあない。始末するんや」

「なんの始末じゃ」

「死体を捨てる。誰にも分からんように埋める」

「埋めたかったら埋めんかい」

「おまえも手伝うんや」

「じゃかましい。知ったことか」

「これがバレたら、おまえは死ぬまで刑務所暮らしやぞ。まとまった金はおれがやる。とにかく、小夜子を埋めるんや」

　奈良、和歌山あたりの山中に運んで、夜明けまでに埋めるといった。「小夜子がおらんようになっても気にするやつはおらん。死体がなかったら、事件にはならん。おまえも極道稼業が長いんやから分かってるやろ」

「好きにさらせ。どこでも埋めたる」

　黒澤は額に手をやった。血が細く滲んでいる。小夜子にひっ搔かれたのか。

「まず、死体を運ばなあかん。トランク、あるか。キャリーケースや」

「知らん。押入を探してみい」

「どこや、押入は」

「そっちの和室や」

柏木は和室に入り、照明を点けた。押入の襖《ふすま》を開ける。下の段に赤いキャリーケースがあった。大型のハードケースでキャスターがついている。キャリーケースを引き出してリビングへ持っていったが、黒澤は立とうとしない。

「手伝え、こら」

いうと、黒澤はさも面倒そうに腰をあげた。

死体をベッドからおろした。痩せた身体を折りまげて膝を抱えさせ、キャリーケースに詰めたが、肩がつかえて蓋が閉まらない。黒澤が蓋に乗って体重をかけると、どうにか蓋は閉まって固定できた。キャリーケースを立てて寝室から運び出そうとしたら、黒澤が横に逃げた。

「どうした」

「髪や。気色わるいのう」

見ると、小夜子の髪がキャリーケースの隙間からはみ出していた。

「死体より髪のほうが気持ちわるいんか」

「ぬかせ。こら」黒澤はキャリーケースを蹴る。

「車はコインパーキングに駐めてる。キャリーケースを積んだら江坂に寄る。微祥の近くにビルの解体工事の現場があるから、そこでシャベルを拾う」

「拾うんやのうて、盗むんやろ」

「なんとでもいえ」

鋏を探してきて、はみ出していた髪を切り、キャリーケースを引いて寝室を出た。

コインパーキングまでキャリーケースを運んだ。アウディをパーキングから出し、トランクリッドをあげて車外に出る。リアにまわり、キャリーケースの把手《とって》をつかんで持ちあげようとしたが、さすがに死体は重い。小夜子は小柄だったが、四十キロはある。

「ボーッとしてんと、そっち持て」

黒澤にいったとき、アウディのフェンダーを白いライトがよぎった。振り返る。音もなく、車が近づいてきた。ルーフに赤色灯、白黒の車体——。パトカーだ。

左右のドアが開き、制服警官がふたり、降りてきた。ちょっとよろしいか——。背の高いほうが、柏木の足もとに懐中電灯を向けた。

「お出かけですか」

「あ、はい……」

「どちらへ」ふたりに挟まれた。

「会社ですわ」

掠れた声、頭が痺れる。「江坂です」

黒澤がいないことに気づいた。顔には出さない。

「そのキャリーケースは」

「明日、朝から説明会で、パンフレットが入ってます」

「どういった説明会ですか」

「江坂で結婚相談所をやってます。登録会員を集めて食事会とかの説明をするんです」

カード入れから名刺を抜いた。「わたし、こういう者です」

警官は名刺を受けとり、懐中電灯をあてる。

「柏木亭さん。ブライダル微祥、代表……」

「そう。結婚相談所です」

「キャリーケースを見せてもろてもよろしいか」

もうひとりがいった。背は柏木と同じくらいだが、がっしりしている。

「いうたやないですか。パンフレットがいっぱい詰まってるし、蓋を開けたらバラバラにこぼれます」

「失礼ですが柏木さん、キャリーケースを改めさせてください」

「中身はパンフレットだけやないです。登録会員のプライバシーに関する資料も入ってます」

「事情は分かります。しかし、深夜に大きなキャリーケースを運ぼうとしておられるのを確認せんわけにはいかんです」

「いや、これだけは堪忍してください。わたしの仕事に関わるんです」

「キャリーケースを改めさせてもらわんと、我々も困るんですわ」

警官はどうでもキャリーケースを開けさせる気だ。相手はふたり。黒澤は姿を消した。

「待ってください。キャリーケースのキーは車の中ですわ」

いって、警官たちのそばを離れた。アウディの助手席側のドアを開ける。

瞬間、柏木は走り出した。待て！　警官が追ってくる。膝の痛みで走れない。柏木は倒れ、路上に這いつくばった。腕を逆手にとられ、カチャリと金属音がした。

緊急逮捕――。声が遠い。意識が薄れる。嚙んだ砂を吐いた。

21

九月十日、月曜――。約束の九時になっても、柏木は現れなかった。休み明けの銀行のロビーは見るまにひとが増えてくる。

九時半まで待って、本多は微祥に電話をした。つながらない。妙だ。

十時――。大同銀行を出た。『ブライダル微祥』はバス通りを西へ歩いて五、六分だ。微祥のテナントビル。隣の契約駐車場に柏木のアウディは見あたらない。

本多は階段をあがった。三階の３０１号室。ガラスドアに《都合により休業致します》と、フェルトペンで殴り書きしたような紙が貼ってあった。

どういうことや――。まさか、廃業したとは思えないが。

一階のコンビニに入った。カウンターの店員に、

「三階の結婚相談所、なにかあったんですか」

「ああ、そうみたいですね」

店員はうなずいて、「朝、スタッフのひとが出勤してきたみたいやけど、十時前には、みんな帰ったんとちがいますかね」

「それは……」

「理由は知りません」

「まさか、廃業したんやないですよね」

「そんなん、ぼくに訊かれても分かりませんわ」

「いや、失礼。すんませんでした」

コンビニを出た。タクシーを拾う。江坂八丁目——。そういった。

『ビスタ旭』——。地階駐車場に柏木の車はなかった。階段でロビーにあがる。カウンターに管理人がいた。

「おはようございます。刑事《けい》さん」

今日も、管理人は愛想がいい。「びっくりしましたわ。やっぱり逮捕されたんですね」

「逮捕？　誰です」

「柏木さんやないですか」

「そう、そうでしたね」

話を合わせた。「なんで知ってはるんです」

「今朝方、刑事さんがふたり来て、家宅捜索のとき、立ち会いしてくれといわれました」

「いつです、捜索は」

「昼からするみたいです」

捜索差押許可状が遅れているのだろう。ということは、柏木の逮捕は昨日だ。

「柏木の逮捕容疑、聞きましたか」

「聞いてません。訊けるような雰囲気やなかったです」

「刑事は所属をいいましたか」

「捜査一課です」

「一課……」

顔から血がひくのが分かった。今朝の新聞は読んだが、柏木にかかわる一課事件には気づかなかった。

「すんません。また」

礼をいってカウンターを離れた。橋口に電話をする。

――はい、橋口。

――おれ。本多。柏木が引かれた。一課担や。

――どういうことや。殺しか、強盗《タタキ》か。

――それが分からん。調べてくれ。柏木亭が引かれたことはまちがいない。

午後、柏木の自宅の捜索がはじまるといった。

――了解や。調べる。

――すまんな。

冴子の顔が眼に浮かんだ。芳っちゃん、ありがとう。わたし、うれしい……。

冴子、終わった――。ひとり、本多はつぶやいた。

※　　※

デスクの電話が鳴った。朋美はコーヒーを片手に受話器をあげる。

――佐藤・中瀬建築設計事務所です。

――その声は中瀬やな。守屋です。

――あ、どうも。

——中瀬は知らんのか。

——なんのこと……。

——今日の夕刊や。武内小夜子が死んだ。

——死んだ？　あの小夜子が……。

——死体遺棄容疑で逮捕されたんは、たぶん柏木や。

——待って、守屋くん。どういうこと。

——仲間割れやろ。柏木が武内を殺したんや。

——それって、ほんとなん？　夕刊に載ってるの。

——落ち着いて聞いてくれ。中瀬は賠償金と遺留分を受けとれんかもしれん。

——そんなん、小夜子が死んだら、なにもかもお終いってわけ。

——賠償金については諦めてくれ。どうにもしようがない。武内と書面を交わしたわけやないし、武内は死んだ。

——ただの口約束やったもんね。

——問題は遺留分や。武内小夜子の遺産がどこへ行くか……。耕造さんと武内のあいだに戸籍上の関係はないけど、中瀬と尚子さんが受けとるべき耕造さんの遺留分請求については判例を調べてみる。いずれにしろ時間はかかると思てくれ。

守屋は口早にいい、夕刊を読むようにいって、電話は切れた。

朋美は部屋を出た。司郎はクライアントとの打ち合わせで外出し、吉田と裕美はキャドで図面をひいている。夕刊は司郎のデスクにあった。

朋美は椅子に座って新聞を広げた。社会面の中段の囲み記事がそうだった。

《トランクに遺体　首絞められ女性死亡
　西区の路上　死体遺棄容疑で男逮捕
　9月10日午前0時20分ごろ、大阪市西区北堀江2丁目のコインパーキング前路上で、大阪府警のパトカー乗務の警察官が男（43）を職務質問し、男の所持していた大型トランクを開けるようにいったところ、男が逃走しようとしたため緊急逮捕した。トランクの中から足を抱えた女性が発見されたが、首を絞められた痕跡があり、現場で死亡が確認された。府警は死体遺棄容疑で逮捕した男から事情を聴いている。
　西署によると、死亡した女性は現場近くの集合住宅に住む無職の武内小夜子さん（69）で、9日午後11時30分ごろ、武内さんの部屋で男女が言い争うような声が聞こえたという。武内さんの部屋には嘔吐物など、争った痕跡があった。同じ集合住宅に住む女性は「武内さんはとてもきれいな人。こんな事件に巻き込まれたと聞いて驚いている」と話した。
　現場は大阪市営地下鉄長堀鶴見緑地線西大橋駅の南西約200メートルの民家やマンションが立ち並ぶ住宅地。》

※作中に登場する人名・団体等は、すべてフィクションです。
※左記の文献を参照いたしました。
『黒い看護婦　福岡四人組保険金連続殺人』森功　新潮社
『木嶋佳苗法廷証言』神林広恵＋高橋ユキ　宝島社

初出　別冊文藝春秋　二〇一二年三月号～二〇一三年十一月号

装丁　多田和博
装画　黒川雅子

黒川博行　Hiroyuki Kurokawa

1949年、愛媛県生まれ。京都市立芸術大学美術学部彫刻科卒業。大阪府立高校の美術教師を経て、83年に「二度のお別れ」が第1回サントリーミステリー大賞佳作。86年に「キャッツアイころがった」で第4回サントリーミステリー大賞を受賞。96年に「カウント・プラン」で第49回日本推理作家協会賞を受賞。2014年に『破門』で第151回直木三十五賞を受賞。近著に『悪果』『大阪ばかぼんど』『蜘蛛の糸』『煙霞』『螻蛄《けら》』『繚乱』『落英』『離れ折紙』など。

後妻業《ごさいぎょう》

2014年 8月30日　第1刷発行
2014年10月25日　第6刷発行

著　者　黒《くろ》川《かわ》博《ひろ》行《ゆき》

発行者　吉安 章

発行所　株式会社　文藝春秋

〒102-8008　東京都千代田区紀尾井町3-23
電話　03-3265-1211

印刷所　萩原印刷

製本所　加藤製本

万一、落丁・乱丁の場合は送料当方負担でお取替えいたします。
小社製作部宛にお送りください。定価はカバーに表示してあります。

ISBN 978-4-16-390088-9
Printed in Japan